ROBERT GOOLRICK

Robert Goolrick vit dans une petite ville de Virginie. Son premier roman, *Une Femme simple et honnête* (2009), a été n°1 sur la liste des best-sellers du *New York Times*. Ont ensuite paru : *Féroces*, en 2010, dans lequel il raconte son histoire familiale, et *Arrive un vagabond* en 2012, pour lequel il a reçu le Grand Prix des Lectrices de *ELLE* et le prix Virgin Megastore. Tous ses romans ont été publiés aux Éditions Anne Carrière et repris chez Pocket.

Retrouvez l'auteur sur son site : www.robertgoolrick.com

ARRIVE UN VAGABOND

DU MÊME AUTEUR
CHEZ POCKET

UNE FEMME SIMPLE ET HONNÊTE
FÉROCES
ARRIVE UN VAGABOND

ROBERT GOOLRICK

ARRIVE UN VAGABOND

Traduit de l'anglais (États-Unis)
par Marie de Prémonville

ÉDITIONS ANNE CARRIÈRE

Titre original :
HEADING OUT TO WONDERFUL. A novel.

Publié avec l'accord de Algonquin Books of Chapel Hill,
une division de Workman Publishing Company, Inc.,
New York, USA

ISBN : 978-2-266-23525-9

Je dédie ce livre à mes chers cousins bien-aimés,
John Esten, Alexandra et Sally Page Byers.
Et à Stephen Carrière, mon père véritable.

It wasn't the cold river bottom I felt rushing over me
It wasn't the bitterness of a dream that didn't come true
It wasn't the wind in the gray fields I felt rushing through my arms
No no baby, baby it was you

Ce n'était pas le lit froid de la rivière qui m'emportait
Ce n'était pas la saveur amère d'un rêve jamais réalisé
Ce n'était pas le vent dans les champs gris qui me cinglait les bras
Non, non, c'était toi.

Bruce Springsteen, « *Valentine's Day* »

I

Le pécheur

1

Tout souvenir est une fiction, gardez bien ça à l'esprit. Bien sûr, il y a des événements dont on est certain qu'ils ont eu lieu, sur lesquels on peut sans hésiter mettre une date et une heure, à la minute près, mais, si on y réfléchit, ça concerne surtout ce qui arrive aux autres.

Ce que je m'apprête à vous raconter s'est bel et bien produit – et, à peu de chose près, de la manière dont je vais le décrire. C'est une histoire vraie, du moins a-t-elle la vérité que lui ont laissée une soixantaine d'années passées à se la remémorer et à la répéter. Le temps modifie nos perceptions, et parfois la confusion s'en mêle. On pourra se rappeler un détail avec une précision implacable – le temps qu'il faisait, ou bien le reflet que le soleil glissant entre les pins noirs faisait miroiter à la surface ondoyante de la rivière, des broutilles même pas reliées à un événement en particulier – alors que d'autres faits, parfois majeurs, nous reviendront de manière complètement décousue, sans forme visuelle ou sonore. Les détails ont finalement plus de réalité que certains événements importants.

Aujourd'hui encore, les gens me posent des questions sur ce qui s'est passé et pourquoi. Comme si je pouvais leur répondre, après tout ce temps. Car cette affaire date de plusieurs décennies, et il n'en reste que les on-dit, et le mythe – je ne vois pas comment l'appeler autrement. Je ne suis plus jeune, et je ne peux pas toujours faire la différence entre ce qui appartient réellement à mes souvenirs et ce que d'autres m'ont raconté. On me parle de choses que j'ai faites, que pour la plupart je ne me rappelle pas, et pourtant il n'y a pas que des menteurs par ici. Alors je persiste à les croire, jusqu'à finir par me rappeler vraiment cette histoire telle qu'ils me la décrivent.

Mais, tard le soir, il m'arrive encore de m'interroger sur tout ça, sur le cours des choses et la vie que j'ai menée. Je tourne et retourne inlassablement ces questions que les gens m'ont posées, ceux qui n'en ont eu vent que par ouï-dire, qui n'étaient pas sur les lieux au moment des faits. Que s'est-il passé, et pourquoi ?

Est-ce que tout ça m'a atteint ? Voilà ce qu'ils veulent savoir. Est-ce que j'ai été meurtri d'une manière ou d'une autre ? Je réponds non, systématiquement. Je ne crois pas avoir été abîmé. Mais changé, oui, profondément et à tout jamais, et j'en constate chaque jour un peu plus les retombées. De toute manière, il est trop tard pour faire machine arrière, pour ôter de l'eau le rocher qui a modifié le cours de la rivière.

Voici comment a commencé toute cette histoire. Ici même, il y a plus de soixante ans.

C'était une ville dans laquelle on n'avait jamais commis aucun crime. Il s'était produit des désastres, bien sûr, au fil du temps : des catastrophes naturelles, des incendies de maisons ou de granges, des inondations, des épidémies effroyables. Et tous les charmants jeunes gens, originaires de cette ville, qui n'étaient jamais revenus de la guerre, ou qui étaient rentrés de France ou d'Allemagne mutilés, traumatisés par les crépitements électriques dans le noir. Et le péché, il y en avait, oui. D'envie et de gourmandise, de convoitise et d'orgueil. Un orgueil redoutable. Mais pas de crime.

Brownsburg, en Virginie, en 1948. Une ville comme il en existait immédiatement après la guerre, quand la terrible avidité américaine n'avait pas encore frappé, quand la plupart des gens vivaient une vie simple, sans aspirer à plus qu'ils ne pouvaient avoir. Une ville avec son épicerie générale, dont les poignées de porte en fer-blanc étaient en forme de pain de mie Merita – à l'intérieur, on vendait des quartiers de bacon et des miches de pain tranché fin, des légumes en conserve, de la farine et des chemises en flanelle, et aussi du matériel de jardinage, des magazines de cinéma pour les rêveurs et, pour les enfants, des sucres d'orge à un penny dans des bocaux en verre alignés sur le comptoir. Les Coca et les sodas Nehi aux couleurs acidulées patientaient dans une boîte en fer remplie d'eau et de glaçons – on les attrapait en les faisant glisser dans l'eau frigorifiée jusqu'à la fente métallique. Ma mère appelait ça une coco – il lui arrivait de dire à mon père : « Et si on allait à l'épicerie se chercher une coco ? » Elle enseignait le latin à des garçons et des filles indisciplinés et rétifs, et elle avait la nostalgie du passé. Elle aimait bien plus la vie telle qu'elle était avant la guerre. Elle voyait tout avec ses yeux de cette époque, résistant au changement qui avait balayé ces souvenirs en l'espace d'un battement de cœur.

L'épicerie en question se trouvait au milieu d'une enfilade de boutiques quasi identiques, un boucher, un coiffeur, une banque, une quincaillerie avec des boîtes de clous et de vis, des outils rudimentaires et du fil électrique, et aussi du bois de chauffage, à l'arrière – pour le reste, il fallait pousser en voiture jusqu'à Lexington, à vingt kilomètres, par la double voie qui serpentait. Une ville où les gens avaient pour projet de vivre paisiblement, de mourir et de monter au paradis, l'heure venue.

Derrière l'agglomération, sur une colline, se dressait une école qui faisait toutes les classes depuis la maternelle jusqu'à la terminale – pour ceux qui allaient jusque-là –, avec une petite bibliothèque pudibonde, tout contre. C'est là que ma mère enseignait l'histoire des guerres et des dieux. *Arma virumque cano, Troiae qui primus ab oris*. L'école était chauffée par des poêles à bois, et il y faisait parfois si froid, l'hiver, qu'on donnait un jour de congé aux élèves, même quand il ne neigeait pas ; les cours s'arrêtaient au début du mois de mai pour que les enfants puissent aider aux champs.

Il n'y avait pas de feux rouges. Le peu de rues que comptait la ville étaient droites et lisses et n'allaient pas bien loin. Personne ne conduisait vite, sauf l'éventuel étranger qui ne faisait que traverser la bourgade et qui s'était perdu en route en ralliant deux points dont aucun n'était Brownsburg.

Il y avait deux panneaux d'affichage, un à chaque extrémité de la ville. Avec la même inscription, grossièrement peinte : CHARLIE CARTER NETTOIE VOS CHEMINÉES. Et, en dessous : *Maçonnage, Chemisage, Réparations*. C'était tout. Ni numéro de téléphone ni adresse, si bien qu'à moins de connaître Charlie et de savoir où il vivait, pas moyen de faire chemiser sa cheminée. Mais tout le monde connaissait Charlie Carter, et de toute manière il habitait juste derrière l'un des deux panneaux, donc les rares clients qui souhaitaient faire appel à ses services n'avaient pas trop de mal à le trouver. Les gens d'ici croyaient en Dieu et en la Bible. Pour eux, le Verbe s'était fait chair pour habiter parmi nous, le Verbe était vérité – non, il était réel, tel qu'il a été donné aux prophètes et aux saints. La foi de leurs pères leur était transmise de mère en fils, et de fils en fille et fils, jusqu'à peupler toute la ville qu'ils avaient bâtie.

Ils nourrissaient l'espoir de leur propre salut et craignaient la perdition de leur prochain. Ils ne divorçaient pas. Pas un seul divorce dans toute la ville, jamais, depuis le commencement. L'Église le condamnait, et la tradition l'interdisait.

Les maisons de Brownsburg tournaient vers la rue leurs façades droites et franches, de brique ou de bardeaux, toutes construites en l'espace de vingt-cinq ans, un siècle plus tôt. Chacune était dotée d'une bande de pelouse en bordure de la rue et d'un jardin plus vaste, à l'arrière. C'était devenu un champ de compétition tacite et amicale entre voisins. Chaque maison comptait un jardinier, qui s'échinait à produire les plus belles plates-bandes : des fleurs côté rue, des légumes à l'arrière, les femmes et les filles devant, les hommes et les garçons derrière ; les victoires se mesuraient à la floraison la plus durable et éclatante et au nombre le plus élevé de bocaux de légumes confectionnés durant les chaudes journées d'été, que l'on mangeait au plus froid de l'hiver.

Au crépuscule, les pères et les mères de famille

s'asseyaient sous la véranda pour discuter d'une voix douce des événements du jour et siroter du thé glacé, pendant que les filles s'installaient sur la pelouse pour faire des guirlandes de pâquerettes et que les garçons arrachaient de longs sifflets solitaires et geignards à des brins d'herbe pincés entre leurs pouces. On écoutait aussi la radio, le soir, mais comme on ne réussissait à capter qu'une seule station, la ville devenait, le temps d'une heure ou deux, une véritable symphonie stéréophonique.

Il y avait cinq cent trente-huit habitants, et ce nombre variait rarement, les naissances équilibrant à peu près les décès.

On ne verrouillait jamais sa porte. On ne voyait jamais un chien en laisse. Par temps de neige, les enfants faisaient de la luge dans la rue. La plupart des hommes fumaient, certaines femmes aussi, qui s'y étaient mises quand leur mari était parti à la guerre.

Les Noirs, une cinquantaine d'adultes et une vingtaine d'enfants, vivaient dans de proprettes maisonnettes en bois, agglutinées pas tout à fait hors de la ville mais pas tout à fait dedans non plus. Ils travaillaient dur et on peut dire qu'ils faisaient tourner le commerce, maintenaient les maisons impeccables, le linge frais et amidonné et les champs florissants, le tout sans un merci et pour très peu d'argent – gagné chez les Blancs, et dépensé ensuite dans les boutiques des Blancs. Ils avaient leur propre église, dans un local désaffecté au bout de la rue principale, et un pasteur qui venait une semaine sur deux pour animer l'office et diriger les chants, qui duraient de dix heures du matin à six heures du soir, avec une pause pour le déjeuner. Les enfants apprenaient à lire, à écrire et à compter à la maison. Leur connaissance du monde s'arrêtait plus ou moins aux limites de la ville. Personne ne prenait de vacances. L'idée ne leur traversait même pas l'esprit. Les seuls voyages se limitaient aux enterrements, à un mariage de temps à autre et aux réunions de famille.

Les enfants se souviennent mieux de l'été ; ils en sentent les plaisirs sur leur peau. En vieillissant, ce sont les hivers dont on garde l'empreinte dans les os. C'est en hiver que les choses arrivent. En février que les gens meurent.

Les enfants se rappellent s'être couchés tard. Les adultes pensent à se lever tôt.

C'était ça, Brownsburg, à ce moment et à cet endroit précis. L'idée du bonheur n'effleurait pas la plupart de ses habitants. On n'y songeait pas, voilà tout, et la vie était plutôt douce pour ces gens. Et même si, chaque soir, deux ou trois hommes se saoulaient et giflaient femme et enfants, même s'il arrivait que l'on punisse durement les petits pour s'être montrés grossiers ou turbulents, la notion du malheur ne leur était pas plus familière.

Ils acceptaient leur destin, tout simplement, ces cinq cents hommes, femmes et enfants, noirs et blancs – les Noirs savaient rester à leur place et n'étaient pas trop mécontents de leur sort, dans cette grande comédie de l'évolution. Les habitants de Brownsburg vaquaient à leurs occupations quotidiennes et s'acquittaient des tâches que la vie leur présentait, sans jamais oublier les montagnes qui les entouraient, leurs crêtes bleues dans le crépuscule d'été, avant que la lumière passe du blanc à l'or puis au rose, à l'heure où ils allaient prendre place sous la véranda. Pendant les hivers obscurs, ils s'asseyaient devant leur poêle à bois pour écouter à la radio les chansons joyeuses ou tristes des femmes de la montagne et des cow-boys, puis ils allaient se coucher tôt.

Ils appartenaient à la terre, à cet endroit particulier, comme leur appartenaient leurs voitures ou leur vaisselle.

C'était un peuple religieux, et ce qui les aidait à traverser ce qu'ils avaient à endurer, c'était leur foi, et aussi la terre et les montagnes qui berçaient et assuraient son salut à quiconque avait la chance de vivre blotti au creux de leurs courbes douces et immémoriales.

Ce jour-là, quand Charlie Beale arriva, tout était vert et tacheté de la lumière de l'été – les journées étaient chaudes, et la pluie régulière. Tout le monde se plaignait du temps, en général, sauf de la pluie ; elle mettait fin à toutes les activités utiles, mais on pensait toujours qu'elle faisait du bien à la terre, même si la dernière averse datait de l'avant-veille.

Sorti de nulle part, Charlie Beale débarqua en ville dans un vieux pick-up déglingué. Sur le siège, à côté de lui, étaient posées deux valises. La première, en carton fin, avait vu du pays et contenait tout ce qu'il possédait, à savoir ses vêtements et un jeu de couteaux de boucher, aiguisés comme des rasoirs. L'autre, en fer-blanc, était fermée par un cadenas, car elle était remplie d'argent. Beaucoup d'argent. Charlie en portait la clef autour du cou, accrochée à une chaîne.

Il paya Russell Hostetter un dollar la nuit pour que ce dernier le laisse garer son pick-up dans un champ au bord de la rivière, à cinq kilomètres de la ville ; il dormit sur le plateau arrière, à ciel ouvert, allongé sur un vieil édredon et recouvert d'un deuxième. Il se baignait dans la rivière, dans l'obscurité, avec un savon qu'il avait acheté à l'épicerie générale, tout comme la serviette avec laquelle il s'essuyait. Le clair de lune estival perçait entre les branches des saules, dessinant des ombres sur son dos pâle et miroitant. Il secouait la tête et faisait voler l'eau sombre et fraîche, et le brun de ses cheveux mouillés avait viré au noir, celui de l'eau et du ciel sans étoiles. Car il faut savoir que Charlie Beale était toujours propre. Ensuite, il séchait avec la serviette rêche, se frottait jusqu'à en avoir la peau écarlate, comme s'il avait été frappé.

Chaque soir avant de s'endormir, avant d'éteindre la lampe à pétrole qu'il emportait partout et de s'étendre en s'émerveillant de l'immensité du ciel, il buvait un verre de whisky en fumant une Lucky Strike, puis il écrivait dans son journal. Un bilan du jour, la température, la quantité de pluie tombée, de petites choses. Aujourd'hui, chaud, écrivait-il. Neige, trente centimètres. Ou bien : Vu un aigle. Il n'était pas poète. Trente-neuf années passées sur cette planète lui avaient arraché la poésie du cœur.

Tout en écrivant, il se remémorait comment c'était l'enfance, là où il avait grandi, et il revoyait le visage de ses proches ou des êtres qu'il avait rencontrés ensuite. Alors il notait tout et, au fil de la plume, il se découvrait une sorte d'éloquence simple – il évoquait toujours ses amis par leurs initiales, pour pouvoir dans ses vieux jours se pencher de nouveau sur ces époques révolues et ces endroits qu'il avait connus. Il le faisait depuis tout petit, avant de vivre en ville, quand sa fascination pour le monde était insatiable. Et même si le déroulement de sa vie lui paraissait beaucoup moins intéressant maintenant qu'il la vivait que lorsqu'il attendait qu'elle démarre, il se tenait à cet exercice, par habitude. Parfois, en se relisant, il tombait sur un jeu d'initiales qu'il avait notées et se trouvait incapable d'y associer un visage ou un lieu.

Ce journal, c'était pour lui une jauge, une manière de savoir où il se tenait, par rapport à sa conception du bien ; la plupart du temps, il ajoutait un petit plus ou un petit moins à côté de ce qu'il avait noté, pour mesurer la distance, c'était son compas moral. Il conservait onze de ces journaux dans un carton, dans sa camionnette, numérotés par année. Il travaillait à son douzième.

Puis il s'agenouillait près du pick-up, dans le noir, dans le chant sonore des criquets et le murmure des papillons de nuit qui faisait comme un friselis dans son cœur, et il récitait sa prière, même si, au fond de lui, il savait qu'il avait perdu la foi en chemin. Il priait pour sa famille, et aussi pour que les espoirs flamboyants de son enfance lui soient rendus. Il priait pour que tout finisse par s'arranger, et pour avoir enfin trouvé l'endroit où il se sentirait chez lui.

Il acheta une miche de pain à l'épicerie, ainsi que du saucisson fumé coupé en tranches, du beurre de cacahuètes, de la confiture et une caisse de Coca, et il mangea des sandwichs au bord de la rivière, en gardant sa boisson au frais dans l'onde noire et mouvante.

La première semaine, chaque jour, il se promena dans les rues de la ville, apparemment sans but ni itinéraire précis. De la tête, il saluait tous ceux qu'il croisait, poliment, mais n'adressait la parole à personne. Il se contentait de regarder les boutiques d'un œil égal et tranquille, une épicerie, une boucherie, un salon de coiffure avec un mât rayé qui tournait sans cesse. Il considéra chaque maison avec attention, les clôtures soignées en bois et les jardins. Il étudia également la physionomie des habitants de la ville, qui en retour le dévisagèrent, et le soir, de retour près de la rivière, il se remémora leurs figures en se demandant s'il aurait envie de connaître ces gens.

Certains jours, il montait dans son pick-up et partait au hasard sur les petites routes de campagne, ses valises sur le siège passager. Il s'arrêtait pour chercher les montagnes du regard, par-delà les champs d'un gris doré. C'était la couleur de la fin de l'été, de la canicule et de la sécheresse, après le fauchage du regain et quand l'éteule blonde saillait toute droite de la terre brune. Il contemplait la terre, voilà tout. Il détaillait ce pays sous tous les angles.

Tout ce qu'il faisait était scrupuleusement noté. Que cherchait-il ? se demandait-on en ville. Que *regardait*-il ?

Les gens de Brownsburg patientaient. Ils attendaient que Charlie Beale fasse quelque chose et, jusqu'à ce premier mouvement de sa part, personne ne lui serrerait la main dans la rue ni ne lui rendrait un regard aimable.

Il était l'épouvantail dans le jardin.

Au bout d'une semaine, Charlie Beale passa enfin à l'action. Il se leva dès l'aube, alors qu'un quartier de lune était encore visible dans le ciel, et se rasa dans le rétroviseur de son pick-up. Il enfila une chemise blanche propre et alla s'attabler avec Russell Hostetter autour de son petit déjeuner pour lui acheter les vingt hectares de terre en bord de rivière, là où était garé son pick-up.

Il lui versa mille dollars en liquide.

« Vous envisagez de construire ? demanda Russell.

— Je ne pense pas, non, répondit Charlie. C'est paisible. Je cherche juste un endroit tranquille.

— Pour être tranquille, c'est tranquille. Mais il faut que je vous dise, ajouta Russell en jetant un regard au tas de billets de cent dollars, cette terre est pas bonne à grand-chose, à part le calme.

— C'est tout ce que je demande.

— La plaine est inondable.

— Je ne compte pas construire. »

Ils échangèrent une poignée de main et Charlie annonça qu'il se chargerait de faire rédiger l'expertise et l'acte notarié. Puis Russell retourna à son petit déjeuner et Charlie remonta dans son pick-up, dont les sièges en cuir étaient déjà bouillants sous le soleil du matin, et il repartit s'asseoir au bord de la rivière – sa rivière à lui, désormais, sur sa terre, et il y passa toute la matinée. Il retira sa chemise afin que le soleil lui réchauffe la peau. Et, à contempler l'eau qui filait, il ressentait une paix totale, car il savait que, où qu'il pose le pied, la terre en dessous était sienne. Quand l'eau monterait, si elle montait un jour, c'est *sa* terre qu'elle inonderait.

Au début de sa deuxième semaine dans la région, il sortit ses couteaux pour les aiguiser, puis se rendit en ville et se gara devant la boucherie de Will Haislett. Déjà les boutiques fermaient pour le déjeuner, on rentrait chez soi pour le repas. Il descendit de son pick-up, verrouilla la portière et se dirigea vers l'entrée du magasin. Il tira sur la poignée publicitaire – à la gloire du bacon Gwaltney – et pénétra à l'intérieur. La clochette tinta sur son passage. Un petit garçon se tenait au centre de la pièce, en bermuda et tee-shirt, pieds nus dans la sciure. Charlie Beale ne vit personne d'autre, rien que cet enfant avec ses cheveux blonds coupés très court.

Ils restèrent plantés là en silence, l'adulte et le petit. Pendant une seconde, tout s'arrêta, hormis le bourdonnement des mouches et la valse lente des minuscules particules de poussière dans la lumière, et soudain l'homme se sentit maladroit et se mit à dessiner des lignes dans la sciure, du bout du pied. Cet enfant le glaçait, avec son regard intense, comme s'il voyait à travers Charlie et contemplait un autre paysage – comme si Charlie n'était pas là. Une tranche de temps éphémère, dans une petite ville, il y a bien longtemps.

« Je m'appelle Charlie Beale.

— Beebo. » Ce fut la seule réponse de l'enfant, qui regardait au-delà de Charlie en secouant la tête d'un air très sérieux.

« Je sais qui vous êtes, lança une voix du fond de la boutique, au moment où s'ouvrait la lourde porte de la chambre froide. Tout le monde sait qui vous êtes. Personne n'a la moindre idée de ce que vous voulez, mais il n'y a pas une âme qui ignore que vous vous appelez Charlie Beale. En tout cas, depuis que vous avez acheté la terre de Russell. On connaît votre nom, et on sait combien vous l'avez payée. La question, c'est : qu'est-ce que vous avez l'intention d'en faire ? Que faites-vous ici ? C'est ça, la question, monsieur Beale.

— Je suis boucher, monsieur Haislett. Un bon boucher. Je cherche du travail. C'est tout ce que je veux. Un travail.

— Et vous trouvez qu'il y a foule, ici ? Vous voyez les clients faire la queue pour être servis, sans personne pour s'occuper d'eux ? Parce que, si c'est ce que vous voyez, c'est moi qui ai besoin de lunettes.

— Un bon boucher. Avec beaucoup d'expérience. Il n'y a rien que je ne sache faire. »

Le garçonnet rejoignit l'homme aux cheveux blancs en traînant les pieds et lui agrippa la jambe de pantalon. Le tout sans quitter une seconde Charlie des yeux.

« Bon sang, mon gars. Je suis un bon boucher moi-même, et je tiens un commerce propre et honnête. Les gens vont et viennent, personne ne s'est jamais plaint, et ça fait plus de trente ans que je fais ça, depuis mon retour de l'armée. J'ai tout appris de mon père, qui le tenait du sien. »

Le petit gars se mit à rire. « Beebo, répétait-il, ravi. Beebo. Beebo. »

Son père baissa les yeux et lui caressa la tête.

« Et vous avez devant vous Sam Haislett. C'est mon fils, il a cinq ans, et c'est le soleil de ma vie. Serre la main à M. Beale, fiston.

— Beebo ! » Le petit éclata de nouveau de rire, puis s'approcha pour tendre sa main, qu'il regarda disparaître dans la large paume de Charlie.

« Heureux de te connaître, Sam. C'est un grand plaisir. Appelle-moi Charlie.

— Je vais vous appeler Beebo, monsieur. D'accord ?

— Tout ce que tu voudras, petit. Comme tu préfères. »

Sam retourna près de la jambe de son père. Will prit un couteau et l'essuya avec un torchon propre.

« Je travaillerai gratuitement.

— Le travail gratuit, ça vaut exactement ce qu'on le paie.

— Je ne vous demande pas un sou pendant un mois. Ensuite, vous déciderez de ce que vous voulez faire. Si vous souhaitez que je reste. Je vaux la peine, vous verrez.

— Et pourquoi tu ferais une chose aussi bête ?

— Je veux m'installer ici, monsieur Haislett. J'ai assez vu le monde. Je veux juste un petit coin à moi. Un endroit où me sentir à nouveau chez moi.

— Et c'est où, chez toi ?

— Nulle part, pour l'instant. Je viens du Nord. Je suis né dans l'Ohio.

— Et pourquoi tu en es parti ?

— Vous savez comment c'est. Je suis rentré de la guerre. Mon père était mort. Ma mère s'était installée chez des cousins. La famille était dispersée. Alors j'ai pris la route. J'ai vu du pays, je cherchais je ne sais pas quoi. Si, je sais. Quelque chose d'extraordinaire, j'imagine. Un endroit à part. J'ai vu Brownsburg. Et j'y réfléchis dur depuis une semaine.

— Je vais te dire comment ça se passe, mon gars. Quand on est jeune et qu'on part à la recherche de quelque chose d'extraordinaire, tout est beau et resplendissant ; en chemin on commence par trouver quelque chose de juste bien. Quand tu le trouveras, prends le temps de te demander ce que ça te fait, parce qu'il est fort possible que tu n'ailles jamais plus loin. Brownsburg, c'est pas le paradis, on peut le dire. Mais c'est un bon endroit. Juste bien.

— Je veux rester. Je n'ai personne, et nulle part où j'aie envie d'aller. J'ai besoin de me trouver une occupation.

— Et l'argent, ça compte pas ?

— Comme je vous l'ai dit, monsieur, je n'ai personne. Je n'ai que ce que je transporte dans mes valises. Je veux trouver une maison, me construire un endroit où me reposer. Pour ça, il faut de l'argent, et travailler. Boucher, c'est tout ce que je sais faire.

— L'abattage ?

— Tout. Je sais tuer une vache si vite qu'elle a l'air aussi tranquille que si elle était morte pendant son sommeil. On dit que ça rend la viande plus savoureuse et plus tendre, quand l'animal part vite et paisiblement.

— Bon sang. J'en sais rien. Je vais te dire : c'est presque l'heure de déjeuner. Va me chercher un morceau de bœuf là-dedans et découpe-nous des steaks. Tu viendras à la maison partager notre repas. Ma femme, Alma, elle est plus intelligente que moi. Elle est institutrice. Elle saura quoi faire. Je vais l'appeler. »

Charlie pénétra dans l'air glacé de la chambre froide en écoutant Will parler à voix basse dans le combiné accroché au mur. Il choisit un morceau de bœuf qu'il sortit puis balança sur le bloc de boucher, le tout sans même salir sa chemise. Il ouvrit la pochette de cuir contenant ses couteaux et les aligna un à un sur le comptoir.

« J'ai mes propres couteaux.

— Je vois ça.

— Ils viennent d'Allemagne. »

Il choisit une lame et en éprouva le fil avec la pulpe du pouce. « Bifteck ? Aloyau ? Filet ?

— Des steaks. À cuire. Du classique.

— Avec l'os ?

— Oui. Mais fin.

— Combien ?

— Quatre. »

En se servant du couteau trancheur et d'une scie pour la longe, Charlie découpa quatre steaks, tira par-dessus sa tête le rouleau de papier blanc et en déchira un carré parfait, dont il enveloppa les steaks aussi proprement qu'un cadeau de Noël.

« Ça fera l'affaire ?

— C'est parfait. Allons manger. On demandera à ma femme quoi faire de toi. Elle saura. Elle sait tout. »

Ils sortirent à la lumière du jour, dans l'air déjà chaud, et Will verrouilla soigneusement la porte derrière lui.

Tout autour d'eux, dans la touffeur immobile de Brownsburg à midi, les gens déjeunaient. Ils remontèrent la rue principale. C'était le genre de ville qui ne possédait ce qu'elle avait qu'en un seul exemplaire et qui manquait de tout le reste. Ils ne prononcèrent pas un mot.

Ils s'arrêtèrent devant une grande demeure victorienne, propre comme un sou neuf, avec des zinnias encadrant les marches du perron, et un grand porche en bois sculpté, aux rebords chantournés comme les coins d'un biscuit, et croulant sous une glycine dont la floraison était passée depuis longtemps. Le bourdonnement des mouches, à midi, l'été ; l'odeur du bitume noir sur le point de fondre. La maison était une solide bâtisse où une famille pouvait traverser toute une vie d'amours, de chagrins et de petites trivialités quotidiennes. Tout ça, Charlie Beale le huma comme s'il s'agissait du parfum lourd et musqué d'une fleur épanouie à la nuit tombée.

Will Haislett ouvrit la porte et Charlie Beale pénétra dans le vestibule sombre et chaud. Il inspira une fois et sut instantanément que tout dans cette maison était impeccable, en permanence, que les tables étaient époussetées, les verres dans les placards cristallins et immaculés, les draps dans les lits tendus et respirant l'amidon et le frais. Cela ne lui évoquait aucun souvenir, n'avait aucune résonance avec son enfance de casse-cou, pourtant cette odeur lui était aussi familière que sa propre peau, comme s'il en avait su l'existence depuis le début, sans jamais la goûter ou la sentir.

Un foyer. Or Charlie n'en avait pas. Le gîte et la générosité offerts aux âmes qui dormaient là, liées par le sang, et aussi à l'ami ou à l'étranger qui passaient cette porte. Un endroit toujours prêt à accueillir.

À cette époque, les antiquités n'existaient pas. Il n'y avait que du neuf ou du vieux, des objets hérités de ses parents, des bibelots qu'on aimait et qui avaient traversé les années, les hauts et les bas de l'existence, ou bien achetés aux premiers temps du mariage, pour durer toute une vie.

Dans le salon où Will Haislett mena Charlie, le mobilier était essentiellement vieux, sous des housses d'été en chintz ou en lin confectionnées par Lula Hall, qui connaissait si bien chaque meuble qu'elle n'avait plus besoin de venir prendre des mesures quand il fallait recouvrir le canapé ou les gros fauteuils moelleux.

Will ne proposa pas à Charlie de s'asseoir, et ils se tinrent debout d'un air maladroit, avec le petit Sam, du haut de ses cinq ans, accroché à la jambe de son père, et leurs visages étaient les mêmes, père et fils, les mêmes yeux bleus. Charlie sentait les effluves de la cuisine, de bons plats frais et riches, il percevait une agitation diffuse quelque part dans la maison, alors que tout était parfaitement immobile, autour d'eux.

« Alma ? appela Will d'une voix douce. Alma, je l'ai ramené, pour le déjeuner. »

Et, dans un glissement imperceptible de l'air chaud de l'été, à peine un soupir, elle apparut, comme tous les jours un quart d'heure après midi, et en voyant Will elle dit seulement : « Chéri. » Il n'existe pas de mots en ce monde pour vous décrire la douceur de sa voix, l'accent tendre, éduqué, pas une diction de la campagne, et cet essoufflement de l'anticipation : il était rentré.

Elle avait quarante ans, juste un an de plus que Charlie Beale, et quatorze de moins que son époux. Ses cheveux roux commençaient à pâlir, comme les feuilles fauves en novembre, et ses yeux gris clair semblaient en attente, surpris, comme si quelque chose de merveilleux était sur le point de se produire.

Elle se hissa sur la pointe des pieds pour embrasser son mari, puis s'agenouilla pour étreindre son fils, qui enveloppa ses bras autour du cou de sa mère et enfouit le nez dans son épaule.

Elle releva les yeux. « Bien sûr, Charlie Beale. » Comme si elle le connaissait depuis toujours. « Vous voici donc. » Comme s'il tenait déjà une place dans son cœur, parmi les nombreux hommes et femmes bien qui remplissaient ses journées. Puis elle se redressa pour lui tendre la main et, tout en la lui serrant, elle ajouta : « Vous êtes plus que bienvenu chez nous.

— C'est ma femme, Alma, annonça Will. Elle a débarqué et elle a sauvé ma pauvre carcasse de la ruine et de la destruction.

— Oh, Will, répliqua-t-elle en riant, comme tu y vas, mon chéri. » Ce même mot, « chéri », sincère et plein, aussi doux et tangible qu'un baiser au moment du coucher. « La ruine et la destruction. Pardonnez-nous, monsieur Beale, mais par ici, nous passons tellement de temps à l'église que nous nous mettons à parler comme des pasteurs citant la Bible. » Elle lui lâcha la main. « Monsieur Beale, bienvenue dans notre maison. Voici nos steaks, je suppose. »

Il lui tendit timidement le paquet. « Merci de m'avoir invité. Je commençais à en avoir sacrément assez, des sandwichs au bord de la rivière. » Il n'avait plus parlé à une femme depuis des mois. Il se rendit compte qu'il avait oublié comment s'y prendre, ces petites grâces simples. Et en particulier, il ne savait pas comment s'adresser à une femme mariée. Il était réservé. C'était le plus étonnant, chez lui : si présent physiquement, et si replié en lui-même.

Il s'était détourné de son passé, de son tempérament imprudent, mais sans pour autant prendre un nouveau départ. Il avait pour seul moteur cette pulsion impétueuse, incessante, qui l'avait porté tout au long de l'année 1948, depuis la fin de la guerre, en fait, et l'avait fait atterrir ici, à Brownsburg, en Virginie, dans le salon de gens qu'il ne connaissait pas, sans rien à leur dire du tout, sans aucun moyen de leur décrire ce qu'il portait en lui. Car il avait oublié le plaisir de la compagnie, la beauté des enfants, ce parfum et cette atmosphère particulière : des cœurs droits et chaleureux dans une maison propre et claire.

Il n'avait pas l'habitude d'être le bienvenu. Ni d'être considéré autrement qu'avec lassitude, peur ou dégoût. Soudain, il se sentit tout timide, et le rouge lui monta aux joues. Elle se tenait près de lui, et cela le mettait mal à l'aise. Elle le fixa droit dans les yeux, avec gentillesse, longtemps. Trop longtemps. Il détourna le regard.

« Monsieur Beale. » De sa voix, elle le ramena à eux.

Il se tendit vers les iris gris. « Charlie. Je vous en prie », répondit-il.

Elle continua à le dévisager. « Monsieur Beale, êtes-vous croyant ?

— Pas vraiment, m'dame. Autrefois… mais ça fait un bail.

— Mais vous êtes un homme bon ?

— J'essaie. J'imagine qu'on ne peut pas dire, avant la fin. »

Elle tendit la main, lui toucha le menton comme une mère aveugle explorerait le visage de son unique enfant. Il rougit un peu plus et la chaleur lui cuisit la peau. Elle devait la sentir sous sa main fraîche, comme une fièvre.

« Il cherche du travail », dit Will.

Sans quitter Charlie Beale des yeux, Alma répondit par-dessus son épaule. « Bien sûr, Will. Bien sûr qu'il fera l'affaire. Un peu d'aide serait bienvenue pour toi. Je ne sais pas pourquoi tu avais besoin de mon avis. »

Elle se détourna, s'agenouilla près du petit pour le serrer contre elle. « À présent, allons partager ce déjeuner. »

Et ce fut tout. Quelle que soit la raison pour laquelle Will avait souhaité son opinion, tout était joué.

Et c'est ainsi que cette histoire commença.

2

Charlie demeura près de la rivière, sauf lorsqu'il pleuvait, alors il restait chez les Haislett après le dîner et dormait dans leur chambre d'amis, voisine de celle du petit, qui restait à distance prudente de l'invité. Parfois, les soirs au bord de la rivière, un orage le prenait au dépourvu au milieu de la nuit, et il rampait sous le pick-up et songeait aux draps propres d'Alma, parfaitement repassés, qui respiraient la lessive et le soleil.

C'est là qu'il était le mieux, au bord de la rivière. Il avait l'habitude de la solitude, alors que la pesanteur de tous ces corps endormis autour de lui gênait son sommeil et le laissait plus fatigué encore, le lendemain. Presque tous les jours, au déjeuner et au dîner, il mangeait ce qu'Alma lui préparait et il lui était reconnaissant de ne plus avoir à se contenter de sandwichs et de Coca.

En rentrant sur son territoire, à la nuit tombée, il fumait et guettait les animaux. Il aimait lancer son mégot encore incandescent par la vitre du pick-up et le regarder percuter la route derrière lui en faisant jaillir une gerbe d'étincelles orange, comme une pluie de météorites. Le bref brasillement disparaissait à vive allure dans les ténèbres bondissantes. Et on aurait dit l'instant où la pierre à briquet heurte l'acier, rien qu'une fraction de seconde, mais l'empreinte lui en restait sur la rétine longtemps après. Toute cette magie dans le rétroviseur : ses yeux, la route qui filait, l'étincelle d'une Lucky dans le noir.

Un soir, au moment où il faisait rebondir son mégot d'une chiquenaude, ses phares illuminèrent le cadavre d'une biche, un animal de belle taille qu'une voiture avait renversé et qui gisait sur le bas-côté, le regard tétanisé, figé dans une expression de terreur. Par la suite, chaque fois qu'il voyait la fusée sur l'asphalte, il repensait à cette bête morte et à la permanence de la peur – une fois entrée, elle ne lâchait pas prise. Il espérait que jamais elle ne s'insinuerait en lui.

Il songea à son frère Ned, qui avait toujours cet air apeuré de biche prise dans les phares d'une voiture. Charlie ne l'avait pas revu depuis la fin de la guerre, mais à présent son visage lui revenait avec tant de clarté et de réalisme qu'en tendant seulement la main il aurait pu le toucher. Après ça, chaque soir au moment de lancer sa cigarette par la fenêtre et de la regarder disparaître derrière lui, il prononçait à voix basse le nom de son frère, et la pluie d'escarbilles s'associait de manière inextricable à son visage. Un jour, se disait Charlie, je verrai à quoi il ressemble, maintenant qu'il est adulte. Mais alors les étincelles s'éteignaient, et avec elles le visage de Ned, jusqu'au soir suivant, jusqu'à la prochaine Lucky sur le bitume.

Près de la rivière, sur ses propres terres, il se réveillait chaque matin avant le lever du soleil, confortablement installé sous sa courtepointe, dans la chaleur qui montait et la douceur habituelle de ses rêves. Dans l'ensemble, les journées étaient bonnes, et c'est le cœur léger qu'il se lavait le visage et se rasait dans la rivière.

Il arrivait à la boucherie aux premières lueurs du jour. Ce qu'il aimait dans cette solitude matinale, c'est qu'il pouvait faire les choses exactement comme il l'entendait, sans personne pour surveiller par-dessus son épaule.

Il mettait à profit l'heure dont il disposait avant l'arrivée de Will pour nettoyer la boutique, il balayait le plancher et répandait de la sciure propre chaque matin. Il éparpillait du sel sur le bloc de boucher, qu'il frottait ensuite à l'aide d'une brosse métallique jusqu'à le débarrasser des traces de steaks, de côtelettes et de rôtis, du sang de la veille. Puis il lessivait le marbre à l'eau de Javel diluée dans l'eau chaude. Il allait faire un inventaire de la chambre froide, voir ce qui manquait, ce qui se vendrait et ce qu'il fallait jeter.

Il était trop tôt pour la radio. On ne captait l'écho lointain et les parasites de l'unique station qu'à partir de neuf heures, aussi Charlie fredonnait-il pour lui-même en préparant le matériel. De vieilles chansons que lui chantait autrefois sa grand-mère, et d'autres qu'il avait entendues la veille sur les ondes, un son nouveau venu de Nashville. Toute cette musique country était une découverte pour lui, et il aimait ça. Il se sentait chez lui parmi ces voix de montagne fluettes qui racontaient le paradis et l'enfer, la trahison et le deuil. Parfois les chansons parlaient d'amour et de meurtre. Il y avait dans ces airs quelque chose qui rappelait à Charlie ce qu'on ressentait quand on était amoureux, et qui lui donnait l'envie de l'être à nouveau.

Il alignait les larges bandes de lard en rangées impeccables, du lard qu'il avait soigneusement découpé dans des jambons que Will fumait lui-même, si riches, si salés, puis il disposait des brins de persil autour des tranches restant de la veille. Il taillait des radis en forme de fleurs pour décorer les côtelettes invendues, retournait steaks et rôtis de telle sorte qu'ils aient l'air fraîchement tranchés. Will essayait de ne pas avoir trop de restes en fin de journée, mais quand c'était le cas, Charlie leur redonnait un air tout neuf.

Au moment où les autres boutiques ouvraient, Charlie déroulait le tuyau d'arrosage accroché au mur du bâtiment et il lavait le trottoir devant la boucherie : les briques passaient d'une couleur chair poussiéreuse à un rouge sang profond, puis le soleil en les séchant leur rendait leur vieux rose, celui de la plupart des façades de la rue.

Quand Will apparaissait, toujours avec son garçon, il apportait à Charlie un sandwich à l'œuf et quelques bandes de lard, enveloppés dans du papier paraffiné ; Charlie s'asseyait sur l'unique chaise pour manger son petit déjeuner, pendant que Will passait en revue les chiffres des ventes, appelait l'abattoir, comptait l'encaisse – parfois, il sortait un énorme rouleau de sa poche, ou bien pour l'augmenter de quelques billets pris dans le tiroir, ou bien pour réalimenter la caisse. Puis il remplissait le bordereau pour la banque et traversait la rue, laissant Charlie manger en paix. Pendant ce temps, assis par terre dans son short d'été et son tee-shirt, le petit dessinait des visages dans la sciure. Will apportait toujours deux tabliers de boucher d'un blanc étincelant, il disait qu'Alma savait faire partir le sang sur n'importe quoi, et Charlie n'avait qu'à enfiler le sien quand Will ressortait de la banque. Alors, les premiers clients entraient, faisant tinter la clochette au-dessus de la porte.

Les femmes noires venaient les premières, âgées de dix-neuf à quatre-vingts ans, dans leurs minces robes de coton qui sentaient le savon et la planche à laver en fer galvanisé – comme si elles voulaient boucler leurs achats avant que les femmes blanches sortent de leurs maisons. Parfois, elles avaient aussi des courses à faire en plus pour leurs patronnes blanches. Elles venaient rarement seules, plutôt avec une amie, une cousine ou une tante, et certains matins elles attendaient toutes ensemble devant la porte, avant même que le trottoir soit sec, et elles disparaissaient aussi vite, leurs petits paquets impeccables entre les mains. Parfois des enfants les accompagnaient, qui fixaient Sam sans parler ni dire bonjour.

Elles commandaient autant, sinon plus, qu'aucune des clientes blanches, et Charlie les traitait toutes avec le même respect – mais jamais il n'apprit leurs noms, pas plus qu'elles ne demandèrent le sien.

Des yeux il cherchait leur main gauche, et selon qu'il y voyait une alliance ou pas, leur donnait du « madame » ou du « mademoiselle ». Elles ne souriaient jamais et lui non plus, il se contentait de leur adresser des regards francs et de prendre l'échange avec le même sérieux qu'elles, lorsqu'elles comptaient la somme qu'elles devaient à Will, parfois en billets, d'autres fois en pièces.

Dans le cas où les femmes noires n'étaient pas reparties avant l'arrivée des Blanches les plus matinales, au moment où ces dernières pénétraient dans la boutique, les premières faisaient un pas de côté et détournaient le regard. Puis elle ressortaient d'un pas hâtif, en silence.

C'était le tour des femmes de la ville, qui agitaient des éventails en papier provenant de l'église méthodiste ou des pompes funèbres. On ne pouvait pas dire que la clientèle était plus nombreuse depuis l'arrivée de Charlie, puisque plus ou moins toutes les habitantes de Brownsburg étaient déjà clientes – ainsi que les rares hommes célibataires –, mais leurs visites se faisaient plus joviales, et désormais elles n'achetaient que pour le jour même, voire seulement pour le déjeuner. Ainsi, elles pouvaient revenir le lendemain, ou dans l'après-midi. La plupart des foyers étaient équipés d'un réfrigérateur électrique, aussi auraient-elles pu faire des provisions pour une pleine semaine. Il restait des gens – peu, et surtout des Noirs – qui avaient encore des glacières, et un vendeur de glace faisait sa tournée un jour sur deux. Il hissait son énorme bloc avec des pinces, la sueur maculait sa chemise lorsqu'il sortait de la remorque réfrigérée de son camion, et ses bras massifs miroitaient. Il transportait son chargement dans les maisons, où il le déposait au fond de boîtes en chêne doublées de fer-blanc.

Chaque jour, il venait un homme, un gros type que Will appelait Boaty, même si tous ceux qui le croisaient dans la boutique optaient pour Harrison, ou même M. Glass. Il avait à peu près le même âge que Will, bien qu'il soit difficile de donner un âge aux gens gros, et ils se traitaient mutuellement comme le font les hommes qui ont grandi ensemble, se sont toujours connus et qui ont vu leurs vies, autrefois si semblables, prendre des chemins différents.

« Charlie Beale. Je te présente Boaty Glass. Pardon. Harrison. Harrison Boatwright Glass.

— Bonjour, monsieur Glass. Ravi de vous rencontrer.

— Harrison et moi, on s'est connus au berceau.

— C'est exact, répondit le gros gars. On a fait les quatre cents coups, à l'époque.

— Boaty ne fait pas confiance à sa propre femme, quand il s'agit de lui choisir à déjeuner.

— Ma femme cuisine comme personne, mais elle n'est pas ce qu'on pourrait appeler une lève-tôt. Et ensuite il lui faut environ deux heures pour se préparer à venir en ville, alors toute la bonne marchandise risque d'être partie.

— Tu as toujours su anticiper, Boaty. C'est une qualité admirable. Sers toujours à M. Glass ce qu'on a de mieux, Charlie. Il a travaillé dur, pour ça. Et il le mérite. » Et Will ne put s'empêcher d'ajouter : « Et il lui faut de la quantité, comme tu peux voir.

— Salopard, répliqua Harrison Glass. Tu as toujours eu un côté mesquin, Will.

— Pas la moindre mesquinerie de ma part, Boaty. Tu as l'appétit d'un homme de ta carrure. C'est un fait. Je ne pensais pas à mal. »

Et on servait bel et bien le meilleur à Boaty Glass, qui ne déboursait pas un sou mais se contentait de regarder Will inscrire la note dans son livre. Et parce qu'il achetait en grande quantité, Boaty Glass avait toujours droit à un petit supplément, même s'il n'avait pas l'air d'un homme ayant besoin d'une quelconque remise sur ce qu'il payait.

Boaty Glass était le genre qui plaisantait tout le temps, chez lui c'était comme un tic nerveux. Ses bons mots étaient souvent vulgaires, même si, quand l'auditoire était assez mélangé, il s'agissait surtout de blagues campagnardes et lourdaudes qu'il avait entendues à l'Opry[1] ou lues dans son *Grit*[2].

« C'est le vieux Torkle McCorkle qui entre chez Manley Brown, le forgeron, et Manley vient justement de sortir un fer à cheval du feu, chauffé au rouge, et il l'a posé sur l'enclume. Et alors le type va droit sur l'enclume, il attrape le fer à cheval à mains nues, puis il le repose presque tout de suite. "Tu t'es brûlé, pas vrai ?" lui demande Manley.

« Et le vieux Torkle répond : "Nan. Mais il me faut pas trois heures pour regarder un fer à cheval." »

Et Boaty riait si fort de sa boutade qu'il en exhibait le fond de sa gorge et que sa grosse langue chargée lui pendait des lèvres. Un homme à l'humour viril, auraient dit certains. Un bouffon, auraient corrigé d'autres, avec plus d'à-propos. Un clown gras. Il apparaissait avant de prendre la route pour Staunton, où il se rendait pour affaires. Tout le monde le traitait avec une forme de déférence, comme si, au même titre que Charlie, Boaty était un étranger pour la communauté, alors qu'ils le connaissaient depuis toujours.

« Personne ne l'aime, commenta Will un jour, après le départ de Glass. C'est triste. Même moi, je ne l'aime plus. Aujourd'hui, Eleanor Roosevelt ressemble davantage au gosse que j'ai connu autrefois

1. Établissement où se produisent des musiciens, essentiellement des groupes de musique country, dans les États du sud de l'Amérique. (*Toutes les notes sont de la traductrice.*)

2. Magazine américain, publié à l'origine à un rythme hebdomadaire, fondé en 1882 et demeuré très populaire dans l'Amérique rurale tout au long du XXe siècle.

que Boaty lui-même. Et c'est pas seulement le fait d'être riche. C'était un gentil gamin, baraqué, mais pas épais comme maintenant. Il est devenu grossier. Il s'est trouvé une femme, une péquenaude de la montagne qu'il exhibe comme un diamant au petit doigt. Personne d'autre n'a voulu l'épouser, et Dieu sait qu'il a tout tenté. Imagine un peu ça, être aussi riche et repoussé partout. C'est peut-être ça qui l'a rendu si méprisant. Il est dur en affaires, il ne traite pas les gens avec respect. Il n'y a pas un type qu'il n'ait pas dépouillé à deux comtés à la ronde. Il se croit au-dessus du lot, alors que tout le monde sait très bien ce qu'il vaut, il n'est qu'un gros riche qui a tout oublié de ce que lui a appris sa mère, une sainte femme, paix à son âme.

» On était amis, et puis du jour au lendemain il a décidé que je n'étais pas assez bien pour lui. Il disait toujours qu'il fallait qu'on se voie en famille, un de ces jours. Sauf que ce jour-là n'est jamais arrivé. Et qu'il a fini par arrêter de le proposer.

» C'est triste, de voir son meilleur ami devenir un inconnu. Le genre qu'on n'a pas envie de connaître. Pourtant, il faut bien faire semblant. Faire contre mauvaise fortune bon cœur. Le problème des petites villes, tu vois, c'est qu'on *vit* avec ces gens, on les croise tous les jours. Pas la peine de se battre. Toujours les mêmes têtes, tous les jours, alors il faut être en paix. Et puis, il dépense bien. N'empêche. C'est triste.

» Tout ce que ça prouve, c'est qu'avoir un bon nom et descendre d'une famille comme il faut ne fait pas de vous quelqu'un de bien pour autant. Je ne le reconnais plus du tout, aujourd'hui.

» Et sa femme. Attends un peu de voir ça. Elle vaut le détour. »

Elles l'appelaient toutes M. Beale, les femmes blanches, et il leur demandait gentiment de ne pas le faire, si bien qu'un jour elles finirent par l'appeler Charlie. Lui continuait à employer leurs noms d'épouse, même si à leur tour elles lui demandaient d'arrêter.

« Oui, m'dame », répondait-il, mais il ne changeait rien.

Charlie était meilleur boucher que Will et faisait forte impression sur les femmes. Elles n'en disaient rien, pour ne pas blesser Will. Les steaks de Charlie étaient plus beaux, il ne laissait qu'une fine couche de gras autour, il ficelait bien proprement les rôtis et il bardait avec art, en recouvrant les morceaux de porc de galons bien alignés.

Ainsi Charlie charmait-il les dames en découpant la viande. Plus que de charme, il faisait preuve avec chacune de la même déférence et de la même gentillesse réservée – de la rentière à la plus pauvre des va-nu-pieds, blanche ou noire, pour une liasse de dollars ou quelques pièces de dix cents. Il gagnait leur cœur, et pendant ce temps Will empochait l'argent tout en lisant à Sam le *Richmond Times* dans son intégralité chaque jour – même les légendes des photos, tout depuis la politique jusqu'à la page des sports, en passant par les trucs de bonne femme, comme mettre ses bas dans le bac à glace du réfrigérateur pour les empêcher de filer.

Sam était fou de sports, y compris ceux qu'il n'avait jamais vu jouer, comme le tennis, et bien sûr il raffolait des bandes dessinées qu'il commençait à pouvoir lire tout seul, même s'il devait patienter encore un an avant d'entrer à l'école. Il parlait de Joe DiMaggio et de Steve Canyon, de Popeye et de Harry Truman exactement de la même manière, comme s'il les connaissait vraiment, comme s'ils allaient débouler à Brownsburg d'un jour à l'autre. Son héros, c'était Jackie Robinson, et il racontait sans jamais se lasser comment Jackie frappait la balle et occupait le terrain, il employait l'expression « triple retrait », bien que personne ne fût capable de dire où il l'avait entendue. Il y a des choses comme ça que les petits garçons savent.

À la fin de la première semaine de travail de Charlie, par un vendredi de la fin août 1948, une femme pénétra dans la boutique, et c'est là que cette histoire devient bien plus qu'une simple anecdote – un conte en forme d'avertissement, transmis de père en fils, et de mère en fille l'année où l'adolescente commence à rêver d'amour, celui qu'on voit sur l'écran papillotant du cinéma. Les lumières s'éteignent, le film démarre, les images tressautent sans un bruit sur l'écran tandis que la croix de Malte entraîne la pellicule, et le moindre geste ordinaire devient extraordinaire. Tout s'arrête, et quelque chose d'inexplicable débute.

Au-dessus de la porte, la clochette tinta et tout le monde se retourna pour voir le nouvel arrivant, comme on fait toujours. Elle entra dans la boucherie en silence, et ils la dévisagèrent tous, sans se détourner ni se remettre à parler comme ils le faisaient d'ordinaire, et personne, pas une des femmes, ne prononça une parole aimable à son intention.

Charlie ne l'avait encore jamais vue, lui qui croyait pourtant avoir rencontré tout le monde. Elle était différente des autres femmes, ça crevait les yeux. Elle avait un visage de la campagne, jeune, sans doute guère plus de la vingtaine, et encore. Elle portait une alliance et une bague de fiançailles, ce qui posait clairement la situation, mais en entrant dans cette boutique elle avait l'air de débarquer d'une autre partie du monde, de l'une de ces villes que Charlie avait traversées, dans ses jours et ses nuits de voyageur.

Elle était vêtue d'une robe en lin blanc alors qu'on n'était pas encore à Labor Day[1], ce qui ne se faisait pas, et ces traditions-là comptaient encore, à l'époque. Une robe blanche avec une ceinture vert olive autour de sa taille fine et une encolure échancrée et sophistiquée, dans un style qu'on ne trouvait nulle part dans les magasins de Brownsburg et des environs.

Les lèvres de la jeune femme dessinaient une entaille vermillon et elle avait cranté ses cheveux d'un blond brillant, retenus sur le sommet de sa tête par des peignes en écaille de tortue décorés de diamants fantaisie. Des lunettes de soleil complétaient la tenue – aucune autre femme en ville n'avait jamais songé à s'en acheter – et ses pieds menus étaient glissés dans des espadrilles, nouées autour de la cheville par du gros-grain. Son seul autre bijou était une croix en or autour du cou, au bout d'une chaîne délicate, et elle tenait sous le coude une petite pochette en cuir vert.

Elle avança d'un pas rapide jusqu'au centre de la boutique, et personne ne lui adressa la parole. Charlie, qui était en train de découper des côtelettes pour Helen Anderson, s'interrompit dans sa tâche et essuya la lame de son couteau sur un torchon propre. Lorsqu'il

1. Fête du Travail, aux États-Unis. Elle se célèbre le premier lundi de septembre.

le reposa doucement sur le comptoir, l'acier scintilla brièvement dans la lumière.

Assis sur sa chaise avec le petit sur les genoux, c'est Will qui finit par rompre le silence et l'immobilité. Il se leva, posa son garçon à terre et prononça les mots d'accueil d'une voix douce. « Bonjour, Sylvan. Comment ça va ? Et Boaty ?

— Nous allons bien, répondit-elle. À merveille. Tout est comme d'habitude, vraiment. »

Elle avait une voix douce et enfantine. Elle devait à peine sortir de l'adolescence. À sa diction, il paraissait évident qu'elle n'était pas du coin. Elle avait cet accent lointain des princesses et des actrices.

D'un geste très lent, elle retira ses lunettes fumées en inclinant la tête, avec grâce et douceur. Elle releva furtivement les yeux vers Will et le salua d'un signe de tête. Puis, debout au milieu de la boutique, elle se tourna lentement pour dévisager Charlie Beale. Cinq secondes. Dix, peut-être, pas plus, mais qui parurent une éternité.

Il avait les mains posées sur le comptoir. Il bouillait de faire quelque chose, d'essuyer le billot, de jouer avec la petite monnaie dans sa poche, mais comme personne ne bougeait, il n'en fit rien.

« Je peux vous aider, m'dame ? Est-ce que... ?

— Non. Non, merci. Je n'ai pas faim. » Elle parlait avec cette sorte de faux accent britannique que Charlie n'avait entendu que dans les films, dans la bouche de ces femmes resplendissantes sur grand écran, avec leur chevelure étincelante et leurs lèvres noires.

Cinq secondes.

« Pour l'instant. Je n'ai besoin de rien pour l'instant. »

Puis elle pivota et se dirigea vers la porte. La clochette tinta sur son passage, et elle se protégea brièvement les yeux de la main, dans la luminosité soudaine de la rue. Elle rechaussa ses lunettes de soleil et se glissa dans une Cadillac noire. Elle démarra et s'éloigna.

Il mourait d'envie de regarder. Il était évident qu'il voulait de tout son être suivre cette femme des yeux – une lueur trépidante apparut dans son regard, avant de disparaître aussi vite, en une seconde, et alors il passa au client suivant. Il revint à lui comme un homme qui se réveille d'un sommeil profond et qui a pris du retard. Sa lame trancha net une côtelette dans un bruit mat, ces dames se remirent à pépier et à l'observer tandis qu'il se retenait de la regarder partir.

« Cette femme, commenta Will, elle marche comme un fermier.

— Comment ça ? demanda Charlie.

— Quand elle marche, répondit Will en prenant son temps, on dirait qu'elle a une balle de foin sur une hanche, et une d'alfalfa sur l'autre. Quand elle marche – il marqua une pause, pour l'effet –, elle fait tourner les cultures. » Toutes les femmes éclatèrent de rire et Charlie en fit autant, même s'il trouva la blague vulgaire, et à mille lieues de rendre justice à la démarche majestueuse et poétique de cette jeune fille.

Puis, comme à la fin du film, tout se remit en route, les femmes reprirent leurs bavardages, comme si de rien n'était, Charlie finit de découper ses côtelettes avant de les envelopper proprement dans une feuille de papier blanc immaculée qu'il déchira sur le rouleau au-dessus de sa tête, les mains tremblantes, le corps parcouru de frissons électriques sous ses vêtements, le petit et Will se rassirent pour jouer avec de la ficelle entre leurs doigts, faisant craquer la chaise à chaque nouvelle figure, de plus en plus compliquée.

« Pauvre Sylvan, dit Eleanor Cooke.

— Pauvre Boaty Glass, vous voulez dire, corrigea Mary Page. Il en a eu pour son argent, ça c'est sûr.

— Qui se couche avec les chiens se lève avec des puces », conclut Eleanor, et toutes ces dames opinèrent gravement du chef.

Mais Charlie Beale avait entendu son nom. Sylvan Glass. Il éclata dans son cœur et dans sa tête comme un pétard du 4 Juillet. Un éblouissement. Un ébahissement.

En somme, dans tout son mystère, quelque chose de totalement merveilleux.

3

Un chatoiement et une immobilité parfaite, tout ensemble. Charlie avance sur ses terres en fredonnant une chanson, mais à l'échelle du paysage lui-même il est aussi statique et muet qu'une pierre. Comparé aux animaux qui l'entourent, invisibles, qui se meuvent, se nourrissent et s'accouplent, il est une statue.

Chaque brin d'herbe, chaque feuille et chaque caillou glissent lentement dans l'ombre de cette fin d'été, en chuchotant une histoire de deuil et de subsistance ; les oiseaux regagnent le nid pour une nuit ou deux avant leur longue migration familière. Le décor dans lequel il progresse n'est qu'une infinie cascade d'extinctions et de renaissances, et il sent le silence immense des morts et le pouls éternel des vivants battre à travers la semelle de ses chaussures.

Il se trouve dans une vallée, dans la chaîne des Blue Ridge, en Virginie, sur les plaines près du fleuve Maury. Il est lové dans la paume de la vallée, qui l'enveloppe comme une mère protégerait un œuf au creux de sa main.

Il a déplié ses couvertures par terre, mangé son sandwich, lavé dans la rivière son assiette en fer-blanc moucheté, et la lumière déclinante n'est plus qu'un voile impalpable entre lui et l'obscurité moussue de la nuit. Il fredonne cet air qu'il a entendu deux jours plus tôt, chanté par des vieux assis sous le porche de l'épicerie générale, des frères en salopette et bottes crottées de boue, des frères à cheveux et barbe blancs, une guitare à cinq cordes et une mandoline, le même visage avec deux ans d'écart peut-être, et deux mélodies qui s'entremêlaient comme une seule onde dont le courant l'enveloppait. Les paroles lui reviennent, et le son de ces voix tremblantes, si pleines de ce qui était plus qu'une croyance – une certitude.

La vie est comme un chemin de fer de montagne
Avec un conducteur si vaillant
Tu dois réussir la balade
Depuis le berceau
Jusqu'à la tombe
Prends garde aux virages au cœur des tunnels
Jamais ne faiblis, ni n'échoue
Garde bien les mains sur la poignée de gaz
Et les yeux sur les rails.

C'était de la musique. Du gospel. La croyance intime de leurs cœurs, à ces vieux, et Charlie, en les écoutant, croyait lui aussi. Non pas à la parole du gospel, mais à l'éternité de tout ça, cette musique, ces frères, cette vallée même – il y avait là plus d'éternité que l'esprit d'un seul homme n'en pouvait contenir.

En quoi croit-il, voilà ce qu'il se demande en cet instant, tandis qu'il fredonne et réfléchit aux paroles de la chanson qu'il leur a fait chanter trois fois afin de bien la mémoriser. Et en cette seconde, il croit à cette vallée, à cette terre qu'il foule, à cette eau qui coule non loin et traverse son existence, il croit aux heures qui font glisser l'après-midi vers le soir, puis la nuit, la pénombre sûre et solitaire.

Il croit à la paix de tout ce qui l'entoure, à sa pérennité.

Béni soit le Sauveur, qui nous guidera
Jusqu'à la rive bienheureuse.

Mais c'est ici qu'elle est, la rive bienheureuse, c'est cette vallée de la douce Virginie. Il n'a plus à chercher. Et tout en fredonnant, il sait à quoi il croit. À la force du muscle, aux plaisirs de la chair, à la bonté du cœur. Croire à la bonté, c'est pour lui une chose nouvelle, un cadeau que lui font la rivière, cette terre et la lumière bleue qui a déjà presque viré au noir, l'encre du ciel piqueté d'étoiles. Voilà ce que la vallée et la rivière lui murmurent à l'oreille, dans le basculement du crépuscule. Il le croit en cet instant et le croira toujours, que les gens sont bons, et qu'il est bon lui-même, parmi eux.

Là où les anges viennent nous rejoindre
Dans la grâce éternelle de Dieu.

Il sait à présent que les anges nous ont rejoints, l'ont rejoint, sont en lui. Quelle surprise, au bout du compte. Tous ces êtres vivants, serpent et oiseau, poisson et homme, travaillant à créer ce tout, ce son et ce silence radieux, ces voix humaines et animales qui s'unissent en une seule, qui contient tout le monde du Sud, cette mélancolie tragique, et aussi toute cette vie. Car que fait cette terre, sinon perdurer ? Et face à cette évidence, que leur restait-il à faire, sinon à persister, eux aussi, en même temps que le sol qui leur fournissait le pain et nourrissait leur cœur ?

Allongé sur ses couvertures, il se souvient, et tout cela pénètre dans son corps et il sait qu'il est à présent devenu ce qu'il sera jusqu'à la fin, à moins que quelque chose de terrible, d'inimaginable ne se produise, mais il n'y croit pas. Le silence est si profond. Et en son sein résonne une clameur immense. Tout est si plein.

Comme chaque soir avant de s'endormir, il réfléchit, il se demande à quoi bon, quelle est la raison de toute cette errance, de sa solitude sur cette terre si peuplée, s'il ne doit pas être père un jour. D'un enfant à lui, d'un fils à qui il apprendrait le monde, et qu'il élèverait pour qu'il devienne un grand scientifique, ou un bon boucher, ou un as du base-ball. Et, chaque soir avant de s'endormir, le souffle doux et paisible de son fils rêvé assoupi tout près lui manque.

Il ferme les paupières et aperçoit le rêve qui l'attend. Il entend les deux frères, qui après avoir tant ri de sa stupidité, comprennent qu'ils sont en train de convertir un pécheur en croyant, aussi chantent-ils avec grâce et conviction, avant de le renvoyer, d'un mouvement de la main. Rien de plus que ce geste : Maintenant, ça dépend de toi. Tu en sais assez. Si tu n'as pas compris, c'est que nous avons échoué et que tu ne peux être sauvé.

En traversant le pont
Qui enjambe la marée montante du Jourdain
Tu apercevras une gare

Dans laquelle ton train glissera
Là tu rencontreras le Directeur
Dieu le Père, Dieu le Fils.

Il dort, à présent, paisible et enveloppé, la main droite contre l'oreille, dans son sommeil il entend sans les entendre les dernières paroles que les vieux frères lui ont données avec tant de grâce.

Dans une ovation sincère et joyeuse :
« Tu es bien las, Pèlerin
Bienvenue chez toi. »

4

Juste à la sortie de la ville, sur une pente douce au bord de la grand-route, se dressait l'église baptiste Ebenezer, qui chaque année organisait sa dégustation d'huîtres et, dans le genre, on ne faisait pas mieux. Tous les Blancs de la ville s'y rendaient, et certains même faisaient la route depuis Lexington. Les festivités démarraient à trois heures de l'après-midi, avec des jeux et des échanges de potins jusqu'à l'heure du dîner, puis se poursuivaient jusqu'à la nuit au son du violon du vieux Rooster Ruley, et les dames de la paroisse passaient leur journée aux fourneaux.

Les huîtres arrivaient quelques jours plus tôt, de la baie de Chesapeake, dans de grands fûts en bois remplis de glace pilée, et on les conservait dans l'obscurité de la cave de l'église, où ces dames les arrosaient chaque jour de farine de maïs – ce qui était censé les engraisser, et peut-être que ça fonctionnait vraiment.

On préparait de la soupe aux huîtres à la crème fraîche, au beurre et à la noix de muscade, un mélange si riche qu'on risquait de se boucher les artères dès la première cuillerée ; il y avait aussi des huîtres poêlées ou en beignets, ainsi qu'un bar à huîtres où des hommes les ouvraient à la chaîne pour que d'autres viennent les gober directement dans la coquille, noyées dans une sauce bouillante qui brûlait la langue. Dans cette vallée encaissée, les huîtres n'étaient pas seulement un mets fin, c'était une rareté, une manière très exotique de tuer un après-midi de fin d'été.

On trouvait aussi des biscuits chauds et du beurre de ferme, tendre, riche et d'un beau jaune d'or, et aussi des épis de maïs, fraîchement cueillis du matin, des tomates du jardin, de la salade de chou, du thé glacé et de la limonade.

Ainsi que deux parfums de crème glacée, dont la recette provenait de la grand-mère de Louisa Stephens, aux noix de pécan et à la pêche, à base de crème épaisse, de sucre et d'œufs de basse-cour. Les adolescents de la paroisse la confectionnaient la veille au soir, ils la brassaient à la main dans de vieux barils en bois débordant de copeaux de glace achetée au vendeur et de sel gemme pour la faire tenir, et ces filles et ces garçons remuaient à tour de rôle à en avoir mal aux bras, puis passaient le relais au suivant. Alors on enveloppait le tout de mousseline et on le stockait dans des cuves remplies de glace, que l'on remontait au fur et à mesure, toute la journée du lendemain.

On jouait au softball dans un champ tout juste tondu, derrière l'église. Les garçons y passaient l'après-midi, puis le soir venait le tour des hommes et aussi de quelques femmes, celles qui s'étaient mises à porter le pantalon et à fumer, pendant la guerre.

Même Elinor et Ansolette Gadsden venaient, des jumelles restées vieilles filles, tellement identiques qu'elles-mêmes avaient du mal à se différencier. La frontière qui les distinguait en tant qu'individus avait disparu depuis longtemps. Elles se ressemblaient, naturellement, et les rides sur leurs visages de sexagénaires étaient rigoureusement similaires. Elles s'habillaient de la même manière, allaient main dans la main et terminaient les phrases l'une de l'autre.

Autrefois, c'étaient de vraies beautés, disaient les anciens, ceux qui se les rappelaient jeunes filles, et Elinor et Ansolette avaient encore ce je-ne-sais-quoi, ce raffinement qui les distinguait de la masse. Leur famille – dont elles étaient les ultimes représentantes, la fin de la lignée en quelque sorte, du fait de leur refus obstiné d'être séparées et donc de se marier – s'était installée en ville dès sa fondation. Leur compagnie était très prisée, car c'étaient des aristocrates, riches comme Crésus, et les dernières des Gadsden.

On racontait que, si elles ne s'étaient pas mariées, c'est parce qu'elles aimaient taquiner les garçons en échangeant leurs places au moment opportun, si bien que lorsqu'un malheureux jeune homme se présentait pour faire solennellement sa demande à Elinor, il était accueilli d'un grand éclat de rire, car c'était la main d'Ansolette qu'il tenait avec tant d'ardeur. Tout le monde en ville les surnommait « mademoiselle Allie » l'une comme l'autre, et même Boaty les traitait avec respect, voire avec affection.

Les vénérables vieilles dames jouaient donc au softball. Elles ne se déplaçaient pas sur le terrain mais tenaient la batte une fois par an, à tour de rôle, pour renvoyer les passes faciles que leur lançaient les hommes. Elles frappaient à l'identique n'importe quelle balle, dans leurs tenues jumelles, et au bout de six coups, c'en était fini pour un an de leurs exploits athlétiques.

Mais en ce jour de 1948, dans ce champ, c'est Charlie Beale qui conquit tous les cœurs. Il joua sans relâche, avec les garçons puis les adultes, et c'était un spectacle de toute beauté. Il retira sa chemise blanche pour jouer en maillot de corps et bretelles, de sorte qu'on voyait sa carrure et son gabarit – il n'était pas gros mais fort, un jeune homme élancé, avec une peau comme des lèvres de bébé, le cou et les épaules rosis par l'effort. Il avait toute la puissance et la grâce d'un athlète-né, et cette lueur qui lui allumait le regard dès que la balle passait à sa portée ou qu'il tenait la batte entre les mains, c'était une merveille à voir.

Il savait intercepter n'importe quel lancer, il attrapait la balle au premier rebond, il sautait et pivotait en l'air pour la propulser jusqu'à la base suivante avant même que le coureur s'en approche. Il plongeait et roulait dans l'herbe pour plaquer une balle renvoyée au sol avec puissance, puis se relevait en un clin d'œil, et jamais son tir ne manquait son but.

Sam Haislett était en extase. Aucune cajolerie, aucune supplique n'aurait pu l'arracher à son poste d'observation, au bord du terrain. Il n'était pas question pour lui d'en rater une miette.

Au marbre, on aurait dit que la batte était une extension innée des longs bras de Charlie. Il prenait la pose comme un pro, jambes écartées, bien perpendiculaires à la plaque, et, quand on lui lançait la balle, même une balle fronde, il se penchait légèrement en arrière, décrivait un grand jeté avec sa jambe de devant et renvoyait *ad patres* à chaque coup.

Sam ne le quittait pas des yeux, et il eut le coup de foudre. Son Beebo, c'était comme si toutes les photos de base-ball découpées dans les magazines avaient pris vie. Il était Jackie et Joe réunis. Le voir frapper, ou bien pivoter pour lancer, le regard inflexible, visant toujours juste, c'était pour Sam un tout premier aperçu de la puissance et du potentiel qui sommeillaient dans son minuscule corps à lui. Il n'avait jamais rien vu d'aussi beau.

Les autres non plus, d'ailleurs. La partie en cours avait attiré les curieux, qui reprenaient tous en chœur le surnom hurlé par Sam – si bien que chaque fois que Charlie frappait, tout le monde retenait son souffle, puis laissait exploser sa joie en criant « Beeeebo ! » à l'instant où le bois dur de la batte percutait le cuir éraflé de la balle avec un bruit sec. Ils étaient témoins d'une scène telle qu'ils n'en avaient jamais vu, homme ou femme, en tout cas pas dans la vie réelle, une scène qu'aucun d'eux n'oublierait jamais. Et à partir de ce jour, ce surnom se fixa dans leurs mémoires, au même titre que Babe ou Joey D.

« Il a déjà joué, ce gamin, affirma l'un des hommes. Peut-être même pro.

— Non, je ne crois pas. Triple A peut-être. Mais comme tu dis : il a joué. »

Lorsqu'il finit par quitter le terrain, Charlie avait le cou et les épaules roses et dégoulinants de sueur, et la foule migra avec lui, perdant brusquement tout intérêt pour le jeu. Sans lui, la partie était terminée.

L'une des femmes attrapa une serviette dans le coffre de sa voiture, et il l'en remercia avant de s'éponger tout le corps et de remettre sa chemise. Elles le fixèrent toutes jusqu'à ce qu'il ait fermé le dernier bouton. Les hommes traînaient autour pour lui taper dans le dos. Beau boulot, Beebo. Beau boulot. C'était leur manière à eux de dire à l'étranger qu'il avait sa place parmi eux, que d'où qu'il vienne et malgré son drôle d'accent, il faisait l'affaire.

Quand la foule se dispersa, Charlie aperçut Sam. Il le ramena dans la zone de jeu, s'agenouilla derrière lui dans le rectangle du batteur et donna au petit sa première leçon de tenue de batte. Il lui apprit à fixer la balle sans ciller, quoi qu'il arrive, sans jamais trembler, et aussi à amorcer la bascule avec les hanches. Par la suite, Sam ne devait plus jamais frapper dans une balle sans sentir la présence de Charlie derrière lui, les mains de Charlie sur les siennes, les bras de Charlie le faisant se balancer en arrière puis de nouveau en avant, droit sur la balle, pour l'envoyer à la limite du champ voisin, si vite que l'œil ne pouvait la suivre. Pour le reste de sa vie, chaque fois qu'il attendrait une passe, il entendrait la voix de Charlie lui chuchoter à l'oreille que c'était des hanches que partait la force, et non des bras.

Plus tard, Charlie alla s'asseoir auprès de Will et d'Alma pour se détendre, et Sam ne quitta pas les abords du terrain, pour être paré à la seconde où Charlie reprendrait la batte – il ne voulait rien demander, mais encore moins manquer quoi que ce soit. C'est alors qu'Alma raconta à Charlie leur histoire à tous.

« Ils ont l'air de gens bien », conclut-il en observant les habitants de Brownsburg réunis, en chemise propre et robe impeccable, s'embrassant et se donnant l'accolade comme s'ils ne s'étaient pas vus depuis une éternité.

« Je vais vous raconter une histoire, poursuivit Alma. C'est ma mère qui me l'a transmise, elle remonte à la Grande Dépression. L'ivrogne du village est assis sur les marches du tribunal. Cela se passe dans une petite ville comme les autres, comme celle-ci. Arrive un vagabond. Il s'arrête devant l'ivrogne et lui demande : "C'est quel genre de ville, ici ?" L'ivrogne hausse les sourcils, dévisage le bonhomme et lui répond : "Oh, une ville affreuse. Remplie de menteurs et de tricheurs, qui ne vivent que pour être méchants." Alors le vagabond le remercie et poursuit son chemin, espérant trouver mieux ailleurs. Un peu plus tard, un autre vagabond se présente. "Quel genre de ville c'est ?" demande-t-il à son tour. Cette fois, le vieil ivrogne répond : "C'est une ville merveilleuse. Les gens y sont bons et généreux, ils accueillent les étrangers à bras ouverts et élèvent leurs enfants dans le droit chemin." Alors le vagabond décide de rester un peu, il trouve des petits boulots, puis, assez vite, un vrai travail, et les choses s'arrangent pour lui. Il finit par avoir une femme, une petite maison et des enfants à lui. Et, comme le reste de la ville, il les élève dans le droit chemin. »

Ils continuèrent de contempler la foule pendant une minute, puis Charlie se tourna vers elle. « Cette histoire… c'est celle de la ville, de l'ivrogne ou du vagabond ?

— C'est celle d'un homme qui trouve ce qu'il s'attend à trouver. Qu'espérez-vous trouver, monsieur Beale ?

— Quand est-ce que vous allez m'appeler Charlie ?

— Bon sang, Alma, il dort sous notre toit, tout de même.

— Will, il en sera ainsi entre M. Beale et moi, du moins pendant un petit moment. Ce sont des gens bien, monsieur Beale. Je fais l'école à leurs enfants. On en apprend beaucoup, sur les familles. » Elle se tourna vers lui avec un sourire. « Je suis timide, monsieur Beale, voilà tout. Will n'aime pas ça, mais c'est ma nature. C'est ainsi, quand on rencontre peu de nouvelles têtes.

— Ce sera comme vous voudrez, m'dame. »

Elle éclata de rire et lui toucha la main. « Ce n'est pas parce que je suis timide que je suis votre mère, quand même. Appelez-moi Alma.

— Ce serait pas très équilibré.

— C'est seulement pour quelque temps. Un jour, par mégarde, je vous appellerai par votre prénom.

— Je suis patient. »

Will se tourna à son tour vers lui. « Alma a raison. Des gens bien. Heureux, dans l'ensemble.

— Et nous avons de bonnes manières. Cela compense ce que le bonheur n'apporte pas.

— Comme m'a dit un jour Sam Mohler, alors que j'étais tout jeune, ajouta Will en riant : "Tu sais, je crois que les gens décident assez tôt dans la vie s'ils vont être heureux ou pas. Et ensuite, ils s'y tiennent." Bon, c'était juste un mois avant qu'il se fasse renverser dans son propre jardin par le fils de Jackson Woody, un gamin de seize ans qui conduisait en état d'ébriété. Woody vendait des voitures. Jack Junior en avait emprunté une à la concession, à peu près sept minutes avant de tuer Sam. Tout n'est pas rose, contrairement à ce que dit Alma. » Il se leva. « Mais que ça ne nous empêche pas d'aller nous servir de la crème glacée. Et de nous mêler un peu à eux. »

Charlie connaissait les femmes pour les fréquenter au magasin. Will lui présenta les hommes, ainsi Charlie put-il progressivement reconstituer la ville, maris, femmes et enfants. Ils l'accueillirent tous avec cette même distance amicale, et personne ne lui demanda comment il s'était retrouvé à travailler dans une boucherie à Brownsburg.

Will se fit servir trois bols de crème glacée, avec lesquels il alla rejoindre Alma et Charlie, qui s'étaient installés autour d'une table de pique-nique, à l'ombre ; le temps d'y arriver, le dessert commençait déjà à fondre. Une longue voiture noire vint se ranger non loin, et Boaty Glass en descendit, avant de faire le tour pour ouvrir la portière passager – les hommes avaient encore cette élégance, à l'époque –, et alors elle sortit à son tour, une apparition. Toute neuve, de pied en cap.

Elle portait une robe cintrée à la taille et à jupe longue, en soie bleu roi, sans manches – une robe de cocktail, pas le genre de tenue qu'on porte pour la kermesse d'une église baptiste. Elle avait une silhouette parfaite, arrondie, douce et charnue pour une jeune fille, bien qu'elle parût svelte à côté de son corpulent mari. Elle avait de longues et belles jambes, et ses cheveux blonds étaient liés par un ruban ; cette coiffure rappela à Charlie une autre femme, peut-être aperçue dans un magazine. Elle était grande, plus que son mari. Si elle s'était tenue à côté de Charlie, elle l'aurait dépassé de quelques centimètres, surtout avec ces chaussures.

Elle ressemblait au genre de pin-up dont les hommes emportaient la photo à la guerre, pour la contempler dans la solitude de leurs nuits après avoir écrit à leur chère et tendre. Une pin-up avec des lunettes de soleil, qui cachaient ses yeux au monde. Ensemble, Boaty et Sylvan avaient l'air importants, tout droit sortis de *Life Magazine*.

« Lui, tu le connais, annonça Will. Mais tu ne sais pas grand-chose d'elle. Raconte-lui, Alma.

— Je n'en sais pas plus que le reste de la ville. » Elle marqua une pause, comme si elle essayait de se remémorer un conte, un mythe entendu dans son enfance. « Il y a un endroit, à une vingtaine de kilomètres d'ici, qui s'appelle Arnold's Valley. D'un accès difficile, mais très sauvage et très beau, ravissant. Aussi préservé que le jardin d'Éden. Je n'y suis allée qu'une fois, il y a longtemps. Ce sont les mêmes gens qui y vivent depuis des générations, une quinzaine de familles, depuis avant même la fondation de cette ville, et ils n'aiment pas les étrangers, pas plus que la vie moderne.

» Personne ne se rend là-bas, hormis parfois des émissaires de l'État pour essayer de les convaincre d'envoyer leurs enfants à l'école. Et puis il y a eu des agents recruteurs de l'armée, qui ont tenté d'enrôler les adolescents. Les garçons se sont cachés dans les bois, et on a fini par les laisser tranquilles. Toujours est-il que leurs enfants ne vont pas à l'école et que leurs jeunes gens n'ont pas fait la guerre. Quand quelque chose tourne mal, c'est qu'eux-mêmes l'ont décidé, et non le monde extérieur. Quand ils se marient, si tant est que ces gens-là aillent à l'église, ou bien quand il y a un mort, ils s'occupent de tout tout seuls. Rien ne quitte la vallée.

» De temps à autre, on les voit en ville, pour acheter des chaussures, ou du sucre, en somme ce qu'ils ne peuvent cultiver eux-mêmes. Mais c'est rare.

» Harrison Glass était encore célibataire à quarante-huit ans. Il prenait soin de sa mère, il faut dire, une femme difficile, sujette aux crises et aux attaques, et qui n'était pas seulement malade mais hypocondriaque. Maigre et romantique comme une plante qui aurait poussé dans une terre pauvre. Trois semaines après sa mort, quand il l'a eu mise en terre, il a pris sa voiture et il s'est rendu à Arnold's Valley pour la première fois. Tout le monde pensait que c'était pour y acheter de la terre. Il n'a parlé à personne, et personne ne lui a parlé. Ils ont juste regardé sa grosse voiture aller et venir sur les chemins. Mais ce n'est pas du terrain qu'il cherchait.

» On dit qu'il y est allé douze fois. À la troisième visite, il l'a aperçue dans un jardin, et il a commencé à revenir plus souvent et à la chercher – dans le potager, dans les champs, sous la véranda.

» La dernière fois, il a garé sa voiture en face de chez elle. Il en est descendu, il a traversé la cour, il a frappé à la porte et a parlé à son père. Puis il l'a achetée, en liquide, en même temps que la ferme – où aucun des deux n'est jamais retourné, il me semble. Il se l'est offerte pour mille ou deux mille dollars, mais ç'aurait pu être plus, ou moins. Elle avait seize ans.

— Il se l'est payée comme une tête de bétail, ajouta Will.

— C'était il y a trois ans. Il l'a emmenée en ville et il l'a épousée. Will et moi sommes allés à la noce, pour ce qu'elle valait. À part le “oui”, elle n'a pas prononcé un mot de toute la journée. Ensuite, il l'a accompagnée au seul endroit où elle voulait aller, à Hollywood, pour qu'elle grimpe dans un car et fasse la tournée des maisons des vedettes. Cinq jours aller, une semaine sur place, cinq jours retour.

» Et, depuis ce jour, on ne l'a pas entendue beaucoup plus. Il lui a acheté une voiture, et elle se rend à Lexington un jour sur deux pour aller au cinéma. Elle en est folle.

» Elle s'appelle Sylvan. Charmant, n'est-ce pas ? C'est peut-être son vrai nom, un vieux prénom de la montagne, ou bien elle l'a entendu à la radio ou dans un film quelconque. Sylvan Glass.

» Dans les films qu'elle va voir, elle regarde les tenues, ou bien elle en découpe dans des magazines, et elle charge une femme en ville de lui refaire les mêmes modèles qu'à Hollywood, mais dans une version de pacotille. C'est comme cela qu'elle a appris cette drôle de diction qu'elle a, d'abord en écoutant les feuilletons à la radio, depuis son plus jeune âge, puis en allant voir les vedettes au cinéma, maintenant que Boaty lui a acheté une voiture.

» Et c'est sa vraie couleur de cheveux. À Arnold's Valley, ils sont tous blonds, pour ainsi dire. Jamais elle ne retournera là-bas.

— Alma est allée chez eux, une fois, c'est cette grande maison, près de l'abattoir. Elle lui a proposé de venir en ville prendre le thé chez nous. » Will se tourna vers sa femme.

« Elle a répondu qu'elle en serait ravie, sourit Alma. Adorable. Mais elle n'est jamais venue. Et je ne le lui ai plus jamais demandé. »

Tout le temps qu'Alma parlait, Charlie n'avait pas une seule fois posé le regard sur Sylvan. Il enregistrait les informations, voilà tout. Depuis la toute première fois qu'il l'avait vue, à la boucherie, elle s'était imprimée au fer rouge dans son esprit, si belle et si vivante – c'est l'effet qu'elle faisait à la plupart des hommes, et des femmes aussi.

« C'est le paradis, là-bas, ajouta Alma. Bien entretenu, soigné. Ils n'ont rien, ni argent ni éducation – on dit qu'ils n'ont même aucune morale, mais je n'y crois pas. Rien d'autre que leur terre. Ils ne savent rien de ce qui se passe dans le monde extérieur. Tout ce qui leur importe, c'est cet endroit, ces quelques fermes. Ils n'en sortent jamais. C'est peut-être une histoire de religion. Ou peut-être que ce sont seulement des gens secrets. Tout ce que Sylvan sait, elle l'a appris à la radio et, ces trois dernières années, au cinéma.

— Elle est belle, fit remarquer Charlie en glissant un regard à la dérobée en direction des Glass – Harrison lâcha un rire sonore, tandis que Sylvan se tenait placidement à côté de lui.

— Ne le dis pas trop fort, le mit en garde Will. Boaty Glass te couperait l'oreille en moins de deux. C'était un bon gosse, mon meilleur ami, même, mais il est devenu méchant, un gros type roulant sur l'or, un colérique avec un sale caractère. »

Charlie se leva. « Sam, allons dire bonjour à M. et Mme Glass. » Il entraîna le petit et ils s'approchèrent du couple. Charlie serra timidement la main de Boaty, puis Sam en fit autant.

Sylvan se tourna vers Charlie, retira ses lunettes de soleil de sorte que ses yeux verts étincelèrent au soleil, puis elle leur prit la main à son tour – d'abord celle de Sam, puis celle de Charlie, sans un mot. Mais à la manière qu'il eut de laisser les doigts suspendus dans l'air un instant, là où ils avaient rencontré ceux de Sylvan, il était évident que quelque chose s'était passé entre eux, une reconnaissance puissante et immédiate. Comme si ce qui devait leur arriver avait déjà eu lieu, comme si tout était conclu.

Si l'on avait été en hiver, il y aurait sans doute eu

une étincelle d'électricité statique, un signe visible, mais c'était l'été. Il s'était dit quelque chose, et elle était la seule à savoir quoi.

Charlie laissa flotter sa main dans l'air plusieurs secondes, en buvant les derniers instants du regard vert avant qu'elle remette ses lunettes de soleil, puis il rentra la main dans sa poche pour se raccrocher à la chaleur de ce bref contact. Il hocha la tête, d'abord vers elle, puis vers son mari, et le petit et lui retournèrent à leur table.

« Elle sent bon, maman, dit le garçon. Comme si elle coûtait beaucoup d'argent. »

C'était la fin de l'après-midi, et la deuxième fois qu'il la voyait. Mais cela avait suffi. Quelque chose avait été prononcé. Le film avait démarré.

Ils ne s'éternisèrent pas. Boaty Glass et sa femme ne restèrent pas plus d'une heure. Lui se servit de tous les plats, raconta des blagues cochonnes à des baptistes rougeauds en transpirant comme un porc et en riant à gorge déployée, tandis que la nourriture lui dégoulinait au menton. Sylvan, quant à elle, adressa de charmants signes de tête à tout le monde, mais sans un mot, le regard attiré ailleurs – juste un ou deux coups d'œil presque fortuits en direction de Charlie. Lorsque les yeux vagues de la jeune fille se posaient sur son visage, l'iris vert s'illuminait brusquement d'une lueur aiguë – une fois, deux, puis une troisième, tandis que son mari lui refermait sa portière. Rien de plus, mais cela avait suffi.

Après leur départ, on mangea encore un peu, on dansa aussi – même si en général l'Église n'approuvait pas –, jusqu'à ce que les ombres s'allongent sur le terrain de base-ball improvisé, que tous les enfants soient fatigués, que l'odeur d'huile de friture ait imprégné les vêtements de tout le monde et qu'il n'y ait plus d'huîtres.

Le crépuscule tomba, puis la nuit, et on alluma les décorations de Noël que quelqu'un avait descendues de son grenier, mais les enfants commençaient à se chamailler. Ray Turner raccompagna les jumelles Gadsden dans leur grande maison, la plus imposante de la ville, parce qu'elles ne conduisaient pas et que c'était un bon garçon prudent. Alors on se décida à rentrer chez soi, tandis que les baptistes nettoyaient ce qui risquait d'attirer les animaux, remettant le reste au lendemain. Dès neuf heures du matin, tout serait comme neuf.

Charlie fit signe aux Haislett, puis monta dans son pick-up pour rejoindre sa terre au bord de la rivière, dans la nuit claire où les étoiles semblaient accrochées juste au-dessus du rideau de peupliers qui bordaient le cours d'eau ; il alluma une Lucky Strike et écrivit un mot dans son journal, un simple prénom. Puis il but son verre de whisky et récita ses prières d'incroyant, avant de s'allonger par terre et de s'endormir avec une seule chose en tête, qui scintillait sous ses paupières et lui enflammait le cœur comme une musique.

5

Avant tout, que les choses soient claires : ce n'était pas une mauvaise fille. C'était une rêveuse, qui voulait quelque chose, n'importe quoi pourvu que ce soit à elle. N'est-ce pas le propre de toutes les jeunes filles ? Quelle petite de son âge, sortie d'un trou pareil, n'aurait pas fait tout son possible pour ressembler à ce qu'elle aspirait à être en ce bas monde ? Bien des années avant d'en voir sur un écran, elle rêvait déjà des vedettes de cinéma et c'est en regardant son premier film, hypnotisée dans l'obscurité du State Theater, qu'elle put enfin mettre un nom sur ce qu'elle avait toujours désiré.

Où était-elle allée chercher tout ça ? Depuis l'âge de six ans, elle écoutait *Les Aventures d'Helen Trent*[1] à la radio. Helen Trent était amoureuse depuis toujours de Gil Whitney, pourtant elle se refusait à lui, alors qu'il l'aimait de tout son cœur, malgré ses trente-cinq

1. *Les Aventures d'Helen Trent* (en anglais : *The Romance of Helen Trent*) : feuilleton radiophonique diffusé sur CBS de 1933 à 1960, mettant en scène une costumière de trente-cinq ans se battant pour se bâtir une carrière à Hollywood.

ans. Dans cette émission, Helen avait indéfiniment trente-cinq ans et Sylvan était littéralement suspendue à ses lèvres, à chacun des refus qu'elle opposait aux déclarations de Gil. Elle répétait les moindres paroles des acteurs, copiait leurs manières, et peut-être est-ce là qu'elle fit son éducation. Pour elle, Helen Trent était une vraie personne, figée dans le temps, parlant un anglais parfait et dessinant des costumes pour les vedettes de cinéma. Sylvan voulait être comme elle, avoir la même vie. Peut-être le rêve commença-t-il là, peut-être est-ce ainsi que son imagination s'enflamma pour cette manière d'être. Hollywood. Les célébrités et la mode. La quête désespérée du véritable amour, toujours insaisissable. Le genre d'amour que seules les petites filles croient possible.

Comment une enfant se met-elle des idées pareilles en tête ? Comment avoir une peau de porcelaine, des cheveux blonds, ou des yeux verts ? Ces désirs-là, on naît avec. Les plus patients attendent, les plus chanceux trouvent, et les plus malins se démènent. Elle s'était démenée.

Il faut comprendre d'où elle venait, de quoi elle était sortie. Si je vous disais son nom de jeune fille, celui qu'elle portait avant d'épouser Boaty Glass, vous ne pourriez pas vous empêcher d'en rire. C'est ce qu'avaient fait la plupart des gens. Les premiers temps, ils se moquaient sans arrêt d'elle. Elle n'avait que dix-sept ans et elle savait bien qu'ils se gaussaient, pourtant elle avait poursuivi paisiblement sa vie à faire semblant, comme si rien de tout cela ne se produisait dès qu'elle mettait un pied en ville, et ce, depuis qu'elle était bébé.

On est en Amérique. Elle avait le droit d'être qui

elle voulait, et elle le devenait un peu plus chaque jour, chaque minute, avant même de se formuler clairement qui était cette personne. Tout comme le reste de ce pays, elle était perpétuellement dans le devenir plutôt que dans l'instant, jamais au repos, et maintenant qu'elle fait partie d'une histoire qui se raconte encore et encore, elle continue à devenir – même après que tous ceux qui l'ont connue ou même seulement vue seront morts et enterrés. La plupart d'entre nous auront disparu alors, nous aurons fini de devenir, mais pas elle. À sa manière, elle est bel et bien devenue une vedette de cinéma.

Je l'ai connue. Je l'ai vue. Et croyez-moi sur parole, c'était une femme de qualité. Elle était remarquable, surtout sachant qui étaient ses parents et d'où elle venait : de nulle part, avec rien, c'était ça, sa réalité. Elle était un trésor enfoui, jusqu'au jour où Boaty Glass s'était mis en tête qu'il lui fallait une femme et que cette femme, comme tout ce que Boaty avait acheté dans sa vie, devrait être de qualité optimale, et acquise à vil prix. S'il était à présent si riche, c'est que, déjà tout gamin, il savait mener une affaire comme un avocat new-yorkais ; et s'il était si gras, c'est qu'il semblait ne connaître aucune limite, ne jamais savoir quand s'arrêter.

Vous avez remarqué que la chemise d'un homme gros ne plisse jamais ? L'homme maigre a l'air d'un épouvantail à midi, alors que la chair adipeuse tend tellement le tissu qu'au moment de la retirer le soir, elle paraît encore parfaitement repassée.

Essayez d'imaginer Boaty dans son lit, dans cette grande maison où il avait passé sa vie et dont il n'avait pas réussi à se débarrasser – après la guerre, les gens ne voulaient plus de ce genre de biens, parce que les familles qui avaient vécu ensemble sur la même terre pendant deux siècles prenaient désormais des chemins différents, en ne laissant plus que les vieux pour entretenir ce que les jeunes appelaient « la maison », assis dans leurs meublés près de l'usine où ils travaillaient, à fumer et à boire de la bière, enfin libérés de l'odeur de purin qui leur collait aux semelles.

Imaginez Boaty, quarante-huit ans, avec son mètre soixante-dix et ses cent vingt-cinq kilos, allongé dans son lit froid à rêver d'une jeune fille blonde qui serait sa femme et porterait ses enfants. Il n'était pas assez sot pour ne pas se voir tel qu'il était, avide et répugnant, et suffisamment roué pour satisfaire son avidité. C'est juste qu'il s'en moquait. Il n'était pas d'une nature profonde. Boaty était pareil à une grosse boule de pâte à pain qu'on n'aurait jamais fait cuire, pesante et sans aucune valeur nutritive. Il était aussi flasque et inerte que de la pâte crue.

Boaty n'avait jamais connu de femme. Même avant de devenir obèse, il était déjà grossier dans ses manières, imbu de ses origines, négligé et incontrôlable en public comme en privé. Ce qu'il savait des femmes, il l'avait récolté dans les pages des magazines qu'il achetait à Staunton et conservait dans une boîte, sous son lit. Il portait des cravates couleur chair avec des pin-up aux seins nus sur le revers, qu'il trouvait du meilleur goût d'exhiber au Rotary Club, de préférence aux pères de famille croyants.

Même si ça ne sautait pas aux yeux, Boaty Glass n'était pas complètement insensible. On pouvait dire de lui ce qu'on voulait, mais il avait travaillé dur toute sa vie et, en dépit de sa fortune, il vivait seul.

Il avait vu l'air de sa mère sur son lit de mort, ce regard triste et lugubre qu'elle avait posé sur son fils, gros, riche et sans descendance. Il avait le sentiment de lui devoir à elle, de se devoir à lui-même, d'avoir une femme et des enfants, la meilleure épouse possible, époustouflante, acquise à bas prix et par la ruse, comme tout le reste, et des enfants dont l'avenir serait de plus en plus grandiose – la famille royale de son règne grandissant. De grands et beaux garçons musclés et des filles élancées aux manières impeccables. Des enfants populaires, qu'on s'arracherait partout, qui deviendraient des adultes plus respectés et prospères que Boaty ne pourrait jamais espérer l'être.

Il resta ainsi à rêver dans son lit, jusqu'à n'en plus pouvoir d'être rejeté par les familles convenables de la région. Ensuite, il sortit faire ses courses. Imaginez un peu la scène : ce gros homme en train de sillonner les petites routes de campagne dans sa Cadillac noire, faisant le tour des fermes, jusque dans des trous où ils n'avaient l'eau courante et l'électricité que depuis dix ans à peine, et où les enfants n'avaient jamais vu personne d'autre que les membres de leur propre famille. Représentez-vous Boaty, derrière son volant, en train d'observer, de scruter le moindre visage féminin qu'il apercevait. Des filles de douze ou treize ans, quinze tout au plus, pieds nus, qui portaient les robes de leur mère ou de leurs sœurs, lâches aux épaules, ondulant au vent sur le devant, là où leur poitrine n'avait pas encore poussé. Ce qu'il préférait, c'étaient les petites blondes.

Il trouva une fille. Elle avait quatorze ans. Elle se tenait sous une véranda, dans un creux de la vallée, les yeux vers le ciel et un bébé dans les bras. Boaty s'arrêta, descendit de voiture et gravit les marches en bois pour aller frapper à la porte. Il s'adressa d'abord à la mère, tandis que la petite flânait autour de la Cadillac et posait timidement la main du bébé sur la carrosserie chaude et rutilante. Puis Boaty sortit un rouleau de billets en se tournant vers le père, du moins celui qui prétendait l'être – même si l'homme avait l'air bien trop vieux et trop las pour le rôle. Il se tenait penché dans l'embrasure de la porte, avec ses gros bras et son torse minuscule ; il écouta attentivement ce que Boaty avait à dire, l'offre qu'il était venu faire, puis il alla chercher son fusil et resta planté là sans rien dire, dans l'embrasure, tandis que Boaty levait les mains en l'air, les billets toujours bien en vue, et redescendait lentement les marches à reculons pour rejoindre sa voiture. Il y monta prudemment, démarra et quitta les lieux sans ajouter un mot.

Il parcourut trois kilomètres avant de se garer sur le bas-côté pour vomir dans le fossé. Durant le reste du trajet jusqu'en ville, il ne s'arrêta pas de trembler. Il ne se calma qu'une fois bien en sécurité chez lui.

Il finit par la trouver, loin, à Arnold's Valley. Elle cueillait des haricots dans un potager, vêtue d'une chemise d'homme blanche et d'un pantalon qui avait dû appartenir à un de ses frères. Elle était plus grande que ce qu'il avait espéré – peut-être même un peu plus que lui –, et plus âgée, aussi. Elle devait avoir au moins quinze ans.

Elle avait encore des airs de petite fille, mais elle était déjà formée, avec des hanches pleines, et on distinguait bien la forme de ses seins, qui tendaient la chemise. Ses beaux cheveux blonds lui descendaient à la taille, lui recouvrant le visage lorsqu'elle se penchait pour fouiller parmi les plants et révélant ses traits angéliques quand elle se relevait pour déposer les haricots dans le panier en osier accroché à son épaule par une bandoulière de cuir. Ce n'était pas ce qu'il était venu chercher. Pourtant, à la seconde où il la vit, il sut que c'était elle.

Cette fois-ci, les négociations se déroulèrent plus sereinement. Il avait progressé, en termes de diplomatie, pour éviter que le père de famille n'empoigne sur-le-champ sa carabine. C'est la mère qui vint ouvrir ; elle le jaugea, dans son costume noir et sa chemise blanche dont les boutonnières se distendaient sous la pression du ventre. Elle était plantée là, pieds nus sur le plancher de la cuisine, avec un bébé dans les bras. Elle jeta un regard à Boaty et dit : « Je vais chercher mon mari », avant de se replier dans l'ombre de la cuisine. Un homme blond et baraqué apparut, qui avait l'air de dix ans plus jeune que sa femme, même si c'était difficile à dire, avec les gens, par ici. Le rude labeur conservait les hommes et les grossesses répétées vieillissaient prématurément les femmes.

« Oui, monsieur ? » L'homme avait l'air suspicieux mais pas agressif, comme un chien de ferme dressé pour se méfier des inconnus.

« J'irai droit au but. J'ai une affaire à vous proposer. Qui nous profitera à tous les deux, je vous le garantis.

— Quel genre d'affaire ?

— Le genre qui vous changera la vie. Qui vous mettra de l'argent en poche et le sourire aux lèvres.

— J'ai pas besoin d'une assurance vie, et je veux pas d'encyclopédie. » Et il fit mine de refermer la porte.

« L'idée, monsieur, c'est de vous rapporter de l'argent. Pas de vous faire dépenser celui que vous avez gagné à la sueur de votre front. »

Il y eut une longue pause, pendant que l'homme réfléchissait. « Eh bien, vous feriez mieux d'entrer. »

Boaty s'exécuta et, une fois que ses yeux se furent habitués à l'obscurité, il vit où il avait atterri : dans un foyer pauvre qui n'était jamais propre, car la mère de famille n'avait pas de temps pour le ménage, avec tous ces bébés sur le dos – il y en avait partout, de tous les âges, et tous blonds.

Dans une maison propre, ce sont les poignées qui se salissent le plus vite – celles des portes, des placards –, parce qu'on passe son temps à les toucher avec des mains sales. Dans une maison sale, au contraire, ce sont les seuls objets sur lesquels la crasse ne s'installe pas, car les mains qui les ouvrent et les referment essuient du même coup le gras et la saleté. La pièce sentait la friture et la lessive. Ses occupants, quant à eux, sentaient la friture, la merde de cochon et la transpiration.

« Vous voulez quelque chose ? Du whisky ? Du café ? De l'eau ? »

Boaty savait qu'il fallait accepter, mais il n'arrivait pas à se décider : l'idée de boire leur eau lui faisait peur, aussi opta-t-il pour du whisky clair, qui le tuerait sans doute aussi. L'homme avait lui-même un verre de cet alcool devant lui, sur la table de la cuisine, à côté du bocal ouvert, et ça ne l'avait pas tué, du moins pas encore, aussi Boaty décida-t-il de tenter le coup.

Le breuvage avait un goût de cuivre et de pétrole, pourtant il vida son verre d'une traite, parce qu'il savait que c'était ce qu'on attendait de lui. Puis ils entamèrent la discussion.

« Je vais être clair, l'ami. Je veux acheter votre ferme. »

L'homme avala sa gnôle et resta immobile quelques instants. Puis il eut un rire bref.

« Cette ferme ? Ma ferme ?

— Vous avez quelle superficie ?

— Cinquante-sept hectares, dont cinquante-quatre de merde, pure et simple. Des cailloux, du calcaire et de la poussière, où il a rien poussé depuis si longtemps qu'on peut aussi bien dire que c'est foutu. Même pas de quoi nourrir une famille.

— Je vous en donne deux mille dollars. En liquide. Mais ce n'est pas le plus beau.

— On aurait nulle part où aller.

— Justement, c'est ça le plus beau. Vous resteriez ici. Rien ne changerait, sauf que vous n'auriez plus à payer les impôts fonciers.

— Où vous voulez en venir ? »

Boaty attendit que l'homme se soit servi une nouvelle rasade et qu'il l'ait bue, en arrondissant les lèvres autour du verre comme un bébé au sein. Une fois qu'il eut reposé le verre et repoussé la mèche de cheveux qui lui barrait le front pour lever les yeux, Boaty reprit la parole. Il s'exprima à voix très basse, le regard sur la table, le menton rentré, si bien qu'un anneau de chair débordait du col blanc de sa chemise.

« Je veux la fille.

— Quoi ?

— La fille. Je veux l'épouser. Lui donner une vie meilleure.

— Vous avez quel âge ?

— Quarante-trois ans. » Il songea à forcer encore la note ; après tout, qu'est-ce que ce type pouvait savoir de son âge ? Mais il ne voulut pas trop tirer sur la corde.

« Je peux pas faire ça.

— Bien sûr que si. Une bouche de moins à nourrir. Une vie meilleure que ce que vous pourriez lui offrir. Disons trois mille dollars, c'est beaucoup d'argent. Et un tracteur. Je vous achèterai un tracteur neuf. »

L'homme avait un air impuissant, et mélancolique. Jamais on ne lui avait donné voix au chapitre, dans aucune de ses actions, même le choix d'une femme – la sienne était enceinte de quatre mois, le jour des noces, à cause d'une unique étreinte après une kermesse de l'église, alors qu'il avait seize ans et ne savait même pas comment s'y prendre, avec respect, affection ou considération. Et, de nouveau, il ne savait pas quoi faire, et n'avait nulle part où trouver conseil.

« Laquelle, de fille ?

— Elle est juste dehors, en train de cueillir des haricots.

— Sylvan. C'est mon aînée. Elle a mon cœur, cette gosse.

— Et quelle valeur a ce cœur, pour elle, d'après vous ? Quel âge a-t-elle ? »

L'homme marqua une pause pour compter sur ses doigts. « Seize ans. Je crois. Oui, seize ans.

— À quoi vous sert une fille, à la ferme ? À quoi est-elle bonne, aujourd'hui ? Vous voulez qu'elle se retrouve embarquée par la racaille ? D'ailleurs c'est peut-être déjà le cas. Elle a seize ans. Je ne vais pas payer une fortune un produit d'occasion. Je devrais peut-être y réfléchir à deux fois.

— Sylvan est une bonne fille. Elle est à part. Pas seulement à mes yeux. Et personne l'a approchée, ça c'est sûr. J'ai fait attention. Très attention.

— Elle sait lire ?

— Bien sûr, qu'elle sait lire.

— Et les mathématiques ?

— Un peu. Pas les divisions. Mais elle est intelligente. Elle écoute toutes ces émissions, à la radio.

— Bien. Une bonne fille. Un peu plus âgée que ce que j'espérais, mais elle fera l'affaire.

— Dites donc, c'est vous qui venez la demander. Si vous en voulez pas, et je dis pas que l'affaire est faite, remontez dans votre voiture et allez-vous-en.

— Je vous offre, disons, trois mille dollars, un tracteur neuf et une meilleure vie, à la fois pour vous, votre famille, et pour la jeune Sylvan.

— J'ai bien entendu et je vais y réfléchir. Maintenant, sauf votre respect, je veux que vous sortiez de chez moi.

— Il y a une condition, ajouta Boaty en se levant.

— Nous y voilà, répondit le père.

— Si elle fugue, vous perdez la ferme. Je la reprends, et vous n'avez plus nulle part où aller. C'est clair ? »

S'ensuivit un long silence. « Et si elle meurt, ou autre ? »

Boaty n'avait pas réfléchi si loin. « Il n'y a rien d'autre. Pas de divorce. Pas de fugue. Mais si elle meurt, j'imagine que rien ne change. Du moment qu'elle est toujours ma femme au moment de sa mort. On dit bien “dans la richesse et dans la pauvreté”…

eh bien, ça vaut aussi pour vous. Vous avez compris ? Une fois partie, terminé. Elle ne reviendra pas, et vous ne la reverrez plus. Ni pour Noël ni pour Pâques. Vous ne connaîtrez jamais vos petits-enfants, du moins pas ceux qu'elle aura.

— C'est rude.

— La vie est rude, pas vrai ? »

L'homme jeta un coup d'œil par la fenêtre en direction de sa fille aînée qui besognait sous le soleil à ramasser jusqu'au dernier haricot. Sa chemise blanche était trempée de sueur, et des mèches de cheveux lui collaient à la nuque. Boaty se dit qu'il n'avait jamais rien vu de si beau de toute sa vie.

« Il faut que je lui demande. Si ça lui plairait. Je suis pas sûr de pouvoir la convaincre. Je vous ai dit, elle a son caractère.

— Je peux revenir quand ? »

À nouveau, un long silence. Deux hommes dans une cuisine, le poêle à bois, toujours chaud, le papier tue-mouches raidi pendant du plafond, le whisky clair et immobile dans le bocal, la fille dans le jardin, et les garçons et le bébé braillant de faim. Pendant trois minutes pleines, Boaty resta assis là, à attendre.

« Dimanche en huit.

— On s'est bien compris ? Vous avez saisi les conditions ?

— Je suis pas stupide, monsieur. J'ai entendu jusqu'au dernier mot. Je vais y réfléchir.

— Dimanche en huit ?

— C'est ce que j'ai dit.

— J'apporterai du liquide.

— Je vous ai demandé de partir. Je voudrais que ça soit maintenant. »

Ils échangèrent une poignée de main, comme à un enterrement. Boaty prit soin de ne pas s'essuyer sur son pantalon avant d'être remonté dans sa voiture et d'avoir repris la route. Dans le jardin, son panier plein, la jeune fille continua à fixer la Cadillac jusqu'à ce que le nuage de terre se soit dissipé et qu'on entende de nouveau le chant des cigales et le vent dans le maïs. Les roues de la voiture chuintèrent, la poussière vola dans les yeux de la petite, et ce fut tout.

Lorsqu'il revint, deux semaines plus tard, elle se tenait sous la véranda, vêtue d'une robe usée mais propre, qui fleurait bon le soleil et la fraîcheur de l'air nocturne. À ses pieds était posée une valise et il lui expliqua doucement qu'elle n'en aurait pas besoin. Tous les membres de la famille hormis le père étaient réunis autour d'elle, silencieux, en tenue du dimanche.

Le grand homme blond était assis à l'intérieur, à la table de la cuisine. Il avait l'air saoul et, devant lui sur la toile cirée graisseuse à fleurs, le bocal Mason était vide. Il paraissait avoir pleuré, mais c'était difficile à dire. Boaty déposa en face de lui un morceau de papier qui attribuait à Harrison Boatwright la propriété de la ferme et le droit d'épouser la fille. L'homme ne demanda même pas de quoi il s'agissait. Il signa soigneusement, de son nom en entier. Boaty sortit les billets, puis eut un instant d'hésitation.

« Vous avez bien expliqué à la petite que c'était pour toujours ? Pas de fugue ?

— Elle a parfaitement compris.

— C'est écrit noir sur blanc dans le contrat que vous venez de signer, alors vous avez plutôt intérêt à en être certain.

— J'en suis certain. Elle connaît les conditions. Elle est à vous, monsieur. »

Puis, lorsque Boaty eut posé la liasse sur la table, le père ne compta même pas avant de lui tendre le certificat de naissance, jauni et taché. Il dit seulement :

« Quand est-ce que j'aurai le tracteur ? »

6

Lorsqu'ils arrivèrent au garde-bétail, posé au sol, qui empêchait les bêtes de passer, au bout du chemin de terre débouchant sur la route gravillonnée, avant la bande de bitume qui se déroulait jusqu'à la ville, Sylvan toucha le bras de Boaty et prononça six des sept mots qu'elle devait dire ce jour-là. « Arrêtez-vous, s'il vous plaît. » D'une voix douce, avec un accent étrangement raffiné.

Elle tourna la tête pour jeter un dernier regard, à travers le nuage de poussière, à sa famille réunie sous la véranda. Le père avait rejoint les autres et pris la main de sa femme. Autour d'eux, les frères et sœurs, dont un garçon tenant un bébé à califourchon sur son bras, étaient plantés là, à fixer la voiture au loin. Elle passa deux minutes pleines à les observer, parfaitement immobile, et la brise chaude qui montait du chemin faisait voleter des mèches de cheveux blonds en auréole autour de sa tête. Elle les photographiait en pensée. Puis la famille se dispersa, rejoignant qui ses corvées, qui ses jeux dans les champs.

Le père resta seul, debout sous la véranda, et la lumière fit miroiter ses yeux humides, tandis qu'il adressait un signe éploré à son enfant qui le quittait, et elle lui répondit de la main, même s'il ne pouvait la voir. Elle eut l'air de vouloir appeler, lui crier quelque chose, mais aucun son ne sortit de sa bouche. Au bout d'un moment, elle se retourna et scruta la route, droit devant elle. Ses joues étaient baignées de larmes qu'elle n'essuya pas et ne chercha pas à cacher.

« Maintenant ? » demanda Boaty.

Elle opina, et ils parcoururent en silence les trente kilomètres qui les séparaient de la ville. Chez Boaty, un juge de paix les attendait, ainsi que Will Haislett et Alma, à qui il avait demandé d'être leurs témoins, car Will était pratiquement le seul homme en ville à bien vouloir le défendre. Il y avait aussi des contremaîtres de Boaty – des ouvriers travaillant dans deux de ses fermes, mal à l'aise dans leurs chaussures sales et leur chemise blanche impeccable, boutonnée jusque sous le menton, qui trituraient gauchement un mouchoir de leurs mains rouges, dans la chaleur estivale.

Sylvan signa les documents sans même prendre la peine de les lire. Quelle importance, ce que disaient ces bouts de papier ? Puis ils attendirent, droits et silencieux face au juge qui fut le seul à faire un discours, et ensuite elle prononça son dernier mot de la journée : « Oui. » Et ce fut tout.

Louise, l'employée de maison noire, avait sorti du jambon, de la salade de pommes de terre et un gâteau à la noix de coco. Personne ne mangea grand-chose. Will et Boaty n'avaient plus rien à se raconter, en dehors de leurs souvenirs du passé ; et comme ce n'était pas de circonstance pour un mariage, ils se turent. Alma essaya de faire parler Sylvan, laquelle se contenta d'être belle et de hocher la tête, comme sous hypnose. Le juge regretta son propre déjeuner chaud, qui l'attendait chez lui, et les ouvriers avaient l'air gênés, tant pour leur employeur que pour la fille, aussi avalèrent-ils quelques bouchées à la hâte avant de s'éclipser. Will et Alma restèrent un peu, du moins ils essayèrent, mais comme il n'y avait rien à dire, un silence maladroit s'installa entre eux – Sylvan, désormais Mme Glass, demeurait assise, immobile et ravissante comme une poupée de porcelaine. Eux non plus ne tardèrent donc pas à s'en aller. La bonne rangea et nettoya tout, tandis que Boaty et sa jeune épouse patientaient seuls au salon, où Sylvan retira ses chaussures. Boaty se disait qu'il devrait peut-être tenter de lui parler, mais jamais auparavant il ne s'était retrouvé seul avec une femme hormis sa mère, et il n'avait aucune idée de ce qu'il fallait dire.

« Tu as besoin d'aller aux toilettes ? » fut la seule question qui lui vint, et ensuite il lui montra le chemin ; puis il se tint devant la porte, à écouter, pendant qu'elle était à l'intérieur. Il remarqua qu'elle ne s'était pas lavé les mains après avoir tiré la chasse d'eau, ce qui le rendit quelque peu nerveux.

Lorsqu'elle sortit de la salle de bains, il la dévisagea et, sans un mot, il entra et se mit à remplir la baignoire. Il lui tendit un savon français chic qu'il avait acheté, son unique cadeau de mariage pour elle, puis la mena doucement par le coude jusqu'au milieu de la pièce. Là, il la laissa seule. Pendant longtemps il n'y eut que le silence, comme si elle ne savait pas quoi faire, puis Boaty entendit des vêtements glisser au sol, et le clapotis de l'eau alors que son corps y pénétrait.

Il écouta tout. Elle était nue dans l'eau chaude. Cette pensée l'excita.

Au bout d'une demi-heure, elle ressortit, habillée, les cheveux collés à sa nuque humide. Ils retournèrent s'asseoir, mais il sentait toujours – du moins c'est ce qu'il lui semblait – la puanteur de la merde de cochon, des cabinets à l'extérieur et du mauvais alcool qui courait dans les veines de sa famille depuis des générations. Il se leva, remplit de nouveau la baignoire et elle parut savoir quoi faire ; une fois encore, il se tint derrière la porte, tout ouïe.

Elle ne prononça plus une parole de la journée. Elle ne souriait pas, n'avait pas non plus l'air inquiète. Impassible.

Cet après-midi-là, il la fit se laver trois fois, jusqu'à ce que toutes les serviettes de toilette pendent, humides, à leurs patères, et alors seulement il put rester assis dans son salon avec sa femme sans sentir sur elle les relents de la campagne. Quand enfin elle eut fini et fut assez propre à son goût, sa peau avait pris la couleur du soleil couchant et il était de nouveau l'heure de manger. Aussi s'installèrent-ils devant deux assiettes que leur avait laissées Louise sous du papier paraffiné, et ils dînèrent légèrement, avant de monter se coucher.

Elle était si timide, et si gauche, qu'il sut que le père ne lui avait pas menti. Il ne s'attendait pas à ce qu'elle se jette sur lui, mais il se rendit également compte qu'il ne savait pas bien quoi faire lui-même.

Alors, il se déshabilla, ôta tout sauf son caleçon, une énorme culotte à motifs dont il remarqua avec embarras qu'elle ne dissimulait pas la bosse à son entrejambe. Il disposa soigneusement son costume, sa chemise et sa cravate sur une chaise. Puis, dans un effort qui lui arracha un grognement, il s'allongea, gros melon poilu affalé sur un couvre-lit en chenille. Au bout d'un moment, elle se dévêtit à son tour, non sans avoir baissé les stores, même s'il ne faisait qu'à moitié nuit et que le seul effet fut de rendre l'atmosphère de la pièce encore plus étouffante. Elle se détourna et, nue, recula jusqu'au lit, comme sa mère lui avait dit de le faire. Elle n'avait pas encore dix-sept ans. Elle se sentait plus vieille que sa propre mère.

Lorsque ses cuisses butèrent contre le matelas, elle fut surprise et bascula contre le ventre de Boaty ; il la vit alors pour la première fois, sa première vision d'une femme nue. Il avait beau savoir à quoi s'attendre, il n'en fut pas moins saisi par l'immensité de cette fille, par cette étendue de peau, par ses seins, avec leurs tétons rose foncé, et cette peau chatoyante, pâle et poudrée partout sauf sur les bras et le visage. Toutes ces femmes dans les magazines sous son lit étaient réunies en elle et allongées sur lui, elles frottaient contre lui leur peau douce. Mais contrairement à ces filles en photo, dont la peau était brillante et appétissante, celle de Sylvan avait quelque chose d'étrange et d'effrayant.

Il la hissa sur lui et l'embrassa. Elle ne lui rendit pas son baiser. Il la fit rouler sur le côté et se coucha sur elle tandis qu'elle fermait les yeux, et il fit ce qu'il avait à faire, ce qu'il avait attendu quarante-huit ans de faire dans son propre lit. Elle n'eut aucune réaction, mais ne parut pas particulièrement incommodée.

L'affaire ne prit pas longtemps. Lorsqu'il eut terminé, Boaty resta allongé à côté d'elle dans la chambre qu'avait gagnée la pénombre, et ni l'un ni l'autre n'avaient le moins du monde sommeil. Elle se leva pour se rendre à la salle de bains et, lorsqu'elle en revint, elle n'avait plus de sang sur les jambes ; en baissant les yeux, Boaty découvrit avec horreur qu'en revanche il en avait sur son caleçon. Il en sortit donc un propre de la commode, qu'il alla enfiler dans la salle de bains. Il ne savait pas quoi faire du bleu, qui était souillé. Il ne voulait pas que Louise le trouve dans le panier à linge, aussi, quand il reparut dans son caleçon propre – son préféré, couleur de l'herbe tendre –, il roula l'ancien et le fourra au fond de son placard, sous des chaussures, pour le jeter plus tard à la poubelle.

Quand il revint s'allonger sur le lit, de nouveau en grognant, elle ne se tourna même pas vers lui. Et tandis qu'ils restaient allongés là à attendre le sommeil, il lui prit la main, engloutissant la petite paume sèche dans sa grosse pogne moite de sueur ; au bout d'un moment, elle retira sa main pour l'essuyer sur le couvre-lit.

Dans le noir, un peu plus tard, tandis qu'il écoutait la nuit, il décida qu'il n'y avait pas de quoi pavoiser. Il ne voyait pas pourquoi on en faisait toute une histoire. Peut-être qu'il s'y était mal pris, mais il en doutait. Ce n'était pas le genre de pensées que Boaty nourrissait à son propre égard, et puis il ne devait pas exister trente-six façons de le faire.

Non, il ne trouvait pas ça tellement extraordinaire, après quarante-huit années solitaires à l'attendre et à en rêver, et il n'avait pas l'intention d'en faire une habitude. Disons une fois par semaine. Et encore.

7

Mais, l'un dans l'autre, Boaty Glass était plutôt content de lui. Le lendemain, il conduisit sa nouvelle épouse à Lexington pour lui trouver des vêtements, le genre qui faisait se retourner les autres femmes, en ville. Ils allèrent chez Grossman. Presque toutes les villes du Sud ont un grand magasin tenu par des juifs et, à Lexington, c'étaient les Grossman qui veillaient à ce que ces dames restent à la page. Boaty regarda Sylvan essayer des tenues, et il se sentait de plus en plus satisfait chaque fois qu'elle sortait de la cabine. Elle avait une belle silhouette, pleine, arrondie, et les Grossman la jaugeaient du regard avant d'exhumer de leur réserve des modèles qui avaient l'air taillés pour elle. Boaty sentait dans son cœur quelque chose d'étrange, à la regarder, une fièvre de tout emballer, les robes, les tailleurs, les chapeaux et les gants qu'il fallait lui apprendre à porter, et de la ramener à la maison pour la déguiser et lui faire remonter et descendre la rue principale de Brownsburg à longueur de journée.

Entre les mains d'Arthur et de Ginger Grossman, Sylvan devint cette pépite qu'il avait tant cherchée, pour laquelle il avait parcouru tant de kilomètres sur des routes de campagne poussiéreuses, passé des heures dans des petits salons à Staunton et à Charlottesville, à boire le thé sous des regards condescendants. Peut-être n'était-elle qu'une version de pacotille de cette pépite mais, comme on dit, debout sur l'argent de Boaty, elle était bien assez grande.

Elle avait une grâce naturelle, dans sa manière de marcher, dans le mouvement de ses mains lorsqu'elle rajustait ses cheveux ou se lissait le sourcil. Et elle semblait accepter Boaty tel qu'il était, avec son corps massif et cette légère odeur de sueur dont les gens gros ne se défont jamais, et avec son âge – elle ne savait pas combien d'années les séparaient et ne paraissait pas s'en soucier ; du moment qu'il avait plus de dix-huit ans, il aurait aussi bien pu en avoir cent. Il l'aimait, à sa manière, mais il faut dire qu'il aimait sa voiture et son argent pareillement, et il avait aimé sa sainte femme de mère, mais cette fille n'était pas de la même constitution fragile. C'était une femme de chair et de sang. Il l'avait vue nue. Il ne trouva jamais le courage de se demander si elle l'aimait, elle aussi.

Il y avait bien quelques détails qu'il fallait lui enseigner, par exemple comment tenir sa fourchette et son couteau, comment poser sa serviette sur ses genoux, mais en général il n'avait pas à lui répéter une instruction. C'est dire si elle était rapide.

La première fois qu'il l'emmena en ville, à la messe, un dimanche, elle fit sensation. On se retourna sur son passage. C'était de loin la plus jolie fille et, à côté d'elle, les autres adolescentes avaient l'air inachevées. Elle était voluptueuse là où elles étaient encore maigres, elle était mariée à Boaty, et tout le monde avait eu vent de l'issue désastreuse de ses parades nuptiales désespérées. Personne ne savait exactement qui était cette fille, sauf Alma, depuis l'époque où elle s'était rendue dans son coin pour tenter d'enseigner quelques rudiments aux gamins de là-bas. Alma supposait que la petite ne s'en souviendrait pas ou, le cas échéant, qu'elle se garderait bien de le montrer, aussi n'en parla-t-elle pas, sauf à Will, plus tard, au déjeuner, ce qui le fit hurler de rire. « Arnold's Valley ? » L'idée le faisait se tordre.

Puis Will le mentionna devant une ou deux clientes, et il n'en fallut pas plus pour qu'à la fin de la semaine tout le monde sache dans le détail qui elle était et d'où elle venait. Et pourtant.

Elle n'avait pas un accent de péquenaude, c'en était incroyable. Elle parlait comme personne à Brownsburg, ou même dans tout le comté. On aurait dit une de ces femmes de la radio, mais il faut se rappeler que c'était là qu'elle avait tout appris. Elle avait la diction d'Helen Trent.

Boaty aimait l'exhiber en public. Aussi, une fois qu'il eut le sentiment qu'ils avaient suffisamment fait impression à Brownsburg, il la ramena à Lexington, où ils dînèrent à la Dutch Inn. Puis ils allèrent au cinéma. Les billets lui coûtèrent vingt-cinq cents pièce, mais surtout – et Boaty n'avait alors aucun moyen de le savoir, comment aurait-il pu le prévoir ? –, ils lui coûtèrent l'intégralité de ce qu'il avait jamais possédé. Le cinéma lui coûta sa femme, car une fois les lumières éteintes dans le State Theater, dès que la première image se mit à clignoter sur l'écran, dès qu'elle vit ces visages énormes et magnifiques et qu'elle entendit ces voix parler comme dans aucun autre pays que celui du cinéma, Sylvan cessa instantanément et définitivement de lui appartenir. À partir de cette première séance, elle appartint corps et âme au cinéma.

Ce soir-là, on donnait *Le Grand Sommeil*. Les subtilités de l'intrigue échappèrent totalement à Sylvan, mais il y avait Lauren Bacall, une fille pratiquement du même âge qu'elle, qui s'était forgée toute seule à partir de sa propre imagination, du moins c'est ce qu'il semblait, et elle tombait amoureuse de Bogart, un homme qui était authentiquement ce qu'il paraissait, jusqu'au bout des ongles. Sylvan sentait dans son cœur qu'il ne jouait même pas la comédie ; il *était* cette façon de parler et de fumer ses cigarettes. À l'évidence, il était assez vieux pour être son père. Elle sut immédiatement qu'elle était Bacall, et brusquement sa robe de soie noire de chez Grossman lui fit l'effet d'un morceau de grosse toile qui irritait la peau, comme si elle ne lui allait plus, n'était même pas à elle. Et si une chose était bien certaine, c'est que Boaty n'était pas Bogart.

Sylvan enregistra toutes les tenues de Bacall dans les moindres détails, le tombé d'un tailleur, la ligne d'une robe ou le scintillement d'une broche. Les paroles prononcées par les acteurs l'enveloppaient, comme une langue qu'elle n'aurait jamais entendue auparavant, d'argent et de musique. Elle imaginait sa propre chevelure crantée de la même manière, en vagues miroitantes autour de son visage. Elle ne suivait pas tant le film que la façon dont Lauren Bacall mouvait sa bouche somptueuse, elle écoutait le souffle érotique et glamour qui irradiait du moindre de ses mots. Elle se représentait le corps de Lauren Bacall sous ses vêtements, et elle lisait dans le regard de Bogart que la même pensée le traversait.

Le lendemain, quand Boaty fut parti, Sylvan se planta en face de son miroir et, là, elle baissa le menton et releva les yeux comme Bacall lorsqu'elle regardait Bogart, puis elle tenta de reproduire les sons et les syllabes qui sortaient de la bouche de Bacall. Elle s'entraîna pendant des heures, jusqu'au moment où elle comprit enfin qu'elle n'était pas Bacall et qu'elle n'avait pas son corps. Et puis, elle avait mal au cou, à force de garder tout le temps le menton collé à la poitrine comme ça. Elle était quelqu'un, mais ce quelqu'un n'était pas Lauren Bacall.

Ce soir-là, au dîner, elle demanda à Boaty :

« Harrison ? Ira-t-on en lune de miel ? »

La question le prit au dépourvu. Il croyait avoir déjà assez dépensé pour elle.

« Ça ne m'avait pas traversé l'esprit, bébé. »

Elle se leva de sa chaise pour venir s'asseoir sur les genoux de son mari. Elle lui passa les bras autour du cou.

« Eh bien, Harrison, chéri, j'aimerais beaucoup. C'est ce qui se fait. Même mon papa et ma maman en ont eu une. Et puis, j'en ai envie. »

Il ne répondit rien. Elle l'embrassa juste sous l'oreille, et il sentit le parfum qu'il lui avait acheté chez Grossman, *Eau de Nile* d'Elizabeth Arden.

« Je pense que ce serait agréable. » Elle l'embrassa de nouveau, et il sentit la pointe de sa langue sur sa nuque, où elle laissa une petite tache humide qu'il ne put s'empêcher d'essuyer du revers de la main.

« Et où tu voudrais aller ? Je ne dis pas que… Où ? Aux chutes du Niagara ? Il paraît que c'est très populaire.

— Je veux aller à Hollywood, en Californie. »

Il éclata de rire. « Quoi ? Si loin que ça ? Et pour y faire quoi, que diable ?

— Je veux voir où elles vivent. Ces vedettes de cinéma. Je veux manger dans les mêmes restaurants qu'elles. Je veux aller aux studios de la Warner Bros., si on nous laisse entrer, je veux voir où on fabrique les films. C'est loin ?

— C'est à l'autre bout de ce fichu pays. Le pays en entier. Il faut cinq jours, en train.

— Je ne suis jamais montée dans un train. Je veux aller à Hollywood en train et voir une vedette de cinéma en face. S'il te plaît, papa. »

Il parut déconcerté.

« Est-ce qu'on dormira dans le train ? ajouta-t-elle.

— Oui, si… oui, on aurait un compartiment et on dormirait dans le train. Et on y mangerait, aussi, et on se brosserait les dents dans ce maudit train.

— Tout seuls ?

— Eh bien, évidemment, tout seuls.

— Je serais si gentille avec toi, mon chou. Gentille comme tout. »

Boaty n'était pas certain de comprendre à quoi elle faisait allusion, mais il avait entendu parler de choses que les filles pouvaient faire, et même s'il n'était pas certain d'avoir envie qu'on les lui fasse, il savait en revanche qu'il était *censé* en avoir envie.

S'il fallait en passer par Hollywood pour découvrir de quoi il s'agissait, alors il était prêt à tenter le coup. Ce n'était peut-être pas une si mauvaise idée, après tout.

Aussi allèrent-ils à Hollywood, évidemment, cinq jours aller et cinq retour, dans un wagon Pullman, puis une semaine dans un hôtel chic sur Hollywood

Boulevard, le Roosevelt, qui coûta à Boaty une petite fortune. Il n'en fit jamais mention, mais ce qu'il découvrit de ce que les femmes pouvaient faire ne le rendit ni moins revêche ni moins mesquin. Pour Boaty, la question était réglée. Il avait vu le monde, se disait-il, même si les frontières de ce monde n'allaient guère au-delà de Fort Bragg, en Caroline du Nord, et de Hollywood, en Californie. Lorsque Boaty rentra de cette dernière excursion, un lieu infâme, royaume de la mauvaise nourriture et des mœurs grossières, où la moindre broutille coûtait des sommes faramineuses et où on voyait trop de peau dévoilée et trop de dents dans les bouches, c'en était assez pour lui.

Mais Sylvan, c'était une autre histoire. Pour Sylvan Glass, l'aventure ne faisait que commencer. C'est pourquoi elle avait besoin de Claudie Wiley.

8

Claudetta Wiley était un génie. Depuis sa naissance. Elle vivait dans une cabane décrépite à l'écart de la ville dans le quartier des Noirs, avec sa fille débile que personne n'avait plus revue depuis qu'elle était bébé – était-elle toujours là, difficile à dire, de même que personne ne savait vraiment si elle était réellement débile. La maison de Claudie était la dernière avant les champs, et elle tombait tellement en ruine que même les autres Noirs n'y seraient allés que contraints et forcés. Mais ce que personne n'ignorait, c'est que Claudie Wiley avait un don prodigieux. C'était une couturière-née.

Petite mais dotée d'une silhouette majestueuse, elle avait une chevelure indomptable et des traits noirs marqués pour une « Grand Jaune », comme on disait à l'époque pour désigner les Noirs au teint clair. Elle était mince au-dessus de la taille, mais massive et épaisse des hanches et des jambes. Son regard était scrutateur, sans aucune trace de cette hésitation ni de cette timidité qu'affectaient la plupart des Noirs en présence des Blancs. Elle ne remettait jamais rien au lendemain, car elle savait que son génie reposait dans ses doigts longs et fins, dans leur habileté à coudre, et elle était sûre d'elle sans jamais avoir besoin de se justifier. Elle ne ressemblait à personne d'autre et, tout comme Sylvan Glass, elle avait construit ce personnage solide et les manières qui allaient avec quand elle n'était encore qu'une jeune fille – mais, à la différence de Sylvan, elle l'avait fondé sur un don qui ne pouvait lui venir que de Dieu.

À l'intérieur de cette maison, avec son parquet nu, ses fenêtres fissurées et ses rideaux de dentelle déchirés, dans l'unique pièce où ses clientes étaient autorisées à pénétrer, Claudie Wiley travaillait pour la majorité des femmes de la ville, noires comme blanches. Du moins leur confectionnait-elle leurs tenues des grandes occasions. Elle faisait toutes les retouches pour Grossman et, depuis ses quinze ans, elle avait habillé toutes les mariées de la région, sans oublier leurs mères et les demoiselles d'honneur.

Sa grand-mère, qui l'avait élevée après que sa mère se fut enfuie en Californie dans l'espoir d'y faire mieux que de récurer les sols, disait que Claudie était née avec ce don. À quatre ans, elle savait enfiler une aiguille toute seule et se coudre des poupées. Elle récupérait tous les chiffons qu'elle pouvait, des torchons, des sacs de jute, de vieilles robes, et contrairement à elle ses poupées souriaient toujours. À six ans, elle taillait ses propres vêtements, s'habillait comme une petite Blanche, ce qui fit jaser. Cette petite bâtarde de noiraude qui se donne des airs, disaient les gens, pourtant tout le monde était impressionné.

Pour Pâques, elle offrait un véritable spectacle, et si la ville avait eu un défilé de carnaval, elle en aurait sans conteste été le clou, chaque année sans exception.

À dix ans, elle se mit à coudre des vêtements pour d'autres petites filles, des Blanches – de belles tenues, même si Claudie réservait toujours le meilleur de son talent à son propre usage. Parfois, elle se servait d'un patron, mais la plupart du temps elle inventait totalement la coupe.

Elle fréquenta la petite école religieuse mais elle n'était pas très attentive, car elle avait toujours un fil et une aiguille dans la main, quand il aurait fallu étudier l'histoire ou l'arithmétique. Aussi, au bout d'un temps, ses professeurs renoncèrent-ils à la pousser. D'une certaine manière, elle ignorait tout du monde. En même temps, elle en savait tout ce dont elle avait besoin. Sa grand-mère travaillait comme femme de ménage et allait de maison en maison, tous les jours de la semaine. Les femmes qui l'employaient lui donnaient leurs magazines remplis de photos d'élégantes dans de belles robes, que la grand-mère passait ensuite à Claudie, qui les étudiait comme si c'étaient les Saintes Écritures. Parfois, pour s'entraîner, elle effectuait les mouvements dans l'air, les mains vides, elle cousait du tissu invisible pour recréer les vêtements qu'elle avait vus dans les magazines donnés par ces femmes blanches dont sa mère avait jadis nettoyé les sols.

Quand Claudie leur apportait leur nouvelle robe, les femmes blanches lui demandaient :

« Combien vous dois-je ?

— Ce qui vous paraîtra le bon prix, m'dame », répondait Claudie, n'ayant aucune idée de ce que coûtaient les vêtements. Et la plupart de ses clientes, en admiration devant l'habileté de cette enfant si brillante, lui donnaient plus qu'elles n'avaient prévu. C'était là l'intelligence de Claudie. À quatorze ans, elle était devenue l'un des rares membres de la communauté noire en ville à avoir un compte en banque. Ajouté à la couleur de sa peau – pâle quand presque tous ses voisins étaient sombres – et à cette manière de n'appartenir à personne, de ne suivre que les règles qui lui paraissaient utiles – comme sa courtoisie sans faille à l'égard des clientes –, tout cela contribuait à la distinguer des autres. Elle ne flattait pas ces femmes, elle ne se donnait pas le mal de leur raconter qu'elles étaient plus belles que jamais. Ce qu'elle leur apportait, c'était le sentiment d'être plus belles que si elles n'étaient pas venues voir Claudie Wiley, et cela suffisait à ouvrir les bourses et à faire rentrer régulièrement l'argent.

Elle avait quinze ans quand sa grand-mère mourut, la laissant pratiquement inculte, incapable de se préparer un repas ou même de faire le ménage. Claudie ne se laissa pas abattre. Elle continua à vivre dans cette maison en occupant le moins d'espace possible et en laissant le reste péricliter, en recevant ses clientes dans une unique pièce au rez-de-chaussée qu'elle gardait toujours impeccable, alors même qu'autour d'elle tout s'écroulait. Les gens s'inquiétèrent. Blancs et Noirs disaient le soir au dîner qu'il fallait faire quelque chose, mais personne ne savait vraiment quoi, et leur sollicitude lui passait au-dessus de la tête, ne l'émouvait pas une seconde. « Je vais bien, répondait-elle à ceux qui trouvaient le courage de lui poser la question. Vous inquiétez donc pas pour moi. »

Et effectivement, elle se portait bien, pour ce qu'on en voyait. Elle était devenue une adulte. Ce n'était plus la petite gamine chétive d'autrefois. C'était à présent une grande femme, avec un gros postérieur et une poitrine imposante. Elle n'était pas belle, mais elle avait un physique attirant, et son talent lui conférait cette lumière bien particulière qui éclipse la beauté des traits. On pouvait la trouver laide, jusqu'au moment où l'on abordait le sujet de la mode, et alors son expression vous faisait changer d'avis. Et elle avait ces doigts incroyables, longs et fins comme les dents d'une fourchette, et qui réalisaient ce qu'elle voulait avant même qu'elle le leur ait commandé.

Les clientes commencèrent à affluer de partout, avec des idées de plus en plus chic et des photos de plus en plus exotiques découpées dans des magazines dont Claudie n'avait jamais entendu parler. Elle les recevait toutes, les traitait avec une égale politesse, jaugeait leur silhouette et la vision parfois absurde qu'elles avaient d'elles-mêmes avec l'œil précis du chirurgien ; doucement, elle guidait chacune, la conduisait à abandonner ses chimères pour lui faire accepter ce qui était plutôt possible pour elle, et ces femmes lui en étaient reconnaissantes. Elles ne l'en payaient que plus cher.

L'une d'elles, qui faisait chaque mois le trajet en voiture par la montagne depuis Charlottesville, décréta un beau jour que Claudie devrait aller étudier dans une école de mode huppée. Depuis toute petite, Claudie dessinait des modèles en secret et un jour elle les avait timidement montrés à cette femme, des pages et des pages de grandes et minces femmes blanches en tenue de bal ou en robe de mariée, en ensemble d'après-midi ou en tailleur pour des réceptions auxquelles Claudie ne mettrait jamais les pieds. Cette femme fut convaincue qu'un avenir grandiose attendait Claudie ; elle y vit pour elle le moyen de se sortir de cette ville, de cette bicoque répugnante et de cette vie de solitude. Elle offrit à Claudie son aide, et son chéquier.

Elle fit tout pour la jeune fille. Elle choisit l'école, au nord, à Boston. Elle sélectionna deux douzaines de ses dessins les plus élégants et les plus raffinés, elle remplit elle-même le dossier de candidature, et ce fut enfin elle qui ouvrit et lut à Claudie la lettre d'acceptation qui arriva au printemps. Cette nuit-là, Claudie rêva de fourrures, de chapeaux et de bijoux, de grands magasins, de choses qu'elle n'avait jamais vues, même en photo, tandis qu'à Charlottesville, devant le dîner que lui servaient ses domestiques noirs, sa bienfaitrice expliquait à son mari l'importance de cet instant, où elle créait pour Claudie une existence comme aucune autre femme noire n'en avait jamais eu.

Durant tout cet été-là, celui de ses dix-sept ans, Claudie cousit son trousseau pour l'école, tous les vêtements qu'elle emporterait dans cette grande ville, dans le Nord. La femme lui acheta des cardigans avec les petits pulls qui se portaient en dessous, elle lui céda même un rang de perles de second choix qu'elle avait déniché à la grande kermesse de l'église épiscopale, l'année précédente. Elle lui offrit aussi des bas de laine, et cela paraissait totalement incongru à Claudie, tout habituée qu'elle était à passer ses journées en robe informe et pieds nus – même si elle gardait un placard rempli de vêtements qu'elle ne portait que seule, en privé, des tenues qui auraient fait leur effet n'importe où dans le monde. En même temps, elle était excitée, et elle travailla dur à se métamorphoser en une personne qu'elle n'avait jamais été, une chimère de femme qu'elle pourrait être.

Deux jours avant la date de son départ pour Boston, la femme vint la chercher en voiture depuis Charlottesville. Claudie ferma la porte de chez elle et quitta la ville sans dire au revoir à âme qui vive. Elle passa la nuit dans la chambre d'amis de cette femme, même pas dans les quartiers des domestiques, et elle dormit dans le meilleur lit, entre les meilleurs draps de sa vie. Puis, au milieu de la nuit, elle se leva, empila ses vêtements pour l'école dans le jardin de derrière, trouva de l'essence au garage et mit le feu au tout. Puis elle resta assise à fixer le brasier jusqu'à ce que le tas soit réduit en cendres, tandis qu'à l'étage, à la fenêtre de leur chambre, la femme et son mari contemplaient la scène, horrifiés.

Elle abandonna tout ce que la femme lui avait donné sur la coiffeuse de sa chambre, son billet de train vers son avenir, jusqu'au rang de perles, et elle déambula dans les rues inconnues de la plus grande ville qu'elle ait jamais vue, devant des vitrines remplies de vestes en tweed pour lycéens et de robes sages pour épouses de professeurs, et elle s'émerveilla de la richesse qui imprégnait toute chose. À la gare routière, la petite provinciale noire et inculte passa inaperçue au milieu de la foule et attendit patiemment le premier bus qui la ramènerait à Brownsburg. La femme et son mari ne levèrent pas le petit doigt pour la faire changer d'avis. On ne cherchait pas de noises à Claudie.

Aussi rentra-t-elle chez elle et se remit-elle à coudre, sans que personne lui pose la moindre question sur les raisons de son retour dans sa vieille bicoque. Elle prit de l'âge. À un moment, elle eut un bébé, une petite fille qu'elle prénomma Evelyn Hope, celle qui était plus ou moins débile – ou pas, qui aurait pu le dire ? ..., et personne ne sut jamais qui était le père, ni ne se risqua à le lui demander.

Elle dut s'abonner au téléphone afin que ses clientes

puissent l'appeler et elle fut la première Noire en ville à l'avoir. Jamais elle ne passait le moindre appel. Elle se contentait d'en recevoir. Elle s'acheta une voiture. Elle gagnait autant que la plupart des Blancs, en travaillant deux fois plus dur, jusque tard dans la nuit ; elle passait ses journées à parcourir la région pour prendre les mesures de femmes riches qui n'avaient même plus à se déplacer. Le tout au volant d'une Packard Super Clipper bicolore, incroyablement chic, même si elle avait d'abord appartenu à Boaty Glass. Les garçons du quartier la lui lavaient tous les samedis et la lustraient une fois par mois, jusqu'à faire miroiter au soleil ses flancs rouge et argent. Elle n'avait besoin de rien ni de personne et nul ne lui cherchait d'ennuis, jamais. On ne lui parlait guère non plus, sauf de métrage, de plissé et de pinces, ce qui lui convenait parfaitement. Les hommes étaient intimidés par son indépendance et par le fait qu'à l'évidence elle n'avait pas besoin d'eux, et les femmes étaient tout bonnement terrorisées devant cette Noire qui s'était construit une situation, toute seule, à la force de l'aiguille.

Dès qu'on l'appelait, elle sortait sa voiture et allait se garer devant de grandes maisons dont elle faisait ensuite le tour pour entrer par-derrière, par la porte de service. Parfois, elle passait la nuit dans une chambre de bonne. Ainsi, elle confectionnait des robes pour des femmes bien éduquées et des débutantes au regard ingénu, à travers tout l'État. On ne la traitait pas plus mal que les autres Noirs de sa génération, peut-être même un peu mieux, car malgré le peu de mots qu'elle prononçait, il apparaissait clairement à tous que les pouvoirs de Claudie étaient pratiquement ceux d'une sorcière, dès qu'il s'agissait de faire surgir une robe d'un rouleau de tissu.

Les futures épousées avançaient, resplendissantes, jusqu'à l'autel, précédées de demoiselles d'honneur qui ressemblaient à des princesses de contes de fées. Les dames du Garden Club se rendaient à leurs déjeuners et collectionnaient les compliments en prétendant que c'était une tenue toute simple, une babiole, vraiment. Mais elles n'oubliaient pas de transmettre le nom et le numéro de téléphone de Claudie à leurs amies, qui rentraient précipitamment chez elles l'appeler au plus vite. Les débutantes s'inclinaient bien bas, jusqu'à toucher le parquet du front, une révérence texane au Jefferson Hotel de Richmond, tandis que des hommes et des femmes à chevelure argentée planifiaient leur avenir matrimonial et matériel.

Claudie ne repensait jamais à Boston, ni aux Blanches bien intentionnées, ni non plus à ce qu'elle aurait pu faire de sa vie. Elle s'en tirait comme elle pouvait, et la simple idée qu'à cette époque une femme noire ait pu faire autrement paraissait aussi insensée aux autres qu'elle avait été effrayante pour elle.

Elle se savait capable de grandes choses, et son argent s'accumulait lentement mais sûrement à la banque – elle possédait bien plus que n'importe quel Noir de la ville, plus que la plupart des Blancs, même si elle ne réfléchissait jamais aux sommes qu'elle avait pu déposer là-bas. Elle attendait seulement qu'une partie de son rêve d'enfant se réalise : de temps à autre, son imagination s'enflammait, et alors elle attrapait une feuille de papier à dessin sur la table de la cuisine et y jetait quelques lignes furtives qui suggéraient une splendeur qu'elle n'avait aucune raison d'exécuter.

Puis, un jour, Sylvan Glass franchit la porte de chez elle – dix-sept ans, à la main un tas de magazines qu'elle avait rapportés d'Hollywood –, et Claudie sut instantanément qui elle était, ce qu'elle était, d'où elle venait et ce qu'elle voulait.

Et elle sentit ses doigts lui démanger.

9

« Je m'appelle Sylvan Glass. Je suis venue pour me faire confectionner des vêtements. »

Claudie contempla le tableau de cette grande fille debout, là, sous la véranda, avec une pile de magazines entre les mains. Elle fut parcourue d'une étrange sensation, un frisson le long de l'échine, comme si elle regardait la silhouette même pour laquelle elle avait conçu toute sa vie des modèles sur du papier à dessin. Les lignes. Les courbes. Le port. Voilà qu'elle était plantée là, devant elle, à côté du vieux divan mité sur lequel était morte sa grand-mère. Claudie enregistra la scène et elle vit l'argile vierge dont elle rêvait depuis toujours et de laquelle elle ferait naître son mannequin parfait, pareil aux femmes blanches, source pour elle de tant de perplexité et de fascination.

« Eh bien, vous feriez mieux d'entrer, m'dame. »

Sylvan avait ri. « S'il vous plaît, ne m'appelez pas madame. Je n'ai que dix-sept ans. Ça me donne l'impression d'être une vieille dame. Appelez-moi Sylvan. On raconte que vous savez tout faire. J'étais folle d'impatience de vous rencontrer. Vraiment *folle*. Tenez, prenez ça. » Et elle fourra les magazines dans les bras de Claudie, avant de repartir en courant vers la décapotable blanche et fuselée que Boaty lui avait achetée, et d'en rapporter une douzaine de rouleaux de tissu.

Elles passèrent la porte grillagée déchirée et remontèrent le petit couloir sombre qui menait à l'atelier. Sylvan remarqua les chaises cassées, l'électrophone poussiéreux qui penchait sur le côté, les coupons restants d'autres clientes, l'odeur de chat. Elle pria seulement pour ne pas tomber nez à nez avec un serpent. Elle avait vu pire, chez elle. Et ça ne la dérangeait pas du tout.

Dans la salle de confection trônait une grosse table en bois avec deux chaises, et Claudie fit le tour de la pièce pour allumer les lampes une par une, jusqu'à ce que la pénombre se dissipe ; alors Sylvan put constater combien tout était immaculé. Elle vit un mannequin de couturière, une vieille caisse en bois remplie de toutes sortes de ciseaux, une boîte à couture et une machine Singer dernier modèle, impeccable. Aucun signe de vie, nulle trace de quelqu'un vivant dans cette pièce, rien d'autre que les outils de travail de Claudie. Sylvan avait entendu dire qu'elle avait une fille, mais elle ne vit ni n'entendit personne, n'eut à aucun moment l'impression que cette pièce servait à autre chose que ce pour quoi elle s'y trouvait en cet instant.

« Je vous ai déjà vue. Vous êtes mariée à M. Glass.

— Appelez-moi Sylvan.

— Je ne peux pas.

— Pourquoi donc ?

— Je ne sais pas. Pas mon genre. Je ne peux pas. Les gens d'ici… Qu'est-ce que vous recherchez ?

— Des robes. Un tailleur. Des jupes et des corsages. Je ne sais pas si vous saurez les faire.

— Je sais tout faire.

— C'est ce qu'on dit, oui. À partir d'une photographie ?

— D'une photographie, d'un patron. D'une idée que vous avez en tête, à condition de la dire clairement.

— J'ai des photos. » Sylvan désigna les magazines, avec leurs pages cornées. « Je reviens juste d'Hollywood, en Californie, et j'ai vu tant de choses. Je crois même avoir aperçu Mlle Joan Crawford. En tout cas, elle lui ressemblait. Et j'ai dégotté tous ces magazines sur les vedettes de cinéma. Mlle Lauren Bacall. Elle est mariée à un homme âgé, comme moi. Mlle Lana Turner. Des tas de vedettes de cinéma. Ils montrent des photographies de ce qu'elles portent pour aller déjeuner au Brown Derby, ou pour flâner chez elles quand elles reçoivent d'autres vedettes pour le thé ou pour jouer aux cartes, tout.

— D'où vous venez ? Pas du coin.

— Eh bien si, figurez-vous. Tout près d'ici, dans la campagne. » À l'entendre, on aurait cru qu'elle faisait allusion à quelque plantation grandiose, avec des domestiques et des chiens de chasse. Mais Claudie n'était pas dupe.

« Et ça vous plaisait ?

— Eh bien, vu que je vis en ville, aujourd'hui…

— Vous parlez comme à la radio.

— J'espère bien. Ça fait un bout de temps que je m'entraîne. Vous ne souriez pas beaucoup.

— J'ai rien vu de drôle, jusqu'ici.

— Dans le coin, la plupart des femmes de couleur passent leur temps à me sourire.

— Elles sont pas moi.

— Non, il faut croire.

— Je fais des vêtements. Et je suis très douée. Demandez à qui vous voudrez. Le reste du temps, je me mêle de mes oignons. Je ne sais pas qui est cette Crawford, ni les autres. J'ai jamais mis les pieds au cinéma. Qu'est-ce que j'irais y faire ?

— Vous n'avez jamais rien vu d'aussi beau que ces gens. Tous autant qu'ils sont. Ça doit être pour ça qu'on les appelle des stars. Parce qu'ils brillent, comme des étoiles. »

Claudie lâcha finalement un sourire, large et doux, qui lui donnait l'air d'avoir quatorze ans. « Vous avez quel âge, vous m'avez dit ?

— Dix-sept ans. Mais je suis déjà mariée. Vous voyez que vous avez souri.

— Si vous saviez ce que j'entends, les histoires que les femmes se racontent à elles-mêmes. Elles se croient minces quand elles sont grosses, ou inversement. Elles se comportent comme des riches alors qu'elles n'ont pas de quoi payer leur vieille femme de ménage. Et vous. Vous croyez que je peux vous transformer en quelqu'un que vous n'êtes pas, qui ressemblerait à cette autre femme que vous avez vue, et qui fait des films. Eh bien, les rêveurs, ça me plaît. Moi-même, je suis une rêveuse. Je ne peux pas vous promettre de faire de vous cette Mlle Cranford ou je ne sais quoi, mais ce qui est sûr, c'est que je peux vous faire de jolis vêtements. Voyons un peu ce que vous cherchez. Jetons un coup d'œil à ces magazines. »

Elles s'assirent donc pour feuilleter *Photoplay*, *Motion Picture* et *Screenland*, dont Sylvan tournait les pages comme s'il s'agissait d'une vieille bible de famille, le visage illuminé par l'impatience et l'espoir. Elle désigna des robes d'après-midi tellement travaillées qu'on les aurait dites tout droit sorties d'un conte de fées. Des tailleurs qui donnaient envie à Claudie de s'emparer sur-le-champ de ses ciseaux et de se mettre à tailler. Des tenues luxueuses et élégantes, toutes vibrantes de désir, portées par des chairs riches et pleines. Claudie sentait son cœur battre à tout rompre.

Elle avait devant elle la fille qui rêvait de porter le genre de vêtements qu'elle brûlait de réaliser, et qui avait aussi le corps harmonieux et féminin pour lequel elle voulait les créer. Elle ne demanda pas pourquoi ni où Sylvan pouvait bien s'imaginer porter des tenues pareilles, dans cette ville. Tout ce que Claudie voyait, c'est que cette gamine avait une vision de qui elle voulait être, et ça l'excitait.

Elles parcoururent chaque magazine par le menu. Tandis qu'elles détaillaient les photos, Sylvan raconta à Claudie son voyage dans ce lieu fantastique, Hollywood ; qu'elle avait séjourné dans un hôtel avec des femmes de chambre qui changeaient les draps tous les jours sans faute, le Roosevelt, ça s'appelait, et aussi qu'elle avait pris des bus et des taxis, mangé du homard, visité un vrai studio de cinéma et vu certaines des maisons dans lesquelles vivaient ces gens si extraordinairement beaux – elle les avait même aperçus au loin, à travers les portails recouverts d'épaisse vigne vierge.

Elle s'était rendue dans un grand magasin, en traînant son mari derrière elle. Elle avait rapporté tant de tissus pour les vêtements qu'elle comptait se faire tailler qu'ils avaient dû acheter une malle supplémentaire, des mètres et des mètres d'étoffes comme même Claudie n'en avait jamais vu. Des soieries et des laines si fines qu'on aurait pu en enfiler un mètre entier dans une alliance, et du lin aussi délicat qu'un mouchoir de fil.

Elles sélectionnèrent six modèles et attribuèrent à chacun le tissu adéquat. Sylvan se mit en combinaison, afin que Claudie puisse prendre toutes ses mesures.

« Vous avez un bon postérieur pour les vêtements, fit-elle remarquer à la jeune fille.

— Gros, vous voulez dire, répliqua Sylvan en riant. Au moins me sert-il à autre chose qu'à m'asseoir.

— Nous autres Noires, nous avons toutes un gros derrière.

— Et pourquoi ça ?

— Les vêtements tombent mieux. Et puis les hommes aiment ça.

— Vous en avez un, d'homme ?

— Ils ne m'apprécient pas. Les hommes d'ici, ils n'ont pas envie d'une femme forte, avec son propre argent et sa voiture à elle. J'aurais les moyens de leur filer entre les doigts. » Elle lâcha un petit rire. « Et c'est sans doute ce que je ferais, si j'avais un endroit où aller. »

Elles y passèrent l'après-midi. Au coucher du soleil, elles s'étaient mises d'accord pour douze tenues, et Claudie savait déjà qu'elle ne se ferait jamais assez payer pour tout le labeur qu'elle allait y consacrer. Mais elle s'en moquait.

Et c'est ça qui était merveilleux, avec Claudie. Elle s'en fichait éperdument.

10

Il fallait une maison à Charlie Beale. Les nuits ne resteraient pas douces indéfiniment, et Alma tenait à ce qu'il ait un toit au-dessus de la tête avant que les jours raccourcissent. Lui voulait vivre à la campagne, mais elle insistait pour qu'il s'installe en ville, près de la boutique. Charlie avait beau répéter qu'il aimait la solitude et le calme, elle craignait qu'il ne se sente trop isolé. Elle souhaitait qu'il puisse venir travailler à pied et arroser sa pelouse le soir après le dîner, comme tous les autres hommes et femmes du coin. En un mot, qu'il s'intègre.

Pour Alma, habiter la ville était un émerveillement et un délice sans fin. Elle avait grandi en plein cœur de la campagne, dans une famille de douze, et même si elle rendait toujours visite avec plaisir à ses frères et sœurs, rien ne valait la ville. Elle aimait entendre la voix de ses voisins, sous la véranda, au crépuscule ; elle détestait leurs disputes occasionnelles, tard le soir, à l'étage, quand les voix semblaient si proches qu'on était au courant de tous les détails.

Trouver une maison pour Charlie ne fut pas difficile. Il n'y en avait que trois à vendre en ville. L'une était trop grande, l'autre trop petite, ce qui n'en laissait qu'une. C'est Alma qui décida, sans tenir compte de l'avis de Charlie, qui considérait que la petite faisait très bien l'affaire ; elle insista, décrétant qu'il se dégotterait une amie avec laquelle fonder une famille, qu'alors la petite maison n'y suffirait pas et qu'ils devraient de toute manière déménager dans une plus grande.

Il la paya en liquide, comme tout ce qu'il achetait. Dix-huit cents dollars pour trois chambres, deux salles de bains et une vaste véranda ouverte qui courait le long de la façade et sur les côtés. De grands et vieux arbres l'entouraient, avec des troncs de trois mètres de diamètre, et Alma affirma qu'ils apporteraient de l'ombre et de la fraîcheur, même si la beauté du lever de soleil près de la rivière manquerait peut-être à Charlie.

Will et lui repeignirent certaines pièces, le soir, après le travail, et Alma engagea une jeune fille pour balayer et lessiver les sols. Bientôt, Charlie Beale se retrouva dans le premier vrai foyer qu'il ait connu depuis très, très longtemps.

Dans les semaines qui précédèrent la rentrée scolaire, ils firent le tour des ventes aux enchères dans l'arrière-pays ; il y en avait toujours une ou deux par dimanche. Ils s'y rendaient à deux voitures, Charlie et Will dans le pick-up pour rapporter ce qu'Alma aurait repéré, et elle et Sam dans la vieille Buick. Ils se garaient côte à côte dans les champs poussiéreux et, le temps de sortir de voiture, Alma était déjà tout excitée.

Charlie n'avait guère l'habitude des ventes de campagne. Il ne comprenait rien de ce que les gens racontaient, dans le feu roulant de leur patois chantant – c'était comme écouter des chansons de country, sans la mélodie. Mais Alma savait lever la main quand c'était nécessaire et la maintenir en l'air jusqu'à ce que le commissaire-priseur ait abattu son marteau.

C'était toujours Ray Miller qui officiait, et ce qui ne se vendait pas, il le rachetait un prix dérisoire. Il stockait tout dans deux granges non loin de Glasgow, car il savait que ces vieilleries rustiques dont les gens ne voulaient plus aujourd'hui – verres à lait, œufs à repriser, barattes à beurre et ainsi de suite – s'arracheraient quelques années plus tard. Les gens auraient la nostalgie du temps de leurs grands-parents, des anciennes coutumes, de leur foyer, et ils se mettraient à remplir leurs maisons neuves d'objets qui leur étaient familiers depuis l'enfance, même si lesdits objets avaient appartenu à d'autres, provenaient d'autres enfances que la leur.

En général, à ces ventes, on servait à déjeuner. Tous les quatre, ils prenaient place autour des longues tables pour manger du ragoût ou des hot-dogs, sous l'œil guindé et triste des familles réunies sous la véranda de la maison qu'elles allaient bientôt devoir quitter. C'était à la fois festif et morose, ces ventes, plein d'enthousiasme et de mélancolie mêlés.

Tout s'achetait, pourvu qu'on croie en avoir besoin. Des lits, des chaises, des tables et des tapis, bien sûr, mais aussi des assiettes, des verres et des ménagères complètes, et même de bons vieux draps, des saladiers, des batteurs à œufs et des cuillers en bois. Ils eurent la main heureuse, avec cette vieille commode en pin dans laquelle ils découvrirent huit beaux édredons.

Déjà à l'époque, il y avait des gens lassés de la vie

à la campagne, au milieu d'objets qui avaient traversé les générations. Après la guerre, on voulait faire table rase. On aspirait au neuf, au moderne, et on sentait émerger un certain mépris pour ces existences passées dans la foi et la solitude, où pères et fils travaillaient la même terre, gravissaient les marches raides qu'avant eux leurs aïeux avaient gravies, parfois construites de leurs mains.

Un hôtel entier, Alum Springs, fit faillite car les gens cessèrent de croire aux vertus curatives de l'eau, et Alma récupéra pour Charlie une ménagère en argenterie pesante et étincelante, des couteaux, des fourchettes et des cuillers pour douze, alors que Charlie ne connaissait pas douze personnes dans toute la ville. Elle acheta un dollar une chaise à bascule pour sa véranda, puis de lourds rideaux en velours marron, ainsi que tout ce dont il pouvait avoir besoin dans une cuisine, et aussi des tapis qu'avaient caressés les longues jupes de dames.

Il y avait même un piano à queue, et Alma leva une nouvelle fois la main pour enchérir, mais Charlie et Will la supplièrent de s'arrêter là. Malgré la beauté de l'instrument et son prix dérisoire, personne n'en jouait, aussi jeta-t-elle l'éponge à trente-quatre dollars. Il partit pour quarante-huit, et elle se rabattit sur une douzaine de gigantesques serviettes de bain aux armes d'Alum Springs, pour deux dollars le tout.

Elle avait une conception de la maison de Charlie qui les sidérait et les amusait à la fois. Elle ne souhaitait pas seulement un lieu qui l'abrite, mais un lieu qui séduise – quant à savoir qui ou quoi, c'est ce qui n'était pas clair. On aurait dit qu'elle avait une vision de qui Charlie allait devenir et qu'elle équipait sa maison pour qu'une femme s'y sente bien quand elle viendrait l'y rejoindre.

Il emménagea le dernier vendredi de septembre. La plupart des meubles étaient déjà arrivés, pourtant Will et lui travaillèrent toute la journée à déplacer l'ensemble là où Alma le leur ordonnait. Ils ouvrirent toutes les grandes fenêtres, et le souffle tiède de l'été indien balaya la maison, enveloppant l'effort des hommes qui transportaient les divans et les armoires d'une pièce à l'autre, de sombres auréoles de sueur sous les bras.

Charlie choisit une chambre, pas la plus grande, mais celle orientée à l'est, de sorte qu'il pourrait encore se réveiller aux premières lueurs de l'aube et sentir la première brise du jour. Alma étendit les draps de lin sur le lit, en rentrant bien les coins pour que le tissu ne s'enroule pas pendant la nuit. Elle disposa dessus le plus résistant et le plus coloré des édredons, avec un motif appelé « couronne de Thomas » – Charlie n'en aurait pas besoin avant des semaines et des semaines, mais elle tenait à ajouter un peu de couleur à la pièce.

Tout en travaillant, Will souriait et chantait en boucle une vieille rengaine d'une tristesse à pleurer :

Oh, je voudrais tant que quelqu'un m'aime,
Quelqu'un qui me veuille tout à lui
Oh, je voudrais tant quelqu'un avec qui vivre,
Car je suis las de vivre seul.

Charlie finit par lui dire de se taire, ce que Will fit. Mais Alma continuait de la fredonner, oubliant sans doute que, malgré sa mélodie entraînante, la chanson parlait d'atterrir en prison et d'y mourir.

Désormais j'ai un grand bateau lancé sur l'océan
Tout décoré d'or et d'argent
Et avant que mon tendre amour ne souffre,
Oh, ce bateau sera à l'ancre, et vendu.

À la radio, c'est Mac Wiseman qui la chantait. Et c'était une merveille.

Les voisins rendirent visite à Charlie, les bras chargés, répétant combien ils étaient heureux que la maison soit de nouveau habitée. Ils apportèrent le déjeuner, des sandwichs à l'œuf et à la salade dans des petits pains riches et moelleux, des chips et des bocaux Mason remplis de thé sucré, à la menthe et au citron.

Betty Fowler arriva avec un chrysanthème en pot, brun-roux, une plante énorme qui évoquait l'automne et le déclin flamboyant de la lumière. Elle lui choisit même un emplacement, dans la véranda, là où il recevrait le plus de soleil ; elle conseilla à Charlie de couper chaque jour les fleurs mortes, pour qu'il en pousse de nouvelles en abondance. Dans la lumière de la fin d'après-midi, ils accrochèrent la balancelle sous la véranda, tandis qu'Alma préparait le dîner dans les casseroles du vieil hôtel.

Lorsqu'ils eurent terminé, épuisés d'en avoir tant fait en pleine chaleur, ils se sentaient tout de même bien, comme si quelque chose de compliqué s'était résolu presque par accident. Ils s'assirent à la table sombre de la salle à manger pour savourer les plats d'Alma, le premier repas dans la maison de Charlie.

Ensuite, Charlie alla s'asseoir sous sa propre véranda avec ses meilleurs amis. Le long de la rue, toutes les lumières étaient allumées, et il regarda ses voisins qui l'observaient, et il joignit sa voix aux leurs. Les habitants de la ville étaient tous assis là, à discuter ou à se reprocher telle ou telle broutille de la journée, et les enfants jouaient à s'attraper dans la rue vide.

« J'ai une question, dit Will.

— Allez-y. » Charlie sirotait son thé en se balançant dans son fauteuil à bascule, tandis que ses invités tanguaient doucement dans la balancelle.

« Comment tu es devenu boucher ?

— Par accident, je dirais. Je travaillais dans une épicerie, après l'école, quand j'avais…

— C'était où ?

— Will. » Alma posa la main sur celle de son mari. « Laisse-le donc parler.

— Chez moi. J'avais seize ans. J'emballais les achats, vous voyez. Et puis mon chef m'a fait passer au rayon viande, ce qui était bien la dernière chose dont je rêvais. J'aimais la viande, c'est juste que je ne voulais pas mettre les mains dedans. Pourtant, je l'ai fait, parce que j'étais ce genre de garçon, à l'époque. Je faisais tout ce qu'on me disait.

» Et j'en suis venu à aimer ça. Je me suis dit : “Si tu dois la manger, autant savoir d'où elle vient”, alors j'ai étudié, j'ai appris tous les morceaux et les découpes, et comment couper proprement. Et aussi comment abattre les bêtes, en allant vers elles pour qu'elles n'aient pas peur, pour qu'elles me fassent confiance et qu'elles ne libèrent pas de substances qui durcissent la viande.

» À vingt ans, j'étais devenu boucher en chef dans un autre magasin. Un gros. C'est là que j'ai eu mes couteaux. Ça m'a coûté cher, ils venaient d'Allemagne.

» Mais, pour tout vous dire, ça fait un moment que je n'ai plus pratiqué.

— Et depuis ?

— Il s'est passé des choses. D'autres événements, que je n'avais pas prévus. Mais c'est comme le vélo. Pourvu qu'on apprenne tôt et bien, ça revient tout seul.

— Ça suffit, Will, intervint Alma. Ne sois pas si curieux. »

Puis ils restèrent assis là en silence, à se balancer, le petit calme et fatigué sur les genoux de sa mère, et la fumée blanche de la Lucky Strike de Charlie planant dans l'air comme un fantôme. La belle sérénité simple de la campagne, la rue douce et sombre aux porches éclairés, avec les derniers papillons de nuit de l'été qui voletaient dans le halo de lumière vive au-dessus de leurs têtes, et les habitants de la ville qui se balançaient en fumant, en somnolant ou en discutant à voix basse.

Quand il fit noir, les libellules apparurent dans le jardinet de Charlie, et les chauves-souris se mirent à voltiger tout autour de sa maison, dans l'obscurité des lourdes branches de ses arbres. Charlie ressentit un mélange de liberté et d'emprisonnement qu'il n'avait plus éprouvé depuis très longtemps.

Puis ils firent la vaisselle, Alma lavant et les hommes essuyant, tandis que Sam errait d'un air endormi dans la nouvelle maison, en touchait chaque objet, demandait à Beebo quand il aurait une radio, où il mettrait le sapin de Noël, et aussi ce qui était arrivé aux gens qui avaient vécu là avant. Lorsque tout fut essuyé, Alma montra à Charlie la place de chaque ustensile, parfaitement rangé, étincelant et prêt à l'emploi.

Sam était fatigué, aussi Will le prit-il dans ses bras

en soufflant : « Je me fais trop vieux pour ça », et ils dirent bonsoir à Charlie, d'un signe de tête, sans se toucher, et le laissèrent seul pour sa première nuit dans son nouveau chez-lui. Charlie ferma la porte derrière eux et se réjouit du fait que, quand il traversait les pièces, il n'entendait pas cet écho du vide, ou même du neuf. On aurait dit que cette maison était déjà habitée.

Il resta assis un moment sous la véranda, dans le noir, à fumer une autre Lucky Strike en regardant s'éteindre les lampes, jusqu'à ce qu'il n'en vît plus qu'une, en face, chez la vieille Mme Entsminger. Elle était assise sur son fauteuil à bascule, à deux maisons de distance de l'autre côté de la rue, un châle sur les épaules, son petit-fils à ses pieds, sur un tabouret, un violon appuyé au menton.

Le petit joua huit notes et la vieille dame se mit à chanter, avec cette voix des alpages qu'ils prenaient tous. Il y avait tant de tristesse dans sa voix, et tant d'espoir dans les paroles. Cet air, elle le chantait depuis qu'elle était toute petite, plus jeune encore que son petit-fils.

La rivière est large
Je ne peux la traverser
Et je n'ai pas non plus
D'ailes pour voler.
Bâtis-moi un bateau
Où l'on tienne à deux
Et alors nous ramerons ensemble
Mon amour et moi.

Une douceur triste, une tristesse douce née de la montagne et qui était descendue sur la vallée comme une brume délicate. La vieille femme glissa dans le sommeil ou les souvenirs, mais le garçon poursuivit la mélodie et, lorsqu'il eut joué un couplet de plus, elle rouvrit les yeux et lui tapota la tête.

« Termine, Henry, dit-elle. Ramène-nous à la maison. »

C'était un jeune garçon de onze ou douze ans, dont la voix n'avait pas mué. Il avait la musique en lui, pour chanter ces paroles bien plus vieilles qu'il ne le serait jamais et qui changèrent le cœur de Charlie.

Oh que l'amour est beau
Que l'amour est splendide
C'est la fleur la plus douce
Quand il est juste naissant
Mais l'amour vieillit
Il devient froid
Et s'évanouit
Comme la rosée d'été.

Qu'en savait-il, ce petit ? Ou bien, sachant tout cela, comment pouvait-il le chanter ? Mais, bien qu'enfantine, sa voix n'était pas celle de l'ignorance. Et Charlie se remémora cette détresse de l'amour qu'il n'avait plus ressentie depuis une éternité.

Le garçon se tut. Puis il aida sa grand-mère à se lever et à rentrer. Sous la véranda, la lampe s'éteignit, la dernière du soir. Alors Charlie rentra à son tour en refermant la porte derrière lui ; il la verrouilla, pour rien. Un verre de whisky à la main, il monta l'escalier, se déshabilla et s'allongea. Au lit, il sirota son whisky. Alma lui avait interdit de fumer une fois couché, pourtant c'est ce qu'il fit. Les draps étaient anciens et lourds, sans être trop chauds, et il en aimait le contact sur son corps. Dans ce grand lit qu'Alma lui avait trouvé, il se sentait petit.

Il reposa son verre vide et récita ses prières, en se remémorant comme chaque soir le visage et le nom de tous ceux qu'il avait aimés dans sa vie. Avant d'éteindre, il prit son journal, humecta le bout de son crayon et ouvrit la page du 30 septembre 1948, où il écrivit : Chez moi. 126 Main Street, Brownsburg, Virginie, États-Unis.

Il referma le carnet et disposa ses oreillers de sorte que rien ne le touche pendant son sommeil. Mais il eut beau les arranger dans tous les sens, en entendant le doux ronron de son nouveau ventilateur de chez Sears, il ne put fermer l'œil. Il essaya pendant trois heures, puis il abandonna. Alors, Charlie Beale se releva, se rhabilla et monta dans son pick-up, dont le moteur résonna dans la rue silencieuse.

Il se rendit sur ses terres au bord de la rivière, où il étala son édredon par terre. Il s'endormit dans les cinq minutes, ses rêves peuplés de poissons argentés.

Il se réveilla aux premières lueurs de l'aube, dans la lumière d'un jour neuf.

11

Charlie Beale voulait deux choses, dans la vie. Et aucune des deux n'était une femme.

Tout d'abord, il voulait un chien. Il prétendait que ce n'était pas tant qu'il voulait lui-même un chien – même si, au plus profond de lui, il estimait que quand on avait une maison, on devait avoir un chien – que Sam, qui en rêvait et ne pouvait l'avoir. Le garçon en parlait tous les jours, ramenant le sujet avec la même candeur, comme si c'était la première fois. Il connaissait le nom de tous les chiens de la rue et, quand il tapotait la tête de l'un d'eux, c'était avec une sorte d'émerveillement tendre et triste.

La seconde chose que voulait Charlie, c'était de la terre. Il voulait amasser les hectares comme un gamin collectionne les cartes à l'effigie de ses héros sportifs, ou comme un jeune homme récupère des voitures bonnes pour la casse, dans l'espoir qu'un jour toutes ces pièces détachées lui permettront de ressusciter un bolide qui fera craquer les filles.

Peut-être était ce parce que Charlie n'était pas un homme au physique imposant ; peut-être avait-il besoin de cette armure que procure la terre. Ou bien il manquait depuis trop longtemps d'un endroit où vivre, auquel il se sente appartenir. Et puis, elle était belle, la terre de cette vallée de Virginie, et Charlie avait faim de beau.

À l'évidence, l'une de ces choses était facile à obtenir, et l'autre, plus conséquente. Mais tant les chiens que la terre se trouvaient à profusion tout autour de lui. Au moins savait-il exactement quel chien il voulait, celui dont il pensait qu'il plairait à Sam – au cours d'une de ses nombreuses excursions en voiture, à son arrivée dans la région, il était passé devant chez Andy Myers.

Andy avait plus de chiens que d'enfants, or il avait une véritable tribu d'héritiers. Il élevait les deux par sens pratique et par plaisir : les chiens, pour la chasse et pour lui tenir compagnie, couchés à ses pieds le soir, et les enfants, pour les corvées. Il se retrouvait donc avec des beagles mouchetés et en pleine forme, et des enfants couverts de taches de rousseur et plutôt contents de leur sort.

Charlie se rendit chez lui pour voir la dernière portée, huit chiots de douze semaines.

« Vous chassez ? lui demanda Andy.

— Non. Je suis pas contre, mais je n'ai jamais eu l'idée de tuer pour le plaisir.

— Moi, je tue pour manger.

— Eh bien, moi, c'est mon métier, en quelque sorte. »

Charlie contempla la masse qui se tortillait à ses pieds. Il adorait ces taches sur leur fourrure, et les giclées de couleur sur leur peau, le brun, le noir et le blanc, et aussi leurs petites langues pendantes. Il eut l'impression d'avoir de nouveau cinq ans et d'être venu choisir son premier chien.

« Je suis boucher de profession, et je n'ai jamais faim, ajouta-t-il.

— Je vends pas des chiens de compagnie. Je vends des chiens de chasse.

— Il pourra chasser avec Will Haislett.

— Oh, vous êtes un ami de Will ? Sa mère et la mienne étaient cousines issues de germains. Je sais pas quel lien ça nous fait, mais vu que sa famille et la mienne sont enterrées dans le même carré, j'imagine qu'on est parents. Alors, bien sûr que vous pouvez avoir un chien. Mâle ou femelle ? J'ai les deux.

— Je veux celui-là, le costaud, le mâle.

— Il fera un bon chasseur. Je pensais même le garder pour moi. »

Mais Charlie s'imaginait que c'était toujours ce que répondait Andy, histoire de se faire un ou deux dollars de plus.

« Combien ?

— Pour celui-ci ? Pour n'importe lequel, j'aurais dit quinze. Mais celui-là, j'en veux plus.

— Dix-huit.

— Au moins vingt.

— Je ne vais pas marchander pour deux dollars. C'est lui que je veux, et il se trouve que je comptais y mettre vingt dollars. »

Quand Andy vit le rouleau de billets que Charlie sortait de sa poche, il regretta de ne pas être parti de vingt. Mais il ne pouvait pas reprendre sa parole, aussi Charlie fit-il monter le chiot dans la cabine de son pick-up. L'animal se mit à gigoter sur la couverture que Charlie avait posée à côté de lui. Et ils rentrèrent à la maison.

Ce soir-là, Sam fut fou de joie. Le chiot se prit immédiatement d'amitié pour lui. Au début, le petit se contenta de fixer le chien, puis il éclata de rire.

« Je peux le caresser ? » Il jeta un coup d'œil en direction de sa mère.

« Bien sûr, Sam. »

Dans la minute, ils se roulaient par terre ensemble sur le plancher de la véranda, à chahuter.

« Fais doucement, Sam, lui dit Charlie d'une voix douce. C'est encore un bébé. »

Ils jouèrent tous avec le chiot jusqu'à ce que Sam aille se coucher. Le lendemain matin, le garçon débarqua chez Charlie avant même le petit déjeuner, presque au lever du jour. Il le trouva en train de boire son café devant chez lui et, ensemble, ils baptisèrent le chien. Charlie y avait réfléchi toute la nuit.

« Sam, j'ai deux propositions à te faire. On pourrait l'appeler Popeye. Tu sais, comme le marin des bandes dessinées. Ce serait pas mal. Ou bien on pourrait l'appeler Jackie Robinson. »

Quelques semaines plus tôt, Sam avait été estomaqué de voir Jackie Robinson enchaîner un coup de circuit, un triple jeu, un double jeu et un simple, le tout dans le même match.

Sam planta son regard dans celui du chien.

« Jackie Robinson ! » s'exclama-t-il, et le chien pencha la tête. « Tu vois ? Tu vois, Beebo ? Il reconnaît déjà son nom ! »

Charlie éclata de rire, et l'affaire fut conclue. À partir de ce jour, il emmena le chien avec lui à la boutique. Ce n'était pas franchement légal, mais tout le monde s'en moquait, et même Boaty Glass trouva que c'était une belle bête.

« Drôle d'idée, de donner un nom de nègre à un chien. Mais il fera un bon chasseur.

— Celui-là n'ira pas à la chasse, m'sieur, répliqua Charlie en levant le nez de son billot.

— Alors vaut mieux pas le laisser s'approcher d'un poulailler. Ces beagles, ils ont le goût du sang, ils s'arrêtent jamais. Ou bien on en fait des chasseurs, ou bien il faut les abattre. »

Après son départ, en notant les achats de Boaty dans son livre, Will dit : « Boaty n'aime pas trop les animaux domestiques. Faut dire qu'il en a déjà un.

— Comment ça ? s'étonna Charlie.

— Sa femme. »

Ainsi Charlie avait-il accompli le plus petit de ses deux projets. Restait le gros. Le pays comptait plus de mille cinq cents kilomètres carrés, traversés par une deux-voies goudronnée qui allait de nulle part à nulle part, avec de nombreux culs-de-sac au milieu des étendues mornes et désertes.

Tous les dimanches après-midi, il grimpait dans son pick-up avec sa valise et son chien, et il parcourait la campagne. Les routes étaient étroites et sinueuses, pas toujours carrossables, et il inspecta toute la région, sans savoir exactement ce qu'il cherchait. Sa seule certitude, c'était qu'une fois qu'il l'aurait trouvé, il le saurait.

Il alla à Goshen Pass, le long de la rivière Maury, il poussa même jusqu'à la ville de Goshen, traversée par la voie ferrée. Il déjeuna chez Cozy Corners, un petit restaurant où l'on pouvait acheter de la bière le dimanche. Charlie ne but pas de bière, mais il mangea du jambon et des biscuits en faisant la cour aux serveuses, des petites qui n'avaient jamais quitté le coin de toute leur vie, alors qu'il passait chaque jour un train en direction de Staunton et au-delà, des lieux qui faisaient rêver leur âme de midinette, comme New York ou Chicago, de grandes villes où des filles comme elles travaillaient dans des bureaux, mettaient du rouge à lèvres et fumaient dans la rue. Mais elles savaient bien que jamais elles ne mettraient les pieds dans des endroits de ce genre, et elles se disaient que, ma foi, c'était peut-être aussi bien comme ça.

Il alla à Lexington, le chef-lieu, et à Natural Bridge, avec son vieil hôtel où des célébrités avaient passé la nuit et pris le frais dans les fauteuils sous la véranda. Il vit aussi Collierstown, d'où venait la meilleure viande de bœuf. Dans toutes ces villes, il ne descendit même pas de voiture.

La plupart du temps, en fin de journée, il se retrouvait tout près de chez Boaty Glass ; il observait la maison, dans l'espoir de l'apercevoir, elle, dans le jardin. Une fois, il la vit, alors il ralentit et baissa sa vitre, mais il ne trouva rien à lui dire. Elle pivota pour le suivre du regard, posa sur lui ses yeux verts, et peut-être l'entendit-elle, quand il finit par prononcer un timide « Bonsoir » en lui adressant un signe de la main auquel elle ne répondit pas. Il poursuivit son chemin. *Je suis là*, avait-il envie de lui dire, et c'est ce qu'il aurait fait s'il ne s'était pas retrouvé la gorge sèche à sa simple vue. *Je suis là. C'est moi que tu attends.*

C'est la beauté de la terre qui le ravissait. Il conduisait jusqu'à la nuit tombée, quand les voitures se faisaient rares, en racontant à Jackie Robinson ce qu'il voyait, le petit cours d'eau étincelant, les tas de rondins attendant le passage du train qui les embarquerait là où les petites serveuses n'iraient jamais. De temps à autre, il arrêtait le pick-up sur le bas-côté et il en descendait. Ce pouvait être un champ de solidages qui l'avait attiré, ou bien une coulée jaune d'or ondoyant sous la brise, un bouquet de pins ou d'érables, ou encore un ruisselet dont l'eau était assez douce pour être bue.

Il se rendit au vieil hôtel où avait eu lieu la vente aux enchères dont les reliquats emplissaient à présent sa maison. Il en aima l'allure, cet air abandonné et mélancolique mais encore fier de l'édifice construit pendant une guerre qui avait pris fin cinquante ans avant la naissance de Charlie. Une guerre qui avait tout changé et dont on parlait encore comme si elle faisait toujours rage à l'instant présent. Une fois, il entra même et déambula dans les salons vides en imaginant les généraux et leurs épouses qui avaient fui la canicule de Richmond ou de Louisiane, la raideur militaire s'adoucissant un peu dans la fraîcheur du soir et le froufrou des robes longues des dames.

À chaque tournant de la route, la campagne enchantait son cœur. Elle le brisait et le réparait dans un même élan. Elle était à la fois sauvage et douce. Elle réconfortait son âme. Douce Virginie.

Au bout de quelques semaines, il avait appris à faire le tri entre les coins qu'il appréciait et ceux qui le prenaient aux tripes. Lorsqu'il tombait sur un lopin qui lui faisait battre le cœur d'une certaine manière, il descendait de voiture, franchissait la barrière de barbelés ou escaladait la colline. Il sentait le soleil sur son visage et le vent qui lui balayait le front, et Jackie

Robinson tournait autour de lui en reniflant, ou bien s'en allait chasser le dindon sauvage, et alors Charlie savait qu'il lui fallait cette terre.

Il lui arrivait de retirer ses vêtements pour s'allonger avec le chien dans un champ ou sous les arbres, et sommeiller dix minutes avec dans le cœur une paix qu'il n'avait jamais goûtée auparavant.

Acheter la terre qu'il convoitait n'était pas bien compliqué. Il y en avait tant, et elle ne valait pas grand-chose.

Il inscrivait soigneusement l'emplacement, le numéro de la route et toutes les particularités de l'environnement dans son carnet, qu'il emportait partout. Quand il apercevait une ferme aux alentours, il allait frapper à la porte, vérifiait qu'il tenait le bon propriétaire, et ils s'entendaient sur un prix. Pour cinq hectares. Parfois cinquante. Une fois même trois cents.

Il ne payait jamais moins de trente-cinq dollars l'hectare, ni plus de cent. Il proposait une somme honnête et ne laissait jamais au propriétaire le sentiment d'avoir été floué. Lorsqu'ils étaient tombés d'accord sur le prix, il retournait à son pick-up, ouvrait sa valise, comptait soigneusement les billets et payait le fermier en liquide. « C'est le seul argent qui compte, répétait-il. Le liquide. »

Il notait tout dans son journal, en l'agrémentant parfois d'une carte à main levée ou d'un petit dessin qui lui rappelait ce qui rendait cette terre si précieuse à ses yeux. Pour chacune, il y avait ce détail qui lui faisait éclater le cœur.

Un lundi, alors que l'activité ralentissait à la boucherie après le coup de feu du matin, Charlie se rendit chez Bobby Hostetter, le notaire, et il mit tout noir sur blanc. Les propriétaires se présentèrent, dans leurs habits de ville qui sentaient fort le savon et le fer chaud, puis on signa les actes afin qu'ils soient enregistrés au tribunal du comté, à Lexington.

Un jour, Charlie demanda à Will :

« Qui possède le plus de terres, ici ?

— J'y ai jamais réfléchi. Mais ce doit être Boaty Glass. Tu pourrais aller vérifier. »

Tout le monde savait ce qu'il faisait. Les ventes foncières étaient publiées dans la *Rockbridge Gazette* : superficie, prix de vente, vendeur et acheteur. Les gens en parlaient à voix basse, le mercredi soir, sous la véranda, en lisant le journal. Mais personne n'en toucha mot à Charlie. C'était un étranger, et les étrangers font toutes sortes de choses bizarres. On se disait qu'il voyait dans cette terre de campagne quelque chose à quoi personne de la région n'avait jamais prêté attention.

Si Charlie Beale avait ses raisons, il les garda pour lui, comme à son habitude. Mais il y voyait clair dans son propre cœur : il avait bien une motivation, pour bâtir un empire et impressionner l'entourage. Depuis ce jour, à la boucherie, où elle avait pénétré dans sa vie dans une robe de lin blanc, il achevait toujours ses excursions dans la campagne par un détour près de chez elle. Cette raison s'appelait Sylvan Glass.

12

Il entendait son nom partout. Dans les bruissements de feuillage devant la fenêtre de sa chambre à coucher. Dans les ondulations à la surface des ruisseaux qui couraient sur ses terres. Dans le chuintement de ses pneus sur l'asphalte. Il en sentait la douceur sur sa peau, la fraîcheur dans l'air qu'il respirait, la bénédiction dans le contact des draps qui s'enroulaient autour de son corps la nuit.

Sylvan. Il n'avait jamais partagé ne serait-ce qu'une conversation avec elle, il n'avait entendu sa voix enfantine qu'une seule fois. Et il se retrouvait incapable de penser à quoi que ce soit d'autre. Chaque fois qu'elle traversait son esprit, c'était comme si Charlie recevait un violent coup de poing dans le ventre.

Il y avait tant de choses qui lui avaient procuré du plaisir. Les subtils changements du temps, imprévisibles mais constants, dans cette vallée ; la tombée du jour, quand la nature basculait dans l'ombre moussue et odorante comme le dessous d'une feuille, puis, à la fin de la nuit, la montée rosée et étincelante de l'aube, comme une renaissance perpétuelle. Les hommes qui parlaient entre eux de tout et de rien, de sport, de chiens de chasse ou de leurs problèmes domestiques. Le claquement doux d'une balle de base-ball atterrissant dans la paume tannée d'un gant de cuir. Charlie avait cru que toutes ces choses suffisaient à remplir son cœur.

À présent, le seul capable de le distraire de la pensée de Sylvan, c'était Sam Haislett. Partout où allait Charlie, Jackie Robinson le suivait. Et quand on avait trouvé Jackie Robinson, Sam n'était jamais loin. Son pépiement incessant était pareil à celui d'un oiseau. « Beebo, Beebo », répétait-il. Il en savait tant, sur Prince Vaillant dont il suivait les aventures chaque jour dans le journal, sur le base-ball, sur le fusil qu'il aurait pour ses dix ans – encore une éternité à attendre, et en même temps c'était demain –, et ses pensées couraient aussi vite que lui. Charlie le faisait ralentir et, à d'autres moments, l'incitait à parler davantage, toujours plus. Parfois, Sam ne trouvait pas un mot, et Charlie l'aidait. Il y avait tant d'idées qui fusaient en même temps dans sa tête, comme un train fou, que Charlie devait souvent le remettre sur les rails.

Sam était le seul, avec Will et Alma, à ne pas le traiter en étranger et à l'accepter comme il était. Le cœur de Charlie en était ému, quand le petit tendait la main pour prendre la sienne au moment de traverser un ruisseau ou de grimper une pente raide. Il avait beau avoir dit son nom à Sam mille fois, il était conquis dès qu'il s'entendait appeler Beebo.

Charlie n'avait jamais été très sensible au charme des enfants. Lorsqu'il rêvait d'un petit à lui, il pensait que c'était plus pour la continuité que pour sa compagnie. Charlie avait été un de ces gamins pour qui l'enfance est une prison dans laquelle il attendait impatiemment d'être adulte, d'être un homme, mais Sam commençait à le faire changer d'avis. Prisonnier de son passé d'enfant, Charlie n'avait jamais vraiment cessé d'en être un. Avec Sam, la conversation lui était naturelle, et Charlie lui racontait tout des endroits où il était allé et des gens qu'il avait connus, car il savait que Sam ne répéterait rien. Il lui expliquait bien que tout ce qu'il lui disait était privé, juste entre eux, en s'assurant que le petit comprenait le sens du terme.

L'enfance est l'endroit le plus dangereux qui soit. Personne n'en sort indemne. Charlie sentait de plus en plus dans son cœur cette injonction : il ne deviendrait pas l'une des cicatrices de la vie de Sam. Il voulait aider cet enfant, et éviter à tout prix de le blesser.

En retour, Sam racontait tout à Charlie. Il lui parlait de Will et d'Alma, des vedettes de base-ball et des lieux où il voulait aller, de tout ce qu'il avait appris en écoutant son père lui lire le journal.

Cela tenait peut-être au fait que Charlie était plus jeune que Will, avec quelque chose d'enfantin, peut-être était-ce aussi parce qu'il était plus proche de sa propre taille, mais Sam se rendait compte qu'il pouvait dire à Charlie des choses qu'il taisait à son père et à sa mère, notamment ce qu'il ressentait. Will s'intéressait toujours à ce que faisait son garçon, mais il ne lui venait jamais à l'esprit de lui demander comment il se *sentait*, du moment qu'il avait l'air heureux – et il l'était. Tout lui paraissait neuf, chaque jour, tout le temps.

Lorsque vint la fin septembre, ce fut le temps de l'abattage. Les cochons étaient gras sans être gavés au point que leurs reins regorgent de graisse, les agneaux atteignaient ce stade délicat avant de devenir des moutons et les mouches se faisaient déjà plus rares, dans la fraîcheur du soir.

Chaque mercredi, Charlie se rendait à l'abattoir pour y prendre la viande de la semaine, et Sam l'accompagnait ; il le faisait depuis toujours avec Will, avant même de savoir marcher. Il n'avait jamais eu peur ; il savait ce que c'était, mais il n'avait pas l'air d'y prêter attention. Jamais il n'avait assisté ni à la mise à mort ni à l'équarrissage, pas plus qu'il n'avait vu les animaux encore en vie. Il ne connaissait que les grands quartiers pendus dans la chambre froide, et peut-être n'avait-il pas fait le lien avec les bêtes qui paissaient dans les champs.

Quand ils étaient en voiture, le mercredi, Sam désignait à Charlie toutes les maisons devant lesquelles ils passaient, en nommant les familles qui les habitaient : les Hostetter, les Plogger, les Willard, les Mutispaugh, tous ces noms dont le pays était truffé, ceux de ses clientes à la boucherie qui venaient chaque matin acheter leur viande de la journée. Sam les connaissait tous, jusqu'à leurs chiens, et il récitait les noms à chaque passage, comme si Charlie n'en avait jamais entendu parler.

Lors de la première visite à l'abattoir, Charlie désigna la grosse ferme blanche sur une butte juste à la sortie de la ville – cette maison que Charlie connaissait déjà si bien, sa maison à elle, dont la solidité massive et les angles aigus étaient adoucis par les rebords en bois chantournés autour du vaste porche, et le petit annonça : « M. et Mme Glass. » Il prononçait « M'dame », comme tout le monde dans le coin. Charlie ralentit imperceptiblement, comme il l'avait fait tant de fois auparavant, la cherchant des yeux, puis il vaqua à ses occupations.

Au retour, il ralentit un petit peu plus. Il y avait une femme blonde sous la véranda, en robe d'intérieur à fleurs, un modèle tout simple comme on en trouvait partout en ville, mais au tissu très fin, qui s'entrouvrit légèrement sous la brise. Cette fois-ci, elle ne se retourna pas pour l'accompagner du regard, et lui ne lui fit pas signe. « C'est Mme Glass », précisa Sam, et Charlie hocha la tête sans un mot. Mais ce soir-là, après avoir fermé boutique, il alla s'acheter une boîte de pastels à l'épicerie et, allongé sur son lit, il remplit trois pages de son journal rien qu'en écrivant son nom, jusqu'à avoir utilisé les vingt-quatre couleurs de la boîte.

Un jour, en rentrant de l'abattoir, Charlie expliqua à Will qu'il n'était pas satisfait de la manière dont les employés découpaient la viande, que leur travail manquait d'efficacité car ils ne s'appliquaient pas à séparer les morceaux nobles du reste. Il affirma savoir faire mieux, et Will lui répondit qu'il n'avait qu'à essayer. Après cela, Charlie emporta ses couteaux, et la virée lui prit la plus grande partie de l'après-midi. Car il commençait par découper les carcasses à la scie, par le milieu, puis il prenait soin de séparer tous les morceaux.

L'autre problème de Charlie, c'est qu'il estimait que Will ne laissait pas pendre le bœuf assez longtemps. Will résista, arguant que jusqu'ici ça avait toujours fait l'affaire, mais Charlie s'entêta et finit par avoir gain de cause. Il abaissa la température dans la chambre froide de quelques degrés et ils y laissèrent les morceaux dix jours de plus, seize en tout, avant de les mettre en vente. Lorsqu'ils les proposèrent aux clients, toutes les femmes, noires et blanches, et même Boaty Glass crièrent au miracle, s'exclamant qu'ils n'avaient jamais mangé d'aussi bonne viande de toute leur vie.

Charlie eut le triomphe modeste. Ce n'était pas son genre de se vanter ; mais on voyait à sa tête qu'il était content, même si Will ne lui adressa pas un mot de remerciement.

Sylvan Glass commença à venir elle-même au magasin, seule, après le passage de son mari – venu déverser ses blagues vulgaires, en chemin pour Staunton –, afin d'acheter des marchandises dont ils savaient tous qu'elle n'avait ni envie ni besoin. Parfois elle commandait presque la même chose que Boaty, et la grande question, c'était de savoir ce qu'elle pouvait bien faire de toute cette viande. Deux personnes, même si l'une d'elles était Boaty Glass, ne pouvaient à l'évidence pas en manger autant.

Après l'une de ses visites, Charlie prit le paquet de steaks, de côtelettes et de rôti, et il la suivit silencieusement jusqu'à sa voiture. Non seulement elle accepta son aide, mais elle avait même l'air de l'attendre. Tandis qu'elle s'installait au volant de sa voiture chic, Charlie ouvrit la portière passager pour poser précautionneusement les paquets sur le siège à côté d'elle.

« Vous savez, madame Glass, dit-il sans savoir d'où lui venaient ces paroles, ou même le courage de les prononcer, tout porté qu'il était par sa pulsion profonde et indicible, si vous n'étiez pas mariée, je vous courrais après. Alors faites bien attention, vous m'entendez ? » Et il lui sourit d'un air franc et direct, aussi transi qu'un adolescent.

Sylvan Glass, Mme Harrison Glass, se tourna vers

lui et le fixa, la main sur la clef de contact. Elle fit démarrer le moteur et, juste assez fort pour se faire entendre par-dessus le ronron racé de la machine, elle déclara :

« Monsieur Beale, je ne vois pas vraiment quelle différence cela peut faire que je sois mariée. En outre, sachez – et elle enclencha la première – que je fais toujours très attention à mon cœur. Faites-en autant. »

Ils restèrent un moment silencieux, à se dévisager, pas suffisamment longtemps pour que les mots leur viennent, mais juste assez pour exprimer le pacte qui devait se conclure entre eux.

« Prenez soin de vous », conclut-il en claquant la portière, tandis que la voiture démarrait déjà. Et alors qu'elle ne pouvait déjà plus l'entendre et que le sang lui montait à la tête, Charlie ajouta : « À bientôt. »

Au cours d'une de ses excursions de prospection foncière, il avait entendu dire qu'une famille du coin, les Potter, élevait le meilleur bœuf de la région. Il se mit à s'approvisionner chez eux, même s'il lui fallait une bonne heure pour s'y rendre. Les Potter ne tuaient pas les bêtes de la même manière que les autres fermiers des environs. Ils n'abattaient jamais un animal devant le reste du troupeau. Ils le menaient doucement dans un autre pré et lui mettaient une balle dans la tête, à bout portant, avant de lui trancher la gorge d'un geste vif et net, alors que le cœur battait toujours. Ainsi le bœuf ne paniquait-il pas et se retrouvait-il saigné, le temps de tomber à genoux. Les substances nocives n'avaient pas le temps de se libérer dans ses veines, et sa viande ne sentait ni la peur ni la mort.

Cependant, Charlie ne laissait pas M. Potter découper les morceaux ; il rapportait la carcasse à l'abattoir et s'en chargeait lui-même. Le mercredi, il emportait toujours ses couteaux.

Le mercredi 3 novembre 1948, comme toutes les semaines, Charlie et Sam se rendirent à l'abattoir. Sam récita une nouvelle fois le nom des habitants de chaque maison, ainsi que celui des chiens qu'il apercevait dans les jardins. Lorsqu'ils arrivèrent en vue de chez les Glass, elle était de nouveau là, et Charlie ne se contenta pas de ralentir. Il immobilisa le pick-up sur la route, devant la barrière fermée, pour contempler cette femme debout sous la véranda en train de fumer une cigarette, appuyée contre un des piliers. Cette fois-ci, elle portait une de ses tenues de vedettes de cinéma, du rouge à lèvres écarlate dont on distinguait la flamme depuis la route. Elle ne souriait pas, ne regardait pas dans leur direction. Elle se tenait simplement là, attendant d'être vue, attendant quelque chose qu'elle n'identifiait peut-être pas bien elle-même.

Au bout de deux minutes pleines, ils redémarrèrent. Charlie alla découper la viande pendant que Sam et Jackie Robinson l'observaient dans l'embrasure de la porte, leurs silhouettes se détachant dans l'air vif de l'automne, et derrière eux les arbres oscillaient entre le miel, l'ambre et le cuivre. Même les montagnes, si bleues l'été, paraissaient en feu.

Puis ils chargèrent les quartiers. Les vêtements de Charlie étaient maculés de sang, mais il s'était soigneusement brossé les mains, comme toujours, jusqu'à les rendre aussi douces et propres que celles d'une femme.

Sur le chemin du retour, lorsqu'ils furent en vue de chez les Glass, la barrière était ouverte. Elle était toujours là, ou bien elle était revenue à son poste, dans une robe rose poudre, éclatante dans la lumière dorée de la fin d'après-midi. Charlie immobilisa de nouveau le pick-up.

« Pourquoi on s'arrête ?

— Chut, Sam. Reste tranquille une minute. »

Charlie laissa le moteur tourner pendant cinq minutes, et resta à la contempler, jusqu'à ce qu'elle tourne finalement les yeux vers lui et soutienne son regard. Alors il franchit la barrière ouverte, et descendit de voiture pour la refermer derrière lui. Ils remontèrent ensuite l'allée et se garèrent derrière la maison. Sylvan sortit par la porte de la cuisine et resta là à le regarder, sans dire un mot, sans un geste de bienvenue, comme s'ils étaient tous deux parfaitement à leur place, Charlie et elle, en cet instant, alors que tombait le soir et que l'air d'automne fraîchissait, rigide et fragile comme une couche de givre invisible, et que tout appelait la chaleur et le réconfort de l'intérieur.

Charlie se tourna vers le petit. « Tu attends ici, Sam, d'accord ? Tu ne sors pas du pick-up. Tu m'attends en t'amusant avec Jackie. Je vais entrer dans la maison pour discuter un petit moment avec Mme Glass. Je ne serai pas long. » Il sortit de sa poche un paquet de bonbons Wintergreen Life Savers et le tendit à Sam tout en sachant que ses parents étaient contre. « Si tu croques vraiment très fort, ça fera une étincelle dans ta bouche. Ne t'abîme pas les dents. Ta mère me tuerait. »

Il descendit du pick-up et se dirigea vers la porte en répétant son nom à voix basse, Sylvan, Sylvan, jusqu'à atteindre la maison où elle l'attendait, debout, aussi immobile qu'une statue. Ils parlèrent pendant deux ou trois minutes, pas plus. Charlie leva une fois la main vers son visage, un geste doux, comme la mère de Sam lorsqu'elle caressait la joue de son petit, parfois, quand il disait sa prière. Sam voyait leurs lèvres bouger, mais il n'entendait pas ce qu'ils se disaient, car les vitres étaient remontées, à cause du froid.

Ensuite ils entrèrent dans la maison. Aucune lampe n'était allumée, et Sam ne distinguait que vaguement leurs silhouettes dans la lumière oblique. Ils avaient à peine échangé quelques mots, pourtant un accord avait été conclu.

Le temps que Charlie ressorte de chez les Glass et regagne la voiture, la lumière était passée de l'or à l'argent. Il ne dit rien, ne jeta pas même un regard vers le petit assis à côté de lui. Ils quittèrent l'allée jusqu'à la barrière, que Charlie ouvrit et referma derrière lui. Ensuite, la voiture rebondit sur le garde-bétail, avant de reprendre la direction de Brownsburg.

Charlie s'arrêta à l'entrée de la ville et resta immobile pendant plusieurs minutes, à fixer la route et les lumières des maisons familières, la vie de ces gens qui préparaient le dîner tandis que la nuit s'apprêtait à les envelopper. Alors il se tourna vers l'enfant.

« Tu as fait des étincelles ?

— En tout cas j'en ai pas vu.

— Donne-m'en un. » Il plaça prudemment l'anneau blanc entre ses dents. « Tu vois ? » Il mordit d'un coup sec, et un petit éclair éclata dans sa joue. « À ton tour. »

Sam prit le dernier Life Savers entre ses dents en copiant exactement les gestes de Charlie et, même sans la voir, il sentit l'étincelle claquer dans sa bouche.

Charlie sourit. « Tu vois ? C'est magique. » Puis il scruta de nouveau la route en silence.

Quand il reprit la parole quelques minutes plus tard, sa voix avait changé. Il paraissait plus sérieux et, pour la première fois, il s'adressa à Sam comme un adulte distant.

« Sam. Écoute-moi bien, fiston. On est amis, pas vrai ?

— Bien sûr, Beebo.

— Tu sais ce qu'est une promesse ?

— Ouais.

— Une promesse, c'est un secret qu'on ne raconte à personne, jamais. Un secret qu'on garde pour toujours. Tu comprends ça ?

— Pour toujours.

— Pas même à son père et à sa mère. Compris ?

— Parfois je pense à des choses et je ne leur raconte pas.

— Alors en voici une que tu ne leur raconteras pas non plus. Ne répète à personne qu'on s'est arrêtés ici aujourd'hui. Ne dis jamais que tu m'as vu parler à Mme Glass. C'est important, Sam. Tu dois me le promettre.

— Bien sûr, Beebo. Je te le promets, pour toujours.

— Parce que si tu le racontes… écoute-moi bien, si tu le racontes à qui que ce soit, il m'arrivera quelque chose de terrible, et peut-être aussi à Mme Glass.

— Tu iras en prison ?

— Peut-être. Ou pire encore. Promets-le-moi.

— Je te le promets. »

Charlie relança le moteur et ils retournèrent à la boutique en silence, tandis que Sam essayait d'oublier ce qu'il avait promis de ne jamais répéter. Quand il se retrouva sur les genoux de son père quelques minutes plus tard, c'était pratiquement chose faite.

Et jamais il n'en dit un mot, jusqu'à ce qu'il soit trop tard et que ça ne change plus rien. Mais pendant cette heure où il était resté dans le pick-up à faire la conversation à Jackie Robinson, il s'était passé quelque chose pour quoi il n'avait pas encore de place dans son cerveau et parfois, juste avant de s'endormir, il y repensait et il savait qu'il se rappellerait tout dans les moindres détails – l'après-midi froid, les étincelles du Life Savers dans la bouche de Charlie, le mot « Wintergreen », son rire à elle tandis que Charlie montait jusqu'à elle en répétant doucement son prénom, comme lorsqu'il appelait Jackie Robinson quand il embêtait un oppossum, avec douceur mais aussi une sorte d'urgence, et aussi le son amorti de la porte grillagée qui se refermait derrière eux tandis qu'ils pénétraient dans la maison obscure. Et il se sentait à la fois saisi de curiosité et seul. Il s'était passé quelque chose, dont il faisait partie tout en en étant totalement exclu, et ce sentiment perturbait son sommeil. Et il ne pouvait ni poser des questions ni en parler. Ça, il l'avait bien compris.

Oui. L'enfance est l'endroit le plus dangereux qui soit. Si l'on devait y rester toujours, on ne vivrait pas très vieux.

13

Nous y voilà, se dit-il. C'est la seule chose qui compte. Cette violence qui lui électrise l'esprit, cette douceur dans ses mains puissantes qui se meuvent lentement sur ce corps de femme, et cette gratitude dans son cœur. Qu'elle le laisse la toucher, qu'elle s'ouvre à lui. Rien que ça, ce frisson qui lui parcourt l'épiderme, comme la brise faisant friser sur l'étang des écailles argentées. Un frémissement des nerfs, un embrasement de la peau et la moiteur sur tout son corps, des épaules jusqu'au creux des reins, mouillé sous ses mains à elle, aussi immobiles que celles d'un enfant.

Il y a soixante ans, ce lit, dans ce lieu, à cette heure où le soleil décline, où le ciel s'enflamme avant de virer au mauve lavande, puis au bleu. Mais aussi ici et maintenant, dans l'immuabilité du souvenir, un instant figé qui ne pourra être recréé. Le cycle éternel d'un sentiment totalement neuf, où l'on abandonne quelque chose de cher, qu'on a bâti et conservé dans le but de l'offrir un jour. Et dans ce mouvement d'offrande, ce qu'on donne est au-delà de l'argent ou du labeur, et ce qu'on prend est au-delà de la cupidité ou du vol.

Ce couvre-lit en chenille, ces oreillers derrière sa tête à elle, avec les taies en coton fleuri, et ses cheveux blonds en éventail comme des ailes d'ange dans un jardin blanc, la peau duveteuse de ses lobes d'oreilles, les traînées vermillon de son rouge à lèvres qui maculent sa bouche à lui, son épaule, son torse. Ça, et rien d'autre.

Cet accouplement secret. Ces cœurs et ces corps clandestins, l'enfant qui patiente dans le pick-up, avec le beagle répondant au nom de Jackie Robinson. Telle serait la photographie de cet instant précis, il y a soixante ans, si elle existait, si seulement quelqu'un l'avait prise.

Rien d'autre. Les cœurs qui s'arrêtent et qui, en même temps, accélèrent leur cadence dans l'instant de la possession, tellement attendu, et tellement inattendu quand il arrive, puis cette ruée, partout à l'intérieur. Il n'est jamais rassasié d'elle, un seul baiser ne suffit pas à la sentir tout entière. De la langue il goûte son parfum et sa peau, dessous, propre, lavée par son baiser incessant, et elle qui se retourne, se tord et bouge sous lui comme de l'eau, lui balayant l'oreille de sa douce haleine, l'étouffant de désir. Et lui dans l'urgence de tout lui dire, de sa vie, de son cœur et de sa mémoire, de le lui dire non pas avec des mots mais avec son corps, avec chaque centimètre carré de sa peau qu'il lui offre dans un élan d'un tel optimisme, avec ce qu'il espère être de la douceur mais qu'il reconnaît comme une forme d'égoïsme. Parce qu'en cet instant, dans la fraîcheur qui les entoure, elle est la seule femme que la terre ait portée, la seule qu'il ait jamais touchée, à qui il ait raconté avec son corps tous les secrets qui palpitent dans son cœur, chaque jour, et les choses qu'il se rappelle, et aussi celles qu'il a oubliées depuis longtemps.

Mais c'est ici, et maintenant. Elle n'est pas la première mais elle est l'unique, et le goût de sa peau est éternellement neuf pour lui, chaque souffle d'elle est une bonté comme il n'en avait jamais espéré et qu'il ne mérite pas. Ici même, dans la lueur du crépuscule, dans ce lit avec un couvre-lit en chenille et des taies d'oreillers à fleurs, à la vue de ce corps féminin si blond, son désir à lui, sauvage et diffus, a trouvé son objet. Le chemin est devenu clair, menant à elle et elle seule, à eux deux, dans cet instant pleinement voulu.

Il est beau, maintenant, comme un animal en liberté. Elle est comme de la neige vierge, comme un pays jamais visité, belle, à la fois connue et étrangère. Sa voix est neuve et son souffle est un vent puissant qui pourrait le renverser. Sans son rouge à lèvres, sa bouche est neuve elle aussi. Et elle plonge les yeux dans les siens, dont le bleu a viré au noir, sombres et insondables comme des trous d'eau d'une profondeur inconnaissable, et elle lui demande : Est-ce que c'est bien ? Est-ce que c'est ce que tu veux ?

Car son désir, son manque à elle a attendu, lui aussi. Elle est intacte, telle qu'elle a toujours été depuis son enfance, dans cette cabane dans la vallée, elle est restée la même jusqu'à devenir une femme. Elle est prête. Pour ça, pour lui, pour sa vedette de cinéma venant la chercher à cheval dans le soleil couchant, pour l'odeur de sa sueur, douce comme l'eau de pluie, pour ses mains qui sentent le sang, pour son dos miroitant à la lueur cramoisie du crépuscule et rougi par l'afflux de sang juste sous la peau, pour son Montgomery Clift, son Gable.

Il l'entoure de ses bras, pose les mains sur elle, ses cuisses pèsent sur les siennes, et alors elle devient Hayworth, Grable, ce visage et ce corps qu'un million de jeunes gars ont emportés avec eux à la guerre, pour en rêver. Elle sait qui elle est, enfin, parce que lui l'a reconnue dès le premier regard et a vu ce qu'il voulait qu'elle soit, aussi devient-elle précisément cette chose, sous ses mains, sa langue, il la modèle à partir de la matière brute, comme Claudie lorsque ses mains agiles font surgir un vêtement de l'étoffe inanimée. Soudain elle devient cette robe flamboyante, avec jabot et volants, chatoyante, ailée de plumes, ce pan de soie fraîche sur sa peau à lui, une traîne qui la suit comme celle d'une robe de mariée, fabriquée seulement pour lui et pour cet instant.

Tout ce qu'elle arrive à dire, c'est « Maintenant », elle le répète encore et encore, jusqu'à ce qu'il revienne de là où il était parti et l'entende, et s'autorise enfin à prendre ce qu'elle offre, à le recevoir timidement, mais avec une force qui ne cause pas de douleur, avec la bonté et la gratitude qui lui gonflent le cœur à l'idée qu'une femme aussi belle le laisse approcher. Ils sont devenus chacun pour l'autre, Charlie pour Sylvan et Sylvan pour Charlie, la seule chose qui compte et, à la fois, rien du tout. Ils sont unis, ils sont seuls, et chacun attend de l'autre qu'il recrée cette solitude qu'ils cherchent depuis toujours, chacun a besoin de la guerre contre le corps de l'autre pour créer cette complétude qui leur paraît le seul endroit possible où vivre, en cet instant, et dans celui qui suivra.

Chaque seconde pourrait durer toujours, ou s'évaporer en un éclair. Après, ils s'éveillent en sursaut pour constater qu'ils sont tels qu'ils ont toujours été, que cette magie-là est appelée à prendre fin, que même cette fusion connaît une limite qu'ils franchissent à tombeau ouvert, à regret, mais aussi avec gratitude car longtemps après que l'esprit a oublié, le corps se rappelle qu'il existe des contrées où l'on mourrait, si l'on s'y attardait.

Mais dans cette mort même, dans les cris d'effroi des blessés, ils savent tous deux, et pour la première fois, qu'ils seraient chez eux dans la contrée de l'autre, et ce, jusqu'à leur dernier souffle. Les femmes qu'il a connues avant elle vivaient dans un autre pays, lointain. Il a beau se rappeler chaque visage, chaque corps dans ses moindres détails, le sentiment éprouvé avec chacune d'elles d'être enfin arrivé chez soi a été, chaque fois, un mensonge et un déchirement. Tandis qu'elle, ici, maintenant, c'est la vérité qu'il imaginait petit garçon et qui, une fois reconnue, ne peut plus jamais être perdue.

Et pour elle, pour Sylvan, il est Hollywood.

14

À Brownsburg, tout le monde allait à l'église, hormis quelques vieux et une femme qui étaient toujours trop saouls le dimanche matin pour aller nulle part. Aussi Alma décréta-t-elle que Charlie devait venir, comme les autres. Il argua poliment que le dimanche était son seul jour de repos, qu'il ne voulait pas laisser Jackie Robinson tout seul, mais à force de persuasion douce, c'est Alma qui l'emporta : c'était la chose à faire, ce qu'on attendait de lui. Aussi finit-il par dire oui et par aller à l'église.

Il y en avait cinq en ville – une épiscopalienne, une presbytérienne, une méthodiste et une baptiste pour les Blancs, et une église méthodiste épiscopale pour les Noirs. Cette dernière n'était pas vraiment une église, en tout cas ça n'en avait pas l'air. Les paroissiens étaient une petite quarantaine, en comptant les bébés et le pasteur itinérant, le révérend Shadwell, qui ne venait qu'une semaine sur deux. Ils se réunissaient dans un local au bout de la rue principale, tout près de là où ils vivaient. Ils n'avaient même pas à s'aventurer dans le centre-ville pour s'y rendre.

Alma et Will étaient presbytériens, et, bien que

Charlie n'ait pas été élevé dans cette foi, il se dit qu'il ferait aussi bien d'accompagner les gens qu'il connaissait le mieux et d'adorer leur dieu. Le premier dimanche de novembre, quatre jours après s'être arrêté pour la première fois devant chez les Glass, il se réveilla à l'aube, comme toujours, et il repassa une chemise blanche propre tout en buvant sa première tasse de café fort. Il n'aurait su dire ce que ça lui faisait, de retourner à l'église ; ça remontait à tellement loin qu'il s'en souvenait à peine.

Il n'avait pas de costume et dut emprunter une cravate à Will. Il en était contrarié, mais Alma lui répondit que c'était sans importance, que nul ne le remarquerait.

Mais c'était important, du moins pour Charlie. Il était le seul homme dans l'église à ne pas être en costume, même si personne d'autre n'en portait jamais hormis le dimanche matin, ou bien aux mariages et aux enterrements. Pour la plupart, c'étaient de vieux costumes marron, pour certains lustrés ; trop petits, pour la majorité, comme si leurs propriétaires les avaient achetés avant de prendre leurs dix derniers kilos. Mais les femmes étaient belles. Elles portaient des robes propres et bien coupées, presque toutes confectionnées par Claudie Wiley, et des chapeaux. Alma avait même ajouté de courts gants blancs, qu'elle glissa sur ses petites mains et boutonna au poignet tandis qu'ils se dirigeaient vers l'église, après que Charlie les eut rejoints devant chez eux. Même Sam avait un costume – marron, comme tout le monde.

Naturellement, elle était là. Lorsque Charlie et les Haislett pénétrèrent dans l'église et allèrent prendre leurs places avec cette assurance de ceux qui occupent le même banc tous les dimanches, Boaty et Sylvan Glass étaient déjà installés trois rangs plus haut.

Sylvan était la seule femme en noir, en tailleur de laine d'après ce que Charlie pouvait en voir, c'est-à-dire le haut du corps. Elle avait relevé ses cheveux dans un chapeau noir ajusté, orné d'une plume. Elle ne se retourna pas, ne salua personne, et Charlie passa les quelques minutes avant l'hymne processionnel à contempler sa nuque. Des perles de jais lui pendaient aux oreilles, et elle était la seule dans l'église à porter des bijoux.

George McLaughlin se mit à l'orgue et un garçon avec une croix de bois autour du cou conduisit une petite chorale clairsemée jusqu'à l'autel, suivi du révérend Morgan ; ils fixaient tous leur livre de cantiques avec une telle ferveur qu'ils avançaient comme une procession d'aveugles. Ils entonnèrent « Seigneur Jésus, Souverain de la Création » et Charlie fut surpris de constater qu'il connaissait l'air ; il se mit à chanter lui aussi, mais si doucement que Sam l'entendit à peine.

Le soleil est doux, plus doux encore le clair
[de lune,
Et le firmament constellé d'étoiles étincelantes :
Jésus brille plus fort, et avec plus de pureté
Que même les anges n'en peuvent prétendre.

Charlie s'était dit qu'après tout ce ne serait pas si terrible, d'aller à l'église, et il avait raison. Les gens avaient l'air si propres et si gentils, les hommes qui s'ennuyaient et les femmes qui écoutaient attentivement, et aussi les enfants qui gigotaient, mais en silence. Au milieu des chants, puis des prières, il fixait la nuque de Sylvan en priant le Seigneur qu'elle se retourne et le regarde, lui ou même les saints représentés sur les vitraux victoriens, simplement pour apercevoir son profil. Mais elle ne bougea pas. Alors il se mit à compter les jours, puis les heures et les minutes qui le séparaient du mercredi suivant.

Le révérend Morgan était grand et mince, âgé d'au moins soixante-quinze ans. Il prêchait là depuis quatre décennies, aussi l'assistance l'avait-elle entendu répéter les mêmes prières des centaines de fois, et cette familiarité les réconfortait tous. Chaque mot, semblable ; chaque mouvement, programmé : à genoux, debout ; et la blancheur du surplis, avec ses grandes ailes amidonnées sur le fond noir de la robe.

Pas si terrible, après tout. Jusqu'au sermon, du moins. Avant de s'asseoir, ils chantèrent « Seigneur Jésus, veille sur moi », et Charlie commença à se sentir mal à l'aise. Brusquement, il se remémora pourquoi il n'allait plus à l'église.

Seigneur Jésus, veille sur moi
Et purge-moi de mes péchés ;
Libère-moi des passions terrestres
Et purifie-moi intérieurement.

Charlie ne se sentait pas impur. Et il ne voulait pas entendre parler de péché. La vision de la chevelure dorée de Sylvan était le seul rayon de lumière dans cette pièce.

Personne ne semblait gêné. Ils chantaient ce cantique-là avec autant de cœur que le premier, ils demandaient à expier ce péché qui corrompait leur esprit et leur vie, chaque jour, dans chacun de leurs actes. Et, tout en chantant, ils fouillaient dans leurs sacs et dans leurs portefeuilles pour en tirer des pièces et des billets qu'ils glisseraient dans la panière qui circulait de rang en rang. Charlie mit un dollar.

Seigneur Jésus, veille sur moi
Ne me laisse pas m'égarer ;
Dans les ténèbres et la perplexité
Indique-moi le chemin céleste.

Ils chantaient comme s'ils croyaient plus à cet égarement qu'à la lumière du jour. Comme si leur vie en dépendait, comme si les paroles du cantique allaient les guider hors du labyrinthe du péché, jusqu'à la rédemption et au paradis.

Le révérend Morgan monta en chaire, et le vieil homme tremblait – de mépris, d'une fureur d'atteindre Jésus qui pas une seconde ne l'avait abandonné, en un demi-siècle de prêche.

Pour un homme mince, il avait une voix chaude et puissante et, dès les premiers mots, il était évident qu'il ne plaisantait pas.

« La lecture d'aujourd'hui est tirée de Jean, chapitre 8, verset 34. Écoutez bien, et que ces mots résonnent en vous. Jésus a dit : “En vérité, je vous le dis, quiconque se livre au péché est esclave du péché.” Ces paroles remontent à près de deux mille ans, pourtant c'est à vous qu'il s'adressait, à toi, mon frère, et à toi, ma sœur. Aux vieillards comme aux bébés. À chacun d'entre vous. » Il leur lança un regard dur, dont ils purent sentir le poids.

Charlie savait qu'il était un pécheur. Bien qu'incapable de détourner les yeux, il savait que, rien qu'en fixant la nuque de Sylvan, en se remémorant le goût de sa langue dans sa bouche, il commettait deux des sept péchés capitaux. Mais il s'en moquait. Cela lui convenait, et il était prêt à en payer le prix.

« Et le plus triste, mes amis, c'est que le péché est bien réel. Aussi réel que la Cadillac du riche et que le croûton de pain du pauvre. Aussi réel que la femme de votre prochain, ou que la terre de votre voisin. Et il est là pour toujours. Pour l'éternité. »

Plus un mouvement, dans l'assistance. Ils étaient tous pétrifiés. Même les enfants se calmèrent au son de cette voix profonde et terrible.

« Lorsque vous péchez… et qui parmi nous ne pèche pas, chaque jour, d'une manière ou d'une autre, dès l'instant où il ouvre les yeux et longtemps après s'être enfoncé dans ses rêves lascifs ? Lorsque vous péchez, Dieu ne vous abandonne pas. Non. Il n'est pas dans la nature de Dieu d'abandonner ses brebis, quelque diabolique que soit votre cœur, quelque honteux que soient vos rêves et vos convoitises. Non. Dieu ne vous abandonne pas. Lorsque vous péchez, c'est *vous qui abandonnez Dieu*, le Dieu qui vous a conçus sans raison et qui vous aime au-delà de la raison, vous abandonnez Dieu pour vous tourner vers la gueule ouverte et tentatrice de l'enfer.

» Savez-vous ce qu'est l'enfer ? Rien d'autre que cela, mes chers amis. L'enfer, c'est là où Dieu n'est point. Vous y trouverez des richesses innombrables – cette Cadillac dont vous rêvez, ou bien cet homme ou cette femme, cette terre de joyaux et d'argent, de l'argent à foison, cette contrée dont vous rêvez la nuit, le cœur gonflé de luxure –, mais vous n'y trouverez pas Dieu. Dieu vous attend. Au ciel. Dieu vous appelle, sur le pas de la porte. Au milieu de votre luxure, de votre envie, de votre gourmandise, de votre paresse et de votre orgueil, arrêtez-vous pour guetter le moindre son. Et vous l'entendrez, je vous le promets, Dieu vous le promet. Vous l'entendrez comme je l'ai entendu moi-même. »

Sa voix se fit plus forte, plus autoritaire, et ils se tenaient assis là, ployant sous la peur que leur avait plantée dans le cœur la harangue puissante de ce vieil homme. Morgan hurlait presque, la voix enrouée, haletant – la voix du diable, telle qu'on se la figure.

« C'est Dieu. Il vous demande de rentrer. Auprès de lui. Au ciel. Le péché est bien réel. L'enfer est bien réel. Et Dieu vous appelle. Que choisirez-vous, le grand jour venu ? Et ce soir ? Demain ? Pour *l'éternité* ? »

Il s'interrompit et considéra ses paroissiens pendant une minute entière. À l'exception de Sylvan, pas un ne put soutenir son regard. Ils regardaient l'Enfant Jésus sur les vitraux, ou bien leurs mains, tout en fouillant leurs poches en quête d'un mouchoir propre.

Pour Charlie, ces gens n'avaient pas l'air de pécheurs. Les pécheurs portaient du maquillage, buvaient de l'alcool et jouaient aux courses. Ils tuaient leurs semblables. Ils mentaient. Ils ne s'acquittaient pas de leurs tâches avec le calme et la dignité que Charlie avait observés chez les habitants de cette ville et de la région. Mais, de toute évidence, ils se *sentaient* pécheurs. Ils avaient besoin de se juger tels, du moins pendant les vingt minutes hebdomadaires où le révérend Morgan les chapitrait depuis la chaire.

Charlie se demandait pourquoi ces hommes et ces femmes, qui se donnaient tant de mal et faisaient de leur mieux, qui vaquaient à leurs activités quotidiennes sans causer trop de soucis à leur prochain, avaient besoin de ce genre de leçon – de se faire réprimander violemment, semaine après semaine, de s'entendre répéter qu'ils allaient finir en enfer – et en quoi ça les réconfortait et leur donnait la force de continuer. Ils ne convoitaient rien, n'étaient pas rongés par l'envie, ils travaillaient dur et, pour la plupart, ils disaient la vérité. C'était une petite ville, après tout. Il fallait bien qu'ils vivent avec eux-mêmes, et les uns avec les autres.

Charlie lisait dans leurs yeux la honte – mais de quoi ? se demandait-il. Après le sermon, ils récitèrent, comme hypnotisés, les quelques prières restantes, puis ils chantèrent tous « Alléluia, louons Jésus » comme hymne de sortie. En arrivant aux vers : « Alléluia, nous ne sommes plus livrés au chagrin, comme des orphelins », leurs voix se firent plus fortes et ils adressèrent un signe de tête solennel au révérend Morgan qui descendait l'allée centrale en les fixant tour à tour de son regard inflexible. Puis, en file indienne, ils sortirent dans l'air vif et clair du matin. Le tout bouclé en moins d'une heure. C'était déjà ça. Charlie bouillait d'impatience de s'échapper de là.

Les paroissiens restèrent à discuter devant l'église, comme s'ils ne se croisaient pas chaque jour depuis des décennies. Tout en s'entretenant avec Will, Alma et Charlie, ils ébouriffaient machinalement la chevelure de Sam. Hormis un ou deux nourrissons, c'était le plus jeune enfant de la communauté, le dernier fruit de la génération de ses parents, et les gens éprouvaient pour lui une affection particulière. Sam aimait qu'on lui touche la tête et il tendait le front vers leurs mains en leur souriant. Il ne manquait jamais de leur demander comment ils allaient et ce qu'ils faisaient avec un authentique intérêt.

Boaty et Sylvan Glass ne se déplaçaient pas au sein du groupe ; ils se tenaient dans un coin, à l'ombre, et tout le monde allait les saluer à tour de rôle, mais pas plus d'une minute. Sylvan souriait de ses lèvres écarlates, les yeux camouflés par l'ombre de son chapeau et par ses lunettes noires en écaille.

Lorsque vint son tour de leur adresser la parole, Charlie ne put la quitter des yeux. Il ne fit même pas mine de regarder Boaty et n'entendit pas un mot de ce qu'il racontait. Ce qu'il voulait, c'était voir ses yeux à elle, son regard vert, qu'elle les pose sur lui et lui dise quelque chose, n'importe quoi, mais elle n'en fit rien. Elle ne s'adressa qu'à Alma, à peine quelques mots, et personne ne remarqua combien Charlie la fixait, pas même Boaty, qui de toute manière devait en avoir l'habitude. Personne, sauf Sam, qui la contemplait lui aussi mais pour d'autres raisons qu'il ne s'expliquait pas à lui-même, qui la fixait comme s'il ne l'avait jamais vue auparavant, ou comme s'il n'arrivait pas à relier cette femme séduisante à celle qu'il avait vue quatre jours plus tôt, en train d'attendre sous la véranda d'une grande ferme blanche.

De tous les adultes, Boaty et Sylvan étaient les seuls à ne pas lui caresser la tête, à ne pas lui sourire en lui demandant comment il allait, comme s'il était grand lui aussi. Alors il se tint là, dans l'espoir de sentir la petite main blanche de Sylvan sur son crâne, ses doigts fins aux ongles vernis de rouge dans ses cheveux. Il formulait ce souhait avec son corps, dans son corps d'enfant, et c'était là quelque chose qu'il n'avait jamais ressenti auparavant. Il voulait être Charlie, être aussi grand que lui, pour pouvoir la fixer avec cette intensité, même si elle ne le regardait pas. Il brûlait de savoir ce que Charlie voyait quand il la regardait, de quoi ils avaient parlé, ce jour-là, quand la porte s'était refermée derrière eux, parce que c'est ce qu'ils avaient dû faire, parler ; c'était ce que faisaient les adultes. Peut-être qu'ils avaient écouté la radio. Ou lu le journal. Il n'en avait aucune idée, mais il voulait savoir.

Il la contempla en train de parler à sa mère, tandis que Charlie continuait de la fixer, guettant ses yeux et, brusquement, Sam comprit que les hommes étaient différents des femmes et qu'ils attendaient d'elles quelque chose qu'il ne savait pas nommer, une chose qu'elles possédaient et que les hommes désiraient, à laquelle ils ne renonçaient jamais. Ça ne lui avait jamais traversé l'esprit jusqu'alors.

Il savait que son père et sa mère ne s'habillaient pas de la même façon, comme tous les pères et toutes les mères, et qu'ils n'avaient pas les mêmes sujets de conversation, ni avec lui ni avec les autres. Mais il lui avait toujours semblé qu'il n'y avait pas de différence essentielle entre eux. À présent, il voyait bien que si. Il ne savait pas en quoi elle consistait, mais elle était bien là, et il la mesurait dans cette avidité de Charlie Beale à attraper le regard de Sylvan Glass, devant l'église. Elle lui rappelait celle du beagle qui s'immobilise soudain lorsqu'il sent un oiseau, qui tremble de cette impatience de débusquer l'animal camouflé, pétrifié lui aussi.

Ça ne dura que quelques secondes. Sa mère lui prit la main. Ils rejoignirent d'autres familles, hommes, femmes et enfants qui lui étaient tous familiers. Dans les yeux de Charlie, l'étincelle disparut, laissant place à une lueur plus chaleureuse, plus plaisante, comme celle que Sam lisait dans le regard de Jackie Robinson, une fois que l'oiseau s'était envolé et qu'il en avait perdu la piste. Mais Sam l'avait remarquée, et il sentait bien qu'elle était enracinée en Charlie, qu'elle faisait partie de sa nature, au même titre que l'instinct de chasseur de Jackie Robinson. Il pressentait aussi que ce n'était pas la dernière fois qu'il la verrait.

Sur le chemin du retour, Charlie se tourna vers Alma.

« Je suis désolé, mais je ne remettrai pas les pieds là-bas.

— Ce Morgan, c'est une vieille chouette, acquiesça Will. Mais je l'écoute cracher cette merde depuis quarante ans, et il m'a pas encore fait fuir.

— Will, intervint Alma, n'emploie pas des mots pareils, s'il te plaît. N'écoute pas ton père, Sam. Vous avez raison, monsieur Beale, il est parfois dur. Un peu fanatique. Mais en fin de compte, c'est bon pour vous. Et, comme je vous l'ai dit, tout le monde y va.

— Madame Haislett, objecta Charlie, je ne veux manquer de respect à personne. J'essaie d'être un homme bien. D'agir comme il faut. Mais je ne vais pas aller là-bas une fois par semaine pour qu'un vieux fou me reproche en hurlant d'être quelqu'un de mauvais et d'horrible. Les flammes de l'enfer, et tout ça. Je n'y crois pas. Et je n'ai pas besoin d'entendre ça.

— Alors essayez une autre église. Pour moi, peu

importe laquelle vous fréquentez du moment que vous en trouvez une. Je ne crois pas à l'enfer, enfin il me semble. Je ne suis même pas sûre que le paradis existe. Mais je crois à la bonté. Je crois que c'est la seule chose qui compte. La seule qui restera de nous après notre départ. Le seul véritable argent qu'on ait en banque – ne te moque pas de moi, Will. L'église, c'est l'endroit on l'on va, une fois par semaine, pour réfléchir et chercher au plus profond de soi si l'on est bien le genre de personne qu'on espérait devenir, pour mesurer la distance entre cette personne et celle que l'on est vraiment. Je n'écoute plus ce que dit Morgan. Je reste juste tranquillement assise, à écouter mon propre cœur, mes propres pensées. Vous pouvez aller prier où vous voudrez, tant que vous allez quelque part. C'est ce que la ville attend de vous, et je considérerais cela comme une bonté de votre part. »

C'est donc ce qu'il fit. Pendant les semaines qui suivirent, il essaya d'autres églises, et il en revint en disant qu'on n'y parlait que de l'enfer. Même les épiscopaliens, des gens très convenables, plus riches et plus calmes, qui le reçurent chaleureusement au sein de leur petite communauté et l'invitèrent ensuite à déjeuner. Même eux, ils parlaient de l'enfer.

« Savez-vous ce qu'est l'enfer ? » demanda leur pasteur, M. Farrar, la deuxième fois que Charlie s'y rendit. « L'enfer, c'est votre cœur. Le sang dans vos veines. Il est en vous si vous n'entendez pas la parole du Seigneur. L'enfer, c'est vous. » Contrairement à Morgan, Farrar ne leur hurlait pas dessus. Ce n'aurait pas été très épiscopalien. Il parlait d'une voix triste et chaleureuse, comme s'il cherchait à épargner la terrible et inexorable vérité à ses ouailles réunies dans ce cocon. Pourtant il la leur dit, et le rôti qui suivit eut un goût amer pour Charlie, même s'il l'avait découpé lui-même avant de le vendre aux sœurs Gadsden, l'avant-veille. Il répondit avec douceur à leurs minauderies charmantes de jeunes coquettes, mais tout le long, tandis qu'il les charmait avec ses manières et ses sourires, il se sentait à l'étroit dans ses vêtements, comme s'il portait le caleçon de quelqu'un d'autre.

Il essaya chaque église au moins une fois. Il donna même deux chances aux épiscopaliens. Il raconta tout à Will et à Alma, chaque dimanche soir, dans la cuisine – il faisait désormais trop froid pour paresser sous la véranda, et la nuit tombait si tôt.

« Ne vous découragez pas, monsieur Beale. Vous finirez par l'entendre. Et, dans le cas contraire, contentez-vous de rester assis à écouter les battements de votre cœur. »

Finalement, il se détourna de toutes les églises blanches pour franchir la porte de l'église méthodiste épiscopale pour gens de couleur. Il alla s'asseoir dans le recoin le plus à l'écart sur une chaise pliante du dernier rang, en se faisant tout petit. Il était le seul Blanc à avoir jamais mis les pieds dans cette salle. Et il sut instantanément qu'il était arrivé.

Il entra avec quelques minutes de retard, après avoir fait nerveusement les cent pas dehors, à peser le pour et le contre, tandis qu'autour de lui tout n'était que couleur et lumière, musique et joie. Les membres de cette communauté, une petite quarantaine de personnes en comptant les bébés, le regardèrent entrer et se figèrent un instant en le voyant s'asseoir, avant de se concentrer de nouveau sur la prière, le chant et l'extase. Le pasteur, le révérend Shadwell, s'exprimait d'une voix aux tonalités riches et enthousiastes, avec le zèle du missionnaire. Il parlait du paradis, et des richesses qui les y attendraient quand viendrait l'heureux jour.

Jusqu'au plus pauvre d'entre eux, ils respiraient la propreté, leurs vêtements étaient éclatants, dans les rouges et les mauves, et aussi ce blanc d'une pureté éblouissante. Les dames, même les petites filles, portaient des chapeaux, et les hommes des chemises amidonnées tellement immaculées qu'elles scintillaient à la lueur des cierges. Il sembla à Charlie que les paroles des chants n'étaient ni arbitraires ni apprises par cœur, mais toutes neuves, fortes et joyeuses dans leur intégralité, comme si elles jaillissaient à l'instant même de la source vive de leurs cœurs.

Là encore, presque toutes les robes avaient été confectionnées par Claudie Wiley. Elle-même ne mettait jamais les pieds à l'église, malgré l'insistance de Shadwell qui venait souvent frapper à sa porte.

C'est finalement là, dans l'église des Noirs, que Charlie l'entendit, cet appel qu'Alma lui avait dit de guetter. Il perçut les battements de son propre cœur et, avec la précision des compteurs sur le tableau de bord de son pick-up, ces battements mesurèrent la distance entre ce qu'il était et ce qu'il voulait être. Exactement comme Alma l'avait prédit.

Il réfléchit aux qualités propres de son âme, à ses nombreux péchés qui seraient absous. Il pensa à Dieu, et au paradis. Et, durant tout ce long service qui dépassa largement l'heure du déjeuner, pas une seconde il ne pensa à Sylvan Glass.

Mais, assis là, il ressentit dans son corps le même

élan que lors de ces mercredis après-midi qu'il passait avec elle. Il se sentit racheté.

Dans chaque parole que prononçaient ces gens si pauvres, si calomniés et maltraités, écrasés d'un mépris qu'on ne prenait même pas la peine de déguiser, il entendit comment ils parvenaient à supporter cette vie. Il comprit le pourquoi de leurs actions, il connut les passions qui bouillonnaient dans leur âme encore enchaînée par la société et par la loi, il vit leur liberté vide et épuisante, et le flot infini de leur allégresse.

Ils étaient liés par le sang, à la fois attachés et libérés par leur situation d'exclus, tout comme lui, cloîtrés au sein même des villes où ils avaient passé toute leur vie, depuis des générations, ils étaient liés par une volonté indéfectible, une croyance que leur jour allait arriver, même si, pour le voir, ils devaient abandonner leur corps.

« Le jour est proche », leur chantait Shadwell en pleine exultation, de sa voix qui bientôt résonnerait pour des milliers, des millions d'hommes et de femmes. « Le jour de la Révélation. L'extase. La liberté. Mon cher peuple, mes frères et sœurs, la liberté ! »

Ils croyaient que ce jour viendrait, quoi qu'il advienne, et qu'il porterait le nom de liberté, de salut, et qu'il durerait jusqu'à ce que l'univers s'assombrisse et se fige, que le temps s'arrête et qu'il ne reste plus un souffle de vie dans ce monde ni dans aucun autre.

Charlie quitta l'église aux cris des derniers amen. Personne ne le vit partir, tant ils étaient plongés dans la complétude de leur révélation.

Il rentra chez lui à pied, totalement en paix. Il savait désormais qu'il continuerait à se comporter comme d'habitude – à aller travailler, à acheter de la terre sans comprendre pourquoi, à voir Sylvan Glass parce qu'il ne pouvait s'en empêcher. Mais il savait aussi que, quoi qu'il arrive, tout irait bien. Parce que c'était la chose à faire et qu'il était à sa place. Il était enfin arrivé chez lui, dans ce lieu de bonheur et de plénitude qui l'attendait au bout de cette longue route chaotique.

Il était chez lui.

II

Le prisonnier du péché

15

« Tu m'as manqué, hier soir. » C'est tout ce que Will lui dit, le lundi matin.

Charlie continua à aiguiser ses couteaux sans un mot.

« À Alma, aussi. Et Sam t'a réclamé, pas vrai, fiston ?

— Il y a une nouvelle bande dessinée, dans le journal, annonça Sam. Roy Rogers. Je voulais te montrer. »

L'homme et le garçon le fixaient, pourtant Charlie attendit un long moment pour répondre.

« J'avais à faire. Des tâches ménagères. J'ai personne pour s'occuper de moi.

— Eh bien, fiston, on essaie, tu sais. Alma et moi. » Une pointe d'irritation perçait dans la voix de Will.

« Je le vois bien, Will. Et je vous en suis reconnaissant. Parfois j'ai besoin d'être seul. En privé.

— Ce n'est pas bien, tu sais. Il y a quelque chose qui ne va pas, là-dedans. Ces gens…

— À moi, ça me convient.

— … tu sais bien qu'ils ne veulent pas de toi.

— Dans ce cas, ils me le feront savoir. »

Il espérait que non. Il se rendit à l'église trois

dimanches de suite en espérant qu'ils ne lui demanderaient pas de ne plus revenir, surtout parce que les femmes de l'église méthodiste épiscopale se présentaient toujours tôt le lundi matin à la boutique et que quelques-unes lui avaient même dit qu'elles avaient apprécié de l'avoir vu la veille, à la messe. Mais si, ils le lui firent savoir.

Le troisième dimanche, alors que Charlie venait de rentrer du culte et de se changer, et qu'il prenait un peu l'air sous sa véranda, histoire de tout mettre en ordre dans sa tête, il vit le révérend Lewis Shadwell remonter le trottoir, dans cette partie de la ville où les Noirs ne mettaient les pieds que pour aller faire le ménage chez les Blancs. Il s'arrêta au pied des marches de Charlie. Son visage irradiait encore la félicité d'avoir prêché pour ses ouailles.

Il avait vingt-huit ans, la peau sombre, la silhouette un peu lourde mais puissante. Il n'était pas encore le fauteur de troubles qu'il allait devenir, avec les sit-in, les manifestations, et sa photo dans les journaux. Ce dimanche-là, il n'était encore qu'un gentil et fervent jeune homme, de nature douce et timide, qui devait le rester jusqu'au jour où il trouverait une bonne raison de changer. Il portait des lunettes à monture dorée et son col blanc était tout raide, serré autour de son cou noir et épais, comme si on le lui avait donné à la sortie du séminaire, avant qu'il prenne du poids.

« Bonjour, révérend Shadwell, l'accueillit Charlie en se levant. Je vous en prie, joignez-vous à moi. Il fait un peu froid pour rester dehors. Venez donc à l'intérieur. »

Ils passèrent au salon et Shadwell prit place sur le canapé, sans même retirer son manteau, comme s'il ne devait pas se trouver là et n'avait pas l'intention de s'éterniser. Il avait l'air tellement mal à l'aise, avec son pardessus qui tirebouchonnait à la taille, et le chien qui lui reniflait les pieds, mais Charlie ne savait quoi lui offrir, aussi resta-t-il assis, à attendre.

Shadwell se racla la gorge. Deux fois.

« À vrai dire... », commença-t-il, puis il s'interrompit, comme s'il était incapable de retrouver la vérité en question, même si Charlie et lui savaient tous deux très bien de quoi il retournait. « À vrai dire, nous apprécions le geste.

— J'aurais dû rester plus longtemps, intervint Charlie. Saluer les gens. Je m'en excuse.

— Je vous en prie. Vous prenez ce dont vous avez besoin et vous laissez le reste, c'est très bien ainsi. Mais à vrai dire, eh bien, nous en avons parlé avec les anciens, et nous pensons que ce n'est pas une bonne idée. Ce n'est pas possible, voilà tout. Je suis désolé.

— Vous savez que je n'ai nulle part ailleurs où aller. Vous le savez.

— C'est ce qu'on m'a dit. Et c'est une honte. Tout homme devrait pouvoir avoir une vie spirituelle. C'est ce qui m'a sauvé de... la dégradation. Et cela pourrait vous sauver, si c'est ce dont vous avez besoin, mais bien sûr ce n'est pas un jugement, je ne veux pas vous froisser...

— Il n'y a pas de mal.

— Mais nous ne pouvons vous donner ce que vous cherchez. Et je vais vous expliquer pourquoi.

— Ce n'est pas la peine.

— Mais j'y tiens. Je veux que vous sachiez qu'il ne s'agit pas là de cruauté de notre part. J'ai besoin, nous avons besoin que vous le sachiez. À vrai dire, nous vous sommes reconnaissants. Ce que vous avez fait en venant à nous, c'était un acte de bravoure et de bonté. Mais vous n'êtes pas d'ici, et il y a des choses que vous ne pouvez pas comprendre. »

Charlie siffla le chien, qui vint se coucher près de lui. Il resta là, à attendre, Jackie Robinson à ses pieds. Son cœur battait à tout rompre, il n'aurait su dire pourquoi. C'était comme être convoqué dans le bureau du proviseur pour une faute qu'il ne se rappelait pas avoir commise.

« Nous sommes sous surveillance, monsieur Beale. Dès que nous passons la porte, il y a quelqu'un qui observe le moindre de nos faits et gestes. Nous sommes le peuple le plus surveillé de la terre. À chaque pas, nous devons être prudents. Il suffit d'un pas de travers, même de l'un de nos enfants, et notre monde pourrait s'écrouler. Et ce n'est pas une image, monsieur Beale. C'est une réalité.

» Ces gens, mes semblables, n'ont aucune éducation, en dehors de celle que nous trouvons par nous-mêmes. Pas une de ces familles n'est propriétaire de la maison qu'elle occupe, et ne le sera jamais. La plupart de ces maisons appartiennent à M. Glass, ou à ces deux sœurs que vous aimez tant.

» Nous nous en accommodons et nous nous mêlons de nos affaires. Parce qu'il n'y a pas grand-chose d'autre à faire. Hormis croire, monsieur Beale, pratiquer notre foi dans une arrière-boutique délabrée dont nous payons le loyer pour pouvoir prier en paix, car nous savons que personne d'autre que nous dans cette ville ne viendra y mettre les pieds. Pas même M. Glass, qui possède les lieux. Pas même lui, du moment que son loyer rentre tous les mois. Et c'est le cas. Tous les regards de cette ville sont posés sur nous, même quand nous dormons.

» Et nous ne le supportons pas. Nous le cachons, chaque jour, tous les jours, mais cela nous est odieux et intolérable. Nous en avons le ventre qui se serre. Parce que la seule chose que nous ne puissions faire, et peu importe qu'on nous observe à bout portant, la seule chose qui nous est interdite, c'est de regarder derrière nous. Comprenez-vous ce que je vous dis, monsieur Beale ?

— Vous n'avez rien à ajouter, monsieur Shadwell. Je ne viendrai plus.

— Je suis vraiment…

— Il n'y a pas de raison. Remerciez ces gens de m'avoir accepté. C'était important.

— Je l'espère, monsieur Beale. Je l'espère.

— Dites-leur de ma part. Dites-leur que je n'oublierai pas. »

Et alors Shadwell, *le* révérend Lewis Tobias Shadwell, comme on devait l'appeler plus tard, se leva. Les deux hommes échangèrent une poignée de main et il partit, laissant Charlie seul dans sa maison qui se refroidissait, avec son chien sage et plus de religion.

Hormis Sylvan Glass.

Ce soir-là, dans son lit, Charlie esquissa son portrait, dans son journal. Il n'était pas artiste, pourtant il tenta de rendre son visage et ses traits aussi fidèlement qu'il se les rappelait. Ainsi, il pourrait la contempler les six autres jours de la semaine, en dehors du mercredi. Ainsi, il l'aurait toujours près de lui, même lorsqu'il serait très vieux.

Et, autour de sa tête, il dessina une auréole, un cercle parfait, qu'il coloria en doré.

16

Il faisait trop froid, désormais. Sam ne pouvait plus attendre dans le pick-up.

Aussi, le troisième mercredi, lorsqu'ils pénétrèrent dans l'allée pour aller se garer derrière la maison, à l'abri des regards, Charlie fit le tour de la voiture pour aider Sam à descendre, en laissant Jackie Robinson à l'intérieur. Ils se dirigèrent vers la maison et, dès qu'ils atteignirent le porche, la porte s'ouvrit. Il y eut un moment de flottement lorsque Sam leva les yeux vers Mme Glass, un peu craintif de pénétrer dans une maison qu'il ne connaissait pas.

Cette fois-ci, elle était habillée. Elle portait des talons hauts, une robe bleu marine avec une rose rouge au col, et ses cheveux étaient relevés en un entrelacs sophistiqué de boucles et de frisettes, comme sur la couverture des magazines. Les lèvres vermillon. Les ongles écarlates. Au poignet, un bracelet en plastique du même rouge que la fleur à son cou.

Il faisait chaud et ça sentait bon, dans la cuisine impeccable. Ce qu'on pouvait dire, c'est que Boaty Glass ne dépensait pas sa fortune en achats extravagants pour son intérieur. Le sol était recouvert de linoléum moucheté et la table, d'une toile cirée à carreaux. Les chaises étaient en chêne, droites et à dossier haut, seulement deux chaises de ferme, comme si on n'attendait jamais d'invités dans cette maison. Pas une miette sur la table ou le comptoir en Formica couleur chair d'avocat. La seule touche gracieuse était de fins rideaux à fanfreluches. Les murs étaient ornés de portraits de vieux sévères dans des postures rigides et de petites filles à l'air triste, au visage maquillé et aux mains figées. Il y avait aussi une carte postale encadrée représentant une énorme demeure entourée d'un jardin à la française, derrière une gigantesque piscine turquoise encadrée de palmiers – un souvenir d'Hollywood.

La cuisine ouvrait sur deux autres pièces, un salon rempli de meubles ternes et une chambre lumineuse avec un lit métallique peint en blanc, tout simple, mais à la tête duquel étaient suspendus des rideaux vaporeux, retenus par des rubans et des nœuds de couleurs vives. Près du lit, dans un cadre en argent, se trouvait la photographie jaunie d'une belle jeune femme le jour de ses noces, à une autre époque. Un escalier menait à l'étage, vers d'autres pièces et d'autres couloirs, comme chez Sam. Des chambres, supposa-t-il.

Le petit comprit tout de suite d'où venait la bonne odeur : elle avait fait des biscuits. Ils trônaient sur une assiette bleue à motifs chinois, à côté de deux petits tas de magazines.

« Dis bonjour à Mme Glass, Sam. Comme un bon garçon.

— Bonjour, m'dame.

— Bonjour, Sam. » Il adorait le son de sa voix, si jeune, si douce et si raffinée. Comme si elle avait grandi dans un beau jardin fleuri, très loin. « J'ai des surprises pour toi. »

Le petit se dirigea vers la table.

« J'ai fait des biscuits aux noisettes, et puis je t'ai trouvé ça. Regarde, des bandes dessinées », dit-elle en prenant l'une des deux piles de magazines.

« Je ne sais pas encore lire. Mais presque. Ma maman et mon papa me lisent des histoires tous les soirs.

— Avec ceux-là, tu peux juste regarder les images et inventer tes propres aventures dans ta tête. Regarde. Captain America et Captain Marvel, et puis regarde celui-là, c'est Donald. Il essaie d'attraper des pommes avec la bouche, tu sais, comme pour Halloween, mais ce gros méchant homard accroché à son bec l'en empêche. Est-ce que ce n'est pas rigolo ? »

Sam rit, mais en réalité il ne comprenait pas. Il n'avait jamais vu de bande dessinée complète, sauf à l'épicerie. Il n'avait jamais vu non plus de homard, et la blague lui échappait. Mais il aimait bien les autres petits canards sur la couverture, avec leurs chapeaux de sorcières et leurs balais, déguisés comme pour Halloween. Il fut tout de suite attiré par Captain Marvel Junior, un garçon à la peau brune et aux yeux sombres, un garçon comme Sam, juste un peu plus vieux, dans les quatorze ans, habillé tout en bleu et or avec une cape rouge et des bras musclés, le genre de gars que Sam voulait devenir en grandissant, avec un éclair en travers de la poitrine. Debout sur un coffre rempli de pièces d'or qui volaient en tous sens, sur le pont d'un trois-mâts ancré au port, il était entouré de féroces pirates.

Les livres que lui lisaient ses parents étaient plus

sérieux, *Le Vent dans les saules* et *Contes de ma mère l'Oye* pour sa mère, et *Les Frères Hardy* pour son père. Parfois, ce dernier sortait un livre étrange et merveilleux qu'il avait reçu à l'âge de Sam, *Poppy Ott et son usine à cornichons*. Pendant qu'on lui faisait la lecture, Sam suivait du doigt les mots sur la page, et parfois il en prononçait un en s'appliquant bien, pour l'imprimer dans sa mémoire. Il aimait Frank et Joe Hardy, dans leur petite ville remplie de truands, d'espions et de péripéties comme il n'en arrivait jamais à Brownsburg.

Mais ces bandes dessinées-là étaient différentes, remplies d'images colorées et d'animaux déguisés, étranges et exotiques, et d'hommes portant une cape qui ressemblaient pratiquement à des gens qu'il connaissait. Charlie l'aida à s'asseoir sur une chaise et Sam se mit à tourner les pages fines des magazines, tout impatient de connaître la suite.

« Si tu en as assez des bandes dessinées, tu peux te servir de ça… » Elle lui désigna une boîte de crayons de couleur et un bloc de papier. « Tu pourras nous faire de beaux dessins. Ça te plairait ?

— Oui, m'dame.

— Sam, ajouta Charlie en s'accroupissant à côté de sa chaise, Mme Glass et moi, nous allons monter à l'étage un petit moment, alors sois bien sage et ne fais pas de bruit. Occupe-toi et prends des biscuits. Tu penses que ça va aller ?

— Je crois, oui. C'est quoi, un homard, Beebo ?

— Je te le dirai plus tard, sur le chemin du retour. Sois patient. Et ne viens pas là-haut. »

Charlie et Mme Glass montèrent l'escalier et Sam se retrouva seul dans la cuisine, avec ses bandes dessinées et ses biscuits. Il aurait dû être content, mais non. Il s'inquiétait pour Jackie Robinson, tout seul dans le froid. Et puis, il n'aimait pas qu'on le laisse dans une pièce inconnue quand il se passait quelque chose d'important dans une autre, sans qu'il sache ce que c'était. Il avait du mal à se concentrer sur les images et à manger des biscuits.

Pendant un temps, il n'y eut pas un son. Puis il crut percevoir des voix, des chuchotements, à travers le plafond, mais pas de bruits de pas. « Ils doivent s'être assis, pensa le petit, ils doivent discuter tout doucement. » Mais de quoi pouvaient-ils bien parler ? De lui, peut-être, et ça le tracassait. Il s'était montré poli, il avait ri à l'image du canard alors qu'il ne comprenait pas ce qu'il y avait de si drôle. Il mâchouilla un biscuit en y réfléchissant.

Puis les bruits démarrèrent, légers et à peine audibles, et d'autant plus mystérieux qu'ils étaient assourdis par l'épaisseur du plancher. Il entendit de la musique jouer au-dessus de sa tête, et une voix de femme chanter. Ce n'était pas de la folk mais un autre genre, plus doux, avec des instruments différents.

Peut-être qu'ils étaient en train de danser. Très lentement.

Il savait que ça faisait partie du secret. Et il sentait jusque dans sa peau qu'il ne devait pas en parler, jamais, ni de la musique, ni des bandes dessinées avec des images étranges que sa mère n'approuverait pas, ni du fait de se retrouver seul dans la cuisine pendant que le chien était dans la voiture, ni même du lait et des biscuits. Il comprenait qu'il ne devait jamais rien dire de cette journée. Il n'était pas là. Aucun d'eux n'était là, ni lui, ni Charlie, ni Mme Glass. Il le savait.

Il arrêta de lire ou de manger. Il resta simplement assis là, à écouter.

Parfois, on aurait dit que Charlie et la femme riaient. Parfois, il lui paraissait que Charlie avait mal, et alors son cœur tressautait de peur pour Beebo. Si Beebo était blessé, comment rentrerait-il à la maison ? Il entendit des chaussures tomber au sol, puis encore des rires, et elle qui gloussait. Puis tout redevint très calme.

Mais pas longtemps. Charlie poussa un grognement et elle une sorte de plainte, immédiatement suivie d'un : « Chut, Sylvan, chut », d'une voix pressée, plus dure. La voix de Charlie, différente. Sam l'entendit. Elle se tut et la maison redevint aussi silencieuse que l'église pendant les prières ou que sa chambre, le soir, quand sa mère éteignait la lumière.

Peut-être qu'ils étaient morts.

Après ce qui lui parut un long moment, Sam entendit une porte s'ouvrir et Charlie descendit l'escalier. Il n'était plus le même, il avait l'air bizarre, plus jeune, endormi et excité à la fois. Il tenait ses chaussures à la main et il s'assit sur l'autre chaise pour les remettre. Il n'adressa pas un regard à Sam pendant tout le temps où il noua ses lacets, et le petit fit semblant de lire les magazines, tout en croquant quelques bouchées de biscuit.

Quand ils levèrent tous les deux les yeux, Mme Glass se tenait dans l'embrasure de la porte. Elle aussi était pieds nus. Elle n'était plus habillée que d'une combinaison blanche et soyeuse, comme la mère de Sam en mettait sous ses robes. Son visage était pâle et tout le rouge était parti de sa bouche. Ses cheveux lui pendaient aux épaules, tout emmêlés. Elle se tenait là, en combinaison, avec juste son bracelet, et elle fumait avec un petit porte-cigarette. Ses lèvres étaient roses et rebondies comme celles d'un bébé. Elle ne dit rien à personne, et personne ne lui adressa non plus la parole.

Charlie se leva, resserra sa ceinture et attrapa son manteau. « Prêt à y aller, Sam ? » Il avait la voix douce et gentille, presque une voix de femme. « Mets ton manteau, on s'en va. » Charlie ne quittait pas Mme Glass des yeux, et il ne remarqua même pas que Sam ne l'avait pas retiré, son manteau.

Le garçon se mit à ranger les crayons dans leur boîte. Charlie jeta un bref coup d'œil autour de lui. « Ne t'embête pas avec ça. Ça ira comme ça. Il faut qu'on y aille. »

Ils se dirigèrent vers la porte. Sam savait qu'il était censé laisser les magazines sur la table. La femme termina sa cigarette, puis elle passa dans la pièce à côté et ils l'entendirent remonter lentement l'escalier. Elle ne leur avait même pas dit au revoir.

Dans le pick-up, Charlie prit Jackie Robinson dans ses bras pour lui embrasser le dessus du crâne. Puis il tendit la main, avec douceur, pour ébouriffer la chevelure de Sam.

« S'ils demandent pourquoi on est en retard, tu diras que c'est M. Potter qui a tardé à arriver à l'abattoir avec le bœuf. D'accord ?

— D'accord, Beebo. »

Charlie dut s'y reprendre à deux fois pour faire démarrer le pick-up. Ils reculèrent puis firent demi-tour et rejoignirent l'allée. Charlie tourna sur la route sans même un coup d'œil, mais il n'y avait pas d'autres voitures, aussi personne ne fut blessé.

Il avait une griffure dans le cou, pas plus longue que le petit doigt de Sam, mais une goutte de sang avait séché juste au-dessus de son col de chemise. Son manteau était ouvert et Charlie n'avait pas l'air de sentir le froid, alors que dans l'habitacle, la température était longue à remonter. Sam frissonna et se frotta les mains l'une contre l'autre. Il avait eu bien chaud, dans la cuisine ; pourtant, de retour dans le pick-up glacé, il avait l'impression qu'il n'arriverait plus jamais à se réchauffer.

17

Il savait que tout ça faisait partie de la promesse qu'il avait faite à Charlie, de leur secret. Il fallait qu'il oublie. Ça lui coûtait un effort chaque fois qu'il se retrouvait avec son père et sa mère, mais il ne pouvait pas raconter qu'il était entré chez les Glass avec Charlie, qu'il avait mangé les biscuits de Mme Glass, lu ses bandes dessinées et entendu ce qu'il avait entendu, même s'il ne savait pas exactement de quoi il s'agissait.

Mais il ne pouvait oublier. Il y pensait tout le temps. La chaleur dans la cuisine, la toile cirée, les bruits à l'étage – qu'est-ce qu'ils voulaient dire, ces bruits ? Non, il ne pouvait oublier, ni s'empêcher d'avoir peur, pour Charlie.

Et s'il était arrivé quelque chose, comme le lui avait dit Charlie ? Si Charlie mourait ? Qui prendrait soin de Jackie ?

Le soir, une fois qu'il avait dit ses prières et que sa mère le laissait seul dans le noir, il voyait toute la scène dans sa tête, en boucle, et il adressait une requête de plus à Jésus, il priait pour que Charlie ne meure pas. S'il mourait, ce serait la faute de Sam, il en était certain, car la seule chose qui pourrait causer ce drame, ce serait qu'il raconte le secret qu'il gardait et dont il ne devait rien dire.

Et il voulait y retourner, encore et encore, jusqu'à tout comprendre, pour être bien sûr que Charlie n'était pas en danger. Aussi se réveillait-il à l'aube, le mercredi, et il attendait patiemment pendant que son père lui lisait le journal et que Charlie servait les clients, puis ils rentraient chez eux avaler le déjeuner improvisé par sa mère – maintenant que l'école avait repris –, avant de retourner à pied à la boutique. Entre son père et Charlie, tout était comme d'habitude, comme si ce qui se préparait n'allait pas réellement se produire. Charlie ne se précipitait pas, il vaquait à ses occupations, passait ses couteaux à manche en bois de rose sur la meuleuse de boucher, jusqu'à ce que la lame soit aussi tranchante que le fil d'un rasoir. Puis il finissait par dire : « Tu es prêt, Sam ? » Ce à quoi Sam répondait, comme si de rien n'était, alors que pour lui tout se jouait là : « Bien sûr, Beebo. » Ils emmenaient Jackie Robinson dans le pick-up qui mettait de plus en plus de temps à démarrer, à cause du froid, et ils allaient à l'abattoir. Charlie faisait vite, désormais ; toujours avec soin et habileté, mais vite. Puis, au retour, ils s'engageaient dans l'allée pour monter se garer derrière chez elle.

C'était toujours pareil, et toujours différent. Maintenant, Jackie rentrait avec eux à l'intérieur, pour se mettre au chaud. Depuis la première fois, elle ne portait plus de rouge à lèvres, mais elle avait toujours une belle robe, jamais la même, des robes comme il n'en avait jamais vu, et elle avait préparé des biscuits et du lait, et aussi de nouvelles bandes dessinées.

Sans oublier ces magazines avec de belles femmes en couverture, enroulées dans de la fourrure ou du tissu vaporeux, avec leurs grands yeux et leurs bouches engageantes. Parfois, la porte refermée, quand Charlie et Mme Glass étaient à l'étage, Sam contemplait ces femmes, et il embrassait doucement leurs lèvres, leurs yeux et leurs joues poudrées.

Certains jours, ils restaient longtemps en haut. D'autres fois, c'était à peine dix minutes. Il y avait beaucoup de bruit, ou bien pas du tout. À chaque son que Charlie laissait échapper, Jackie Robinson s'arrêtait de renifler le sol de la cuisine. Il s'immobilisait, les oreilles tendues, jusqu'à ce que le silence soit retombé.

Un jour, en redescendant, ses chaussures à la main et la chemise déboutonnée, Charlie surprit Sam en train d'embrasser une couverture de magazine. Il rit et s'approcha pour jeter un coup d'œil, avant de poser la main sur la tête du petit.

« C'est Ava Gardner. Elle est du coin, de Caroline du Nord. Dans cette région, toutes les femmes ressemblent à Ava Gardner.

— Ce n'est pas vrai, objecta Mme Glass, en combinaison blanche dans l'embrasure de la porte, en train de fumer.

— Si je te le dis, insista Charlie en laçant ses chaussures. J'y suis allé, Sylvan. Toutes des Ava Gardner. Ils ont du sang indien, là-bas. Un jour, je t'y emmènerai. Tu verras.

— Oh, Charlie. » Elle lui sourit pendant un long moment. « Est-ce que ce ne serait pas agréable ? Divin ? »

Il leva les yeux pour la fixer et répondit, l'air sérieux :

« Eh bien, je ne sais pas pour toi. Mais à moi, ça me plairait. »

Son sourire à elle s'évanouit à son tour.

« J'ai jamais été nulle part, dit-elle.

— Je ne suis jamais *allée* nulle part, corrigea-t-il. Pas *été*.

— Merci. C'est vrai. Je ne suis jamais allée nulle part, en dehors de ce voyage à Hollywood, donc j'imagine que c'est tout de même quelque part. On n'a rien vu, j'ai juste aperçu leurs étoiles sur un trottoir, devant ce théâtre chinois. J'ai surtout vu ce wagon de train en long, en large et en travers, avec Boaty. C'était censé être merveilleux, mon rêve de toujours. Rien de tout ça. Il grogne comme un cochon, et il te transpire dessus. Je veux dire, ce n'est pas comme si c'était la première fois, mais jusqu'à toi, je ne savais pas que… eh bien, je ne savais rien, n'est-ce pas ?

— T'apprends vite, ma grande.

— *Tu* apprends vite, tu veux dire, répliqua-t-elle en riant. Tu vois, tu en fais autant. »

Chaque fois, il fallait donner une excuse à Sam, une raison qui expliquerait pourquoi ils avaient passé tant de temps à l'abattoir, si jamais on posait la question. Après avoir découpé le quartier et l'avoir enveloppé dans un drap blanc et propre, même s'il n'y avait plus de mouches, Charlie remontait dans le pick-up, il mettait le contact, et alors il racontait à Sam ce qui leur avait pris tant de temps. Un pneu crevé. Potter, encore en retard. Ce foutu camion qui est tombé en panne – « mais ne dis pas *foutu* ». Parfois, ils en avaient terminé si vite qu'il n'avait même pas à inventer d'excuse. De plus, ils ne posaient jamais de questions, ses parents. Ils avaient l'air inquiets, mais ils ne demandaient rien.

Ils ne voulaient pas savoir. Ils étaient certains que Charlie ne ferait aucun mal à Sam, et ils s'imaginaient qu'ils étaient allés chasser, ou bien qu'ils s'étaient perdus en se rendant sur l'une des terres de Charlie. Ils ne savaient comment demander ce qui les tracassait, aussi demeuraient-ils fermés, complices. Personne ne disait rien à personne.

« Redis mon prénom, demanda-t-elle un jour, tandis que Charlie enfilait sa chemise.

— Sylvan. » Il baissa les yeux, puis se tourna vers elle. « Sylvan Glass.

— Il ne prononce jamais mon nom. C'est moi qui l'ai inventé, tu sais.

— Je m'en suis douté. Quel est ton vrai nom ?

— Ha. Voilà une chose que tu ne sauras jamais de ton vivant, Charlie Beale. » Et elle courut dans l'escalier en riant.

Sam et Charlie quittèrent les lieux rapidement, en laissant tout en bazar, sans doute rangerait-elle plus tard.

Parfois, quand ils faisaient vite, Charlie descendait s'asseoir à la table de la cuisine, avec Sam sur les genoux, et il lui lisait les aventures de Donald Duck ou de Captain America. Aux passages drôles, il chatouillait le petit dans les côtes pour qu'il sache quand rire.

Avec Captain America, Sam sentait les vibrations de la voix profonde de Charlie contre son petit dos, et l'intensité du fourmillement lui racontait les péripéties que traversait le héros, la proximité du danger et le triomphe du bien contre le mal. Mme Glass s'asseyait sur l'autre chaise pour lire ses magazines en fumant ;

de temps à autre, elle riait elle aussi en entendant Charlie lire.

Sam espérait qu'elle ne savait pas qu'il avait embrassé cette femme, sur la couverture du magazine qu'elle tenait si négligemment entre ses mains. Et s'ils savaient ? S'ils étaient en train de regarder à travers le plancher, comme par magie, quand tout était calme, et qu'alors ils l'avaient vu en train d'embrasser ce magazine ? Cette idée lui faisait peur. Mais ils n'en laissaient rien paraître ; ils se comportaient comme d'habitude, comme s'ils ne savaient rien, et Sam espérait que c'était bien le cas.

« Qu'est-ce que tu aimerais, pour ton anniversaire, Sylvan ? » Quand il lui parlait, c'était toujours d'une voix douce et attentionnée, dont Sam sentait l'ondulation dans ses os, comme le ronronnement d'un chat.

« Rien que tu puisses me donner, j'imagine. Il le saurait. On ne peut rien lui cacher. Lui ne m'offre jamais rien. Il a une maîtresse, à Staunton. Tout le monde le sait. Elle a deux fois mon âge. Une Charlotte quelque chose. À elle, il lui fait des cadeaux, je parie. De chouettes cadeaux. Peut-être un manteau de fourrure. Ou une maison. Parfois il ne revient qu'à dix heures du soir. Certains jours, il ne rentre même pas du tout. Une ou deux fois, il m'a dit qu'il était allé à Washington. À l'hôtel. Je parie qu'il l'emmène. Et qu'ils s'amusent bien. Pour ce qui me concerne, elle peut bien le garder. » Elle avait une voix de petite fille facétieuse. « Non, je n'ai jamais rien eu. Je n'ai rien sur cette terre qui m'appartienne.

— Je trouverai quelque chose.

— Tu n'as pas à m'offrir quoi que ce soit. Tu me donnes bien assez.

— Qu'est-ce que je te donne ?

— Je ne devrais pas avoir à te le dire. »

Ils étaient tellement habitués à la présence de Sam qu'ils discutaient comme s'il n'était pas là, comme s'il était un animal muet, incapable de répéter quoi que ce soit, comme Jackie Robinson. Il l'appelait « bébé », ou « petite », et elle lui donnait du « chéri » d'une drôle de voix traînante.

Un matin, à la fin de l'hiver, Boaty entra dans la boucherie et raconta à Will qu'il allait pêcher à Nags Head avec d'autres gars, pour le week-end, qu'ils allaient boire et pêcher le tassergal, et alors Charlie lui jeta un regard perçant. À la fin de la journée, il emballa soigneusement des côtelettes, des steaks et de la viande hachée.

« Ça en fait, de la viande, commenta Will de la même voix que lorsqu'il commandait à Sam de ne pas trop s'approcher du poêle.

— Je vais camper, ce week-end, répondit calmement Charlie. Sous la tente, près de Natural Bridge. »

Avant la tombée du jour, il avait tout rangé et quitté les lieux, et son pick-up disparut de devant chez lui jusque tôt le dimanche matin. Et même si pour Sam sa destination n'était pas un mystère, il ne pouvait s'empêcher de s'inquiéter pour Charlie, et pour Jackie. En pensée, il voyait les bandes dessinées empilées sur la table de la cuisine, et aussi les magazines avec ces femmes en photo qu'il n'avait pas embrassées. Il essaya de s'imaginer comment Charlie et Sylvan passaient le temps.

Charlie reparut chez lui avant le lever du jour. Sam fut le seul à le voir revenir. Jackie Robinson et son maître entrèrent dans la maison et ils n'en sortirent plus avant la fin de l'après-midi. Alors Charlie s'assit sous le porche dans une chemise blanche toute propre et il sortit son journal. Sous le nom de Sylvan, il écrivit : « Si elle me sifflait, je viendrais. Si elle me giflait, je tendrais l'autre joue. Je serais prêt à mourir pour elle. À passer l'éternité en enfer. »

Il avait l'air d'un gamin de dix-huit ans. Dans cette envolée impétueuse de l'amour, son cœur s'élançait en chute libre.

18

Il acheta une maison, une deuxième. Elle se situait au-delà de l'abattoir, à l'abri des regards de la ville, une vieille ferme nichée au cœur d'un épais bosquet de vieux érables. Le samedi et le dimanche, il prenait sa voiture et il y allait, seul, pour la retaper, installer un nouveau poêle ou un chauffe-eau tout neuf, ou refaire la plomberie d'une vraie salle de bains, avec l'aide de Carl Hostetter. Il la remplissait de meubles achetés à des ventes aux enchères, auxquelles cette fois-ci il se rendait seul. Dès qu'il voyait un objet susceptible de plaire à Sylvan, il repartait avec. Plus c'était chic, plus il avait tendance à acheter, en pensant à elle. Il se moquait du prix, il gardait simplement la main levée jusqu'à ce que tous les autres enchérisseurs se soient découragés.

Une fois qu'il eut tout terminé, il se rendit au tribunal pour faire établir l'acte de donation. C'était totalement secret. À l'époque, c'était encore possible. La greffière du tribunal était une vieille fille honnête avec un penchant inassouvi pour les jeunes et beaux garçons ; Charlie inscrivit la mention « Ne pas publier » sur l'acte, et elle honora sa demande, comme il l'espérait. N'importe qui aurait pu venir le consulter, mais personne n'en fit rien.

Il lui offrit l'acte, entouré d'un ruban bleu, pour son anniversaire. Le jour de ses vingt ans. Le premier mercredi de mai, il lui donna rendez-vous là-bas, camouflé par le bouquet d'arbres dense, et il lui fit franchir le seuil dans ses bras. C'était la première et unique chose qu'elle ait jamais possédée, le seul plancher qu'elle ait jamais foulé qui soit à elle.

La première fois, ils se contentèrent de déambuler dans la maison, de pièce en pièce, main dans la main, tandis que Sam et Jackie Robinson restaient assis sous la véranda, à écouter les oiseaux dans les arbres qui reverdissaient et à les regarder par les fenêtres – Sylvan qui touchait chaque chaise, chaque table et qui prenait chaque objet dans sa main.

Ce n'était rien qu'une vieille ferme remplie de meubles d'occasion et de morceaux d'autres vies que les leurs, mais c'était à elle, pour la première fois de sa vie. Elle baptisa la maison Pickfair, car elle était allée chez Mary Pickford et Douglas Fairbanks, à Hollywood.

Ils s'y rendaient dès qu'ils en avaient la possibilité. Tous les mercredis, après son passage par l'abattoir où il faisait son travail, Charlie la retrouvait là, qui l'attendait pour faire cuire les côtes de porc ou les steaks qu'il lui rapportait. Un pain de maïs refroidissait sur le comptoir.

Puis ils allaient au lit pendant que le petit restait assis à table avec ses bandes dessinées et que Jackie Robinson creusait des trous dans le jardin. C'était toujours à la sauvette, ils n'en avaient jamais assez, mais c'était tout ce qu'ils avaient. Et, pendant un moment, cela leur suffit.

En général, le samedi, Boaty partait en vadrouille, à la chasse ou à la pêche, mais il était tellement pataud qu'il ne rapportait jamais rien, sauf quand un de ses acolytes le prenait en pitié et finissait par lui donner une truite ou un lapin. Quand Boaty partait toute une journée et que Charlie n'avait pas à travailler, ils avaient plus de temps.

Charlie attendait de voir la grosse voiture de Boaty quitter la ville, alors il emmenait le chien et allait chercher le petit, avec des cannes à pêche ou son fusil, et ils la rejoignaient directement car Charlie savait qu'elle l'attendait. Will et Alma trouvaient que l'air frais faisait du bien à Sam : il rentrait toujours fatigué et les joues rouges. Ils commençaient cependant à remarquer que leurs expéditions ne rapportaient aucune prise d'aucune sorte.

Ils n'allaient jamais pêcher. Jamais ils n'aperçurent un cerf. Ils ne voyaient que l'intérieur de Pickfair. Sylvan était déjà là, habillée en vedette de cinéma. Elle les accueillait à la porte comme s'ils étaient des membres de la famille royale, avec son beau rire et son accent étrange et arrondi qui les accompagnaient dans la maison.

La journée s'écoulait, pour Sam en compagnie de Donald ou de Captain America, avec Jackie Robinson à ses pieds, qui se promenait sagement dans la cuisine en cherchant des insectes ; Sylvan et Charlie n'attendaient plus avant de passer dans le salon obscur et de monter l'escalier, et Sam les entendaient bouger comme s'ils dansaient, puis c'était le silence. Le silence, les biscuits et les bandes dessinées.

Charlie et Sylvan l'enveloppaient de leur chaleur, de leurs voix essoufflées et d'autre chose qu'il ne savait nommer, dans leur regard, dans leur air d'attendre quelque chose qui leur arrivait enfin, et ensuite ils montaient à l'étage en le laissant seul, pour discuter de questions d'adultes, pensait-il, qu'un petit garçon comme lui ne pouvait comprendre. Parfois, il se disait que cette chose qu'ils avaient tant attendue, c'était lui, et ça lui faisait chaud au cœur.

Ils l'abandonnaient avec des livres, des biscuits et un chien, mais sans aucune instruction, et parfois il ne savait pas comment passer les heures. Il essayait de lire, de deviner les mots, ou bien il allait s'asseoir dans l'un des fauteuils à bascule sous la véranda, tandis que Jackie Robinson courait dans le jardin et chassait les écureuils.

Sam pensait à son père et à sa mère, et au fait qu'ils ne le laissaient jamais seul plus de cinq minutes. Ils restaient toujours avec lui pour le faire rire ou lui expliquer quelque chose de nouveau, qui lui sautait soudain aux yeux comme s'il ne l'avait jamais remarqué jusque-là, dans sa soif de savoir comment fonctionnait le monde, d'où venaient les voix qu'il entendait à la radio, qui étaient ces gens et où ils vivaient. Ou bien d'où venait la lumière, quand il faisait nuit noire.

Et il pensait à Charlie et à Sylvan. Il n'aurait su nommer ce qu'il ressentait pour eux, mais c'était beau. Il se sentait en sécurité. Il ne pouvait rien lui arriver de mal quand Charlie était dans les parages. Même si c'était dans une partie de la maison où Sam n'avait jamais été invité, Charlie était là, avec ses grandes mains et sa façon de siffler pour faire rentrer Jackie Robinson, un sifflet court et puissant qu'il avait promis d'apprendre à Sam, un jour. Sam voulait siffler comme ça.

Il y avait tant de choses qu'il voulait savoir. Il ne se rappelait pas quand ça avait commencé, mais soudain tout devenait très clair, et en même temps le mystère n'avait jamais été aussi grand. Le monde tournait, tout fonctionnait, mais il ne savait pas comment, alors son père et sa mère venaient s'asseoir à côté de lui pour lui expliquer, mais il ne pouvait pas encore comprendre.

Parfois, il lui suffisait de savoir qu'eux savaient. Il posait inlassablement les mêmes questions, pendant des jours d'affilée, et il arrivait que son père lui réponde : « Bon sang, Sam, tu m'as demandé la même chose hier, et aussi avant-hier. » Mais sa mère ne faisait jamais ça, elle prenait le temps de lui montrer comment le pain gonflait quand on laissait la pâte au chaud sur le poêle, ou bien elle observait avec lui un scarabée qui traversait lentement la véranda en rampant, et elle lui disait combien de pattes il avait, et ce qu'il mangeait pour dîner, quand il arrivait chez lui.

« Et moi, d'où je viens ? »

Il était sur ses genoux, et le sommeil le gagnait.

« Je te l'ai dit, déjà.

— Redis-le-moi. J'aime bien l'entendre.

— Tu viens du ciel.

— Et comment je suis arrivé ici ?

— Je suis devenue toute grosse et gonflée, et tu es sorti.

— D'où ?

— De mon ventre.

— Et pourquoi tu étais toute grosse et gonflée ?

— Parce que je t'attendais. Je t'ai attendu longtemps. Et ton père aussi.

— Ça t'a fait mal ?
— Oui, Sam. Ça m'a fait mal.
— Pendant longtemps ?
— Non, mon chéri.
— Et j'avais quel âge ?
— Zéro an.
— Qu'est-ce que tu as fait, quand je suis sorti ?
— J'ai chanté : "Joyeux anniversaire..."
— Et maintenant, j'ai quel âge ?
— C'est toi qui vas me le dire.
— T'es bête, j'ai cinq ans. Tu étais là à mon anniversaire. Mais bientôt j'aurai six ans. Tu le sais, hein ?
— Oui.
— Cinq ans, ça fait combien de jours ? »

Elle réfléchit pendant une minute.

« Mille huit cent vingt-cinq. Vingt-six. Année bissextile.

— Et six ans, ça fait combien de jours ? »

Chaque question en appelait une autre. C'était quoi, une année textile ?

« Trois cent soixante-cinq jours de plus que cinq ans. Et tu sais ce qui se passe, tous ces jours-là ? Tu vas te coucher. Et il est justement l'heure d'y aller, pour aujourd'hui. »

Parfois, il mettait très longtemps à s'endormir. Il avait l'impression de gravir un escalier interminable, dont chaque marche était une question, jusqu'à la dernière qui débouchait sur l'obscurité, et il se retrouvait chaque matin, surpris et heureux, dans son lit, dans sa chambre, et il sentait la main de sa mère sur ses cheveux, son baiser sur son front à la seconde où il ouvrait les yeux. Et dès qu'il apercevait la lumière, il n'arrivait plus à se rappeler les questions qu'il avait dû franchir avant de basculer dans la nuit.

En général, alors qu'il était assis là avec Captain America, ou dans le jardin à regarder Jackie Robinson creuser des trous, il en avait des millions, de questions : pourquoi il faisait chaud, ou froid, jusqu'où allait la longue file indienne de fourmis, où elles vivaient et ce qu'elles mangeaient. Pourquoi, pour lui, rien ne bougeait en hiver et tout redémarrait en été, alors que pour Jackie Robinson, quelle que soit la saison, il y avait toujours quelque chose en mouvement, que lui ne voyait pas. Mais il n'était pas là pour poser des questions. Il savait que ce n'était pas le moment. Pas ici. Pas avec eux, cachés quelque part dans cette maison. Non, son rôle à lui, c'était d'attendre, et c'est ce qu'il faisait toujours, si bien que quand Charlie réapparaissait, ses chaussures à la main et en train de rentrer sa chemise dans son pantalon, Sam avait oublié ce qu'il voulait lui demander.

Un jour, un mercredi après l'abattoir, alors qu'ils venaient à Pickfair depuis environ six semaines, il se trouvait dans le jardin et le soir tombait déjà, et il oublia sa part du marché. Il oublia qu'il était censé rester dehors. Qu'ils étaient montés à l'étage là où lui n'était pas autorisé à aller.

Il pleuvait. Il était fatigué. Jackie Robinson avait suivi une de ses pistes et s'était mis en chasse d'une bête quelconque, un lapin ou un dindon sauvage, et Sam oublia que son rôle à lui consistait à attendre. Rien de plus.

Il voulait rentrer chez lui. Tout à coup, il voulait sa mère et son père, et sa maison à lui, plus que tout au monde il voulait les retrouver, eux, et non des biscuits et des bandes dessinées. Aussi rentra-t-il à l'intérieur, dans la chaleur et la lumière de la cuisine qui sentait encore les gâteaux sortant du four. Il voulait savoir où ils étaient, pour pouvoir dire à Charlie qu'il était désolé mais qu'il fallait qu'il rentre chez lui tout de suite.

Il tendit l'oreille, mais n'entendit rien. Il parcourut les pièces du rez-de-chaussée, mais comme il n'y avait pas de lumière, il distinguait à peine les meubles. Ils n'étaient pas là. Ils étaient à l'étage, où lui n'avait jamais mis les pieds. Alors il commença à avoir peur.

Il avait fait ce rêve, une nuit. Un cauchemar. Quand il s'était réveillé, il n'était plus dans sa chambre. Il était seul dans le noir, dans une maison inconnue, et il s'était passé quelque chose de mal. Son père était mort, ou sa mère, ou bien ils avaient décidé qu'ils ne voulaient plus de lui et alors ils l'avaient enroulé dans des couvertures en pleine nuit pour aller l'abandonner ailleurs. Il s'était mis à pleurer, tout doucement, car il avait très peur, dans cette maison étrangère, peur des gens qu'il rencontrerait le lendemain matin, parce que ces gens ne le connaissaient pas et ne sauraient pas prendre soin de lui. Mais il avait veillé à ne faire aucun bruit en pleurant, parce qu'il ne voulait pas alerter les inconnus.

Aussi était-il resté éveillé toute la nuit, jusqu'aux premiers rayons de lumière grise qui étaient venus dissiper les ténèbres, et il avait distingué la forme des fenêtres, inconnues et bizarrement placées. Le gris avait viré au rose pâle et il avait fermé les yeux car il ne voulait pas savoir, il ne voulait pas que tout bascule. Il n'avait rouvert les paupières qu'en sentant le rose glisser vers l'orangé, car il ne pouvait plus reculer – lentement, il avait écarté les cils, terrifié, et il avait aperçu les fenêtres, les rideaux et le papier peint. À la fois étrangement familiers et complètement différents.

Près de son lit, la table de chevet était à ses pieds, mais c'était la même lampe, avec le même abat-jour en papier, juste à côté du montant en bois contre lequel sa mère empilait les oreillers pour qu'il appuie la tête, quand elle lui faisait la lecture juste avant qu'il s'endorme.

Et alors, il avait compris. Il était à l'envers dans son lit. Dans son cauchemar, il avait dû bouger et se retourner, si bien que ses pieds se retrouvaient à la tête du lit. Tout était bancal et à l'envers, mais c'était bien sa chambre, dans sa maison, ses oreillers et ses couvertures à lui.

Il ne s'était rien passé. Tout serait comme la veille. Personne n'était mort dans la nuit, il n'avait pas été livré aux méchants.

Mais ç'aurait pu arriver. Il ne l'oublia plus jamais. Il avait beau être en sécurité, le danger était là, plus jamais il ne disparaîtrait, et c'est ce qu'il ressentait en traversant les pièces vides et impeccables de cette maison, au crépuscule, dans cette atmosphère spectrale. Charlie et Sylvan étaient quelque part et lui avait besoin de trouver Charlie tout de suite, pour rentrer chez lui.

Aussi fit-il une chose qu'il n'avait jamais osé faire, qu'on ne lui avait jamais proposée. Il monta l'escalier jusqu'à l'étage ; depuis le palier, il scruta le couloir avec sa moquette immaculée et ses quatre portes fermées. Il les ouvrit une à une, pour découvrir derrière chacune une chambre propre et vide. Arrivé à la dernière, il était certain de trouver encore une pièce nette et inoccupée, et il poussa la porte. Mais il trouva quelque chose. Eux.

C'était la seule pièce avec de la lumière, un halo provenant d'une lampe sur laquelle était peinte une dame japonaise dans une robe à fleurs qui descendait jusqu'à ses pieds minuscules, avec un abat-jour en soie flottant au-dessus de sa chevelure noire artistiquement arrangée. Sam vit la lampe, et il sut que jamais il ne l'oublierait. La lumière faisait étinceler l'immense étendue de peau nue de deux adultes, un homme et une femme, Charlie et Sylvan, sans vêtements, et c'étaient les premières grandes personnes qu'il voyait nues. Il sut que ça non plus, il ne l'oublierait jamais.

Charlie était dessus, le visage enfoui dans le cou de Sylvan, et son dos luisait de sueur. Tous ses muscles étaient raidis, son cou, ses épaules, ses reins, tout était puissant et tendu, de la couleur d'une rose rouge poussiéreuse, et il avait du poil sous les bras, noir et emmêlé par la sueur. Ses bras étaient musclés et glissants, tout comme ses mains, larges et crispées, même si elles reposaient avec une grande douceur sur sa peau à elle, la frôlant à peine. Il était sur elle, peau à peau, corps à corps, et pourtant il paraissait flotter, il se tendait et se détendait comme un arc, la couvrant complètement sans la toucher.

Elle était immobile comme un étang au crépuscule, et pâle. Elle tournait le visage vers lui, les paupières closes, un sourire aux lèvres. Ses cheveux faisaient un éventail jaune et brillant à la lueur de la lampe japonaise dont l'abat-jour en soie délicate était frangé de doré, comme ses cheveux. Ses yeux n'étaient que deux fentes noires, comme ceux de la dame japonaise, et elle avait beau se trouver dans la pièce, sur ce lit aux draps froissés, elle paraissait très loin, comme si on l'avait mise la tête en bas, comme c'était arrivé à Sam.

Sa peau diaphane était aussi fine que la soie de l'abat-jour. À travers, il voyait toutes les veines qui parcouraient son corps. Elle n'était que douceur, sans muscles, et elle ne pouvait pas bouger, recouverte ainsi par le corps de Charlie. Pourtant elle aussi arquait le dos, se soulevait comme pour entrer dans Charlie, avant de retomber sur les draps blancs.

Sam ne savait pas quoi en penser. Il ignorait ce qui se passait, s'il s'agissait d'une scène de violence ou de tendresse, car la frontière était mince. Mais ce qu'il devinait, c'est qu'il ne devait pas bouger, et il ne le pouvait pas. Ce qui se passait là était seulement entre eux deux, sur leur peau et dans leurs corps.

Les bruits qu'ils produisaient n'étaient pas des mots, pourtant ils disaient bien quelque chose, mais pas l'un à l'autre. Chacun se parlait à lui-même, avec des sons que Sam n'avait jamais entendus, et leurs corps, qui bougeaient ensemble, faisaient du bruit eux aussi, comme des bottes dans la boue. Sam sentait bien qu'il n'était pas censé assister à cette scène, que c'était une chose intime, tout comme il n'était pas censé ouvrir la porte quand il y avait quelqu'un aux toilettes. Il savait qu'il n'aurait pas dû entendre ces bruits, qu'ils étaient intimes eux aussi ; quel que soit leur sens, ils ne lui étaient pas adressés.

Mais ils étaient de plus en plus bruyants. Elle se mit à bouger lentement la tête de droite à gauche, et Charlie respirait par à-coups par la bouche. Quelqu'un allait se faire mal. Quelqu'un avait mal. Sam n'arrivait plus à distinguer quels sons provenaient de quel corps, on aurait dit qu'une seule personne les produisait, quelque part dans la pièce, et il aurait voulu que la dame japonaise détourne la tête, il aurait voulu pouvoir quitter cette embrasure de porte, mais il en était incapable.

Il mouilla son pantalon. Il sentit le flux chaud dans son jean et soudain il eut honte. Il se mit à pleurer, silencieusement d'abord, puis plus fort, et bientôt il poussa de véritables mugissements. Alors, subitement, tout bascula. Elle l'entendit, elle seulement, Sylvan, car Charlie était perdu dans ses propres gémissements ; elle le frappa sur l'épaule, une seule petite claque, brève et sèche, du plat de la main, comme sur un poêle brûlant, et elle s'écria : « Charlie ! Charlie, le petit ! » Au milieu d'une folle ruade, Charlie leva les yeux et vit le garçon, et tout se mit à bouger : leurs corps, leurs visages, les draps, la dame japonaise qui bascula de la table de nuit et explosa par terre, si bien que la pièce se retrouva plongée dans une pénombre violet foncé, mais dans laquelle Sam discernait encore le corps de Charlie et cette chose brandie entre ses jambes. Charlie se couvrit d'un drap, honteux comme Adam devant Dieu, et il s'éloigna de Sylvan d'un bond. Il roula au sol comme un chat, se précipita vers Sam et s'agenouilla devant lui, puis il l'attrapa dans ses bras et serra contre sa poitrine le petit corps tremblant. Il lui chuchota à l'oreille pour le calmer, lui caressa les cheveux et le dos à petits gestes rapides, essuya ses larmes d'un baiser sur la joue et dans le cou ; c'était la première fois qu'il l'embrassait. Puis il retint son souffle et finit par dire :

« Tout va bien, Sam. Ce n'est rien. C'est fini, maintenant. S'il te plaît, Sam. Tout va bien. »

Il resta là à serrer le petit contre lui, en se moquant

que son pantalon soit mouillé, qu'il ait peur et honte, il le tint simplement dans ses bras, plus calme maintenant, et se moquant que son corps nu soit contre les vêtements de l'enfant.

« Ça va aller, Sam. Sam, regarde-moi. »

Le garçon obéit.

« Tout va bien. Tout va bien, fiston. »

Charlie le garda ainsi jusqu'à ce qu'il arrête de pleurer, les épaules trempées d'un mélange de sa sueur et des larmes de Sam, et quand le petit se sentit mieux, il s'écarta de lui et se redressa. Derrière Charlie, il vit Sylvan assise sur le lit, un drap serré autour d'elle, en train de se tresser les cheveux comme s'il ne s'était rien passé, une seconde plus tôt, dans cette chambre même. Pourtant tout serait désormais différent, pour toujours. La lumière rose avait viré au violet et sombrait à présent dans le noir, la dame japonaise et l'ampoule gisaient en mille éclats sur le sol, brisées pour toujours.

« Ça va ? Ça va, maintenant ? On va rentrer à la maison, mon grand. On va rejoindre ta maman et ton papa.

— Mais Jackie Robinson, je ne sais pas où il est.

— On va le trouver. Ne t'inquiète pas. Il viendra quand on l'appellera. C'est un bon chien. Et, Sam ? Sam ? Tu es un bon garçon. Va m'attendre en bas. Je descends dans une minute. »

Sam fit ce qu'on lui demandait. Il descendit et attendit. Charlie le rejoignit presque aussitôt, la chemise ouverte, ses chaussures à la main. La cuisine était bien éclairée, Charlie lâcha ses gros souliers sur le linoléum, boutonna sa chemise blanche et la rentra dans son pantalon, s'assit pour nouer ses lacets. Puis il se releva, prit Sam par la main et ils sortirent sous la véranda. Au premier sifflet de Charlie, Jackie Robinson apparut presque immédiatement. Ensuite ils montèrent dans le pick-up, firent rapidement le tour tandis que l'habitacle se réchauffait, et tout redevint exactement comme avant – Charlie qui racontait des blagues, Sam qui riait même lorsqu'il ne les comprenait pas, Jackie couché sur eux, les pattes arrière sur les genoux de Charlie et la tête sur ceux de Sam. Rien n'avait changé et tout était différent ; Sam ignorait d'où il tenait cette certitude, mais elle était ancrée au plus profond de ses entrailles. Ce basculement était aussi réel que la chute de la lampe japonaise. Il se serait cru dans ce cauchemar où il s'était retourné dans son lit, pour se réveiller dans une maison étrangère, chez une famille qui n'était pas la sienne.

19

Elle portait un cardigan vert, avec les boutons dans le dos. Il était de la couleur exacte de ses yeux, et elle le savait. La dame qui le lui avait vendu, chez Grossman, le lui avait fait remarquer – ce vert, couleur du lichen sur le tronc des arbres, près de la rivière. Ses yeux avaient cette teinte-là, vert lichen, presque gris selon la lumière ou l'heure du jour, mais toujours avec un fond de vert. Des yeux comme des poissons vifs et furtifs dans un ruisseau l'hiver, toujours en mouvement, jamais en arrêt très longtemps sur un objet, hormis Charlie ou son propre visage, qu'elle pouvait contempler pendant des heures dans la glace.

Elle était assise sur les marches du perron de Pickfair, dans la brise tiède et estivale qui soulevait à peine sur sa nuque ses cheveux blonds, encore plus blonds maintenant. Elle tira sa jupe sur ses genoux et se pencha en avant pour entourer ses jambes de ses bras et poser la tête sur le coton turquoise et bouffant.

« Une fois, j'écoutais la radio, et il s'est passé une drôle de chose. »

Charlie l'aimait tant, en cette seconde, qu'en entendant sa voix il sentit son cœur sur le point d'exploser dans sa poitrine. Il l'aimait à s'en faire éclater les os. L'aimer, c'était comme se retrouver dans un lit d'orties dont seul le contact de la peau de Sylvan pourrait apaiser les piqûres, tandis que pour elle il était le bain chaud qu'elle prenait pour dissiper la cascade glacée de l'indifférence de Boaty.

« C'est dans mon émission, tu sais, *Les Aventures d'Helen Trent*. Je l'adore. J'aime sa manière de s'imposer par ses propres moyens, de batailler pour atteindre le plus haut niveau dans son métier. Mais ce que j'aime par-dessus tout, c'est sa manière de parler. Si seulement je pouvais la rencontrer un jour.

» Bref. Avec Gil, le petit ami à Helen…

— D'Helen, dit Charlie. Le petit ami d'Helen.

— Merci. Avec le petit ami d'Helen, merci, ils étaient donc en train de discuter et il lui demandait de l'épouser, comme toujours. Même si, à chaque fois, il sait bien qu'elle répondra non, il lui demande sans arrêt parce qu'il l'aime, et elle aussi, elle l'aime, mais elle ne peut pas, tu vois, elle ne peut pas s'abandonner à lui parce qu'elle doit penser à sa carrière professionnelle et à tous ces gens qui la poignarderaient dans le dos à la première occasion, juste pour prendre sa place. Donc elle disait non, comme d'habitude, et alors il s'est passé quelque chose de vraiment drôle. Tu veux savoir ce que c'était ?

— Ce que je veux savoir, c'est pourquoi elle refuse de l'épouser.

— Je te l'ai dit. À cause de sa carrière professionnelle. De son devoir d'être la meilleure Helen Trent possible. Comme je te le disais. Elle ne veut pas être précipitée contre les rochers du désespoir. C'est ce qu'ils expliquent, au début de l'émission. Mais est-ce que tu veux savoir ce qui s'est passé ?

— Bien sûr.

— Donc Gil la demandait en mariage, et elle répondait non, et alors il y a eu un grand silence, pendant au moins une minute, et on a entendu une voix d'homme dire, mais vraiment fort : "Ah, bon sang de bonsoir, tu ne veux pas la culbuter une bonne fois pour toutes, qu'on en finisse ?" Ça s'est entendu comme s'il était au micro. » Elle éclata de son beau rire musical et enfouit sa tête dans sa jupe, rougissant de sa propre vulgarité. « Personne n'a rien dit pendant un long moment, et puis ils ont repris l'émission comme si de rien n'était. Tu imagines un peu ? »

Charlie rit lui aussi, puis vint s'asseoir à côté d'elle sur les marches, et il lui dit :

« Helen Trent, épouse-moi. »

Le rire de Sylvan s'éteignit. Elle le dévisagea pendant un long moment.

« Je ne peux pas t'épouser. Je ne veux pas me retrouver précipitée contre les rochers du désespoir. »

Charlie s'écarta d'elle et se releva.

« C'est la vraie vie, Sylvan, pas une émission de radio. Tu as entendu ce que j'ai dit ? Épouse-moi, Sylvan Glass. »

Ils restèrent ainsi à se fixer pendant une éternité.

« Alors peut-être que tu devrais me le demander à nouveau. Une autre fois. Peut-être que tu devrais me le demander cent fois, comme Gil avec Helen. Il sait bien que c'est sans espoir, mais il continue. Il garde la foi. Toi aussi, tu devrais. S'il te plaît, pas maintenant. »

Charlie se détourna et regarda le petit qui jouait

dans le jardin. Sylvan tira sur sa jambe de pantalon, et tandis qu'il baissait les yeux vers elle, elle dit :

« Maintenant, bon sang de bonsoir, culbute-la donc et qu'on en finisse. »

Il laissa échapper un rire bref et rauque.

« Je t'aime, Sylvan, au cas où ça t'aurait échappé. Au cas où tu ne l'aurais pas remarqué.

— Je n'ai rien d'exceptionnel.

— Si, mon ange. Tu es merveilleuse. Pour moi, tu es une fille extraordinaire, Sylvan. »

Il lui montrait ce qu'il ressentait pour elle, inlassablement, mais il avait toujours l'impression de ne pas en faire assez. Les mots étaient impuissants à exprimer ce qui vibrait jusqu'au plus intime de son corps, lorsqu'il explosait en elle. À part cet instant de communion, il disposait de tellement peu pour le lui faire ressentir, tout ce qu'il disait lui paraissait dérisoire, imprécis, muet. Il ne s'inquiétait jamais qu'elle tombe enceinte. Il espérait parfois que cela arriverait. Alors tout serait terminé, et tout pourrait commencer. Peut-être qu'alors cette douleur lancinante disparaîtrait.

Quand ils se promenaient, ou bien qu'elle était assise à côté de lui dans la voiture et qu'elle le touchait par accident, ne serait-ce que du bout de son petit doigt au moment où il changeait les vitesses, il était secoué d'une décharge électrique. S'ensuivait une sérénité comme il n'en avait jamais connu, une paix totale, car il savait que cette femme l'avait touché, même sans le vouloir. C'était un tel don du ciel, cette fille. Une telle merveille.

Il essayait de le lui montrer, de l'en convaincre, et il n'y parvenait pas. Alors il lui faisait des cadeaux. Il ne pouvait rien lui donner qui serait visible, que

Boaty remarquerait, comme un collier ou un foulard de soie, parce que alors elle aurait à s'en expliquer. Aussi lui offrait-il ce qu'il avait. Sa terre.

D'abord, il y eut cette maison, Pickfair. Puis deux autres. Puis ce furent cinq fermes. Il les lui transmit pour qu'elle en fasse ce que bon lui semblerait, en secret. À chaque visite chez le notaire, son amour pour elle grandissait, et ses espoirs avec lui. Elle n'était plus une rustaude sortie de nulle part, vendue à la sauvette au premier offrant. Elle avait du bien, elle était propriétaire. Il tentait sans relâche de le lui expliquer. Un jour, lui affirmait-il, elle pourrait être libre.

Chaque fois qu'il lui cédait une parcelle de sa terre, il se sentait de plus en plus possédé, comme si c'était une partie de lui-même qu'il lui offrait, de son cœur, de son corps. L'influence croissante de Sylvan le ravissait. Il était amoureux de ce droit de propriété qu'elle avait sur ce qui était à lui. Cela stimulait son affection, en même temps que le paysage de son corps à elle se précisait, se distinguait, avec ses cascades, ses ravins, ses bosquets de pins et une maison blanche dans les bois.

Il espérait qu'elle quitterait son mari. Il l'espérait de plus en plus à chaque signature. Elle n'avait plus aucune raison de rester avec lui, pas à sa connaissance en tout cas, et il avait du mal à accepter ses réticences, son refus obstiné.

« Nous verrons », voilà tout ce qu'elle répondait. « Nous verrons. »

On avançait dans l'été, et Charlie attendait. Elle était jeune. Elle manquait d'assurance. Tout ça changerait, il le savait. En tout cas, il en avait l'espoir.

Les refus de Sylvan ne faisaient que l'exciter davantage, le pousser à des actes plus prononcés de domination et de soumission. C'était enivrant mais, au final, vain et désespéré. Elle couchait avec lui, et il savait qu'il pouvait la posséder mais que, pour autant, elle n'était pas sienne. Comme un poisson dans un bocal, elle filait en tous sens, incernable, création pure de son imagination fertile de jeune fille et des images papillotantes sur grand écran, où tout n'était que platine et ébène. Son humeur variait comme les nuages sur le Blue Ridge et des intempéries subites pouvaient s'abattre sur elle, réchauffant ou glaçant leurs conversations ou leurs étreintes, mais Charlie s'en moquait. Désormais, puisqu'il lui avait posé la question, lui avait dévoilé ses intentions, ce qu'il voulait, c'était ressentir l'accélération qui le mènerait à la conclusion, à la consommation. Mais elle passait des effusions les plus fébriles à la distance la plus glaçante, ne dévoilant rien. Et pour lui, ses sombres éloignements étaient aussi brûlants que ses brusques élans de feu, inexplicables et lumineux.

20

« Claudie, accompagne-moi au cinéma.

— Et pourquoi je ferais une chose pareille, ma petite ? »

Claudie ramena l'étoffe bleu ciel entre ses doigts, prit une épingle piquée dans une pelote en tissu qu'elle portait au poignet et fixa les plis sur la hanche de Sylvan. C'était une nouvelle saison, et Sylvan avait repéré des modèles dans les magazines, aussi s'étaient-elles rendues à Staunton pour acheter des rouleaux d'étoffes et refaire intégralement sa garde-robe. Elle se recréait comme une starlette d'Hollywood, pli à pli. C'était une créature inventée de toutes pièces, dans une petite ville au milieu de nulle part, où l'on ne savait que trop bien combien la réalité était dure et où l'on regardait cette fille et son étrange amitié avec cette Noire excentrique avec un mélange d'amusement et de haine. Leur relation ne ressemblait à rien d'autre, dans le coin. Il y avait une raison à la présence des Noirs, et ce n'était pas celle-là.

« C'est quelque chose de merveilleux, le cinéma. C'est tout ce qu'on n'a pas ici. Un film, c'est magnifique. Ça te fait rire même quand tu as le cafard. Tout change tout le temps. Et eux, ils sont tellement beaux. »

Claudie savait exactement, car elle savait tout, d'où venait Sylvan, qui était sa famille, et aussi qu'une relation d'amitié avec une Blanche n'était pas censée se produire. C'était ainsi. Mais Claudie se moquait d'à peu près tout sauf de sa propre fille, aussi cela ne lui importait-il pas. Elle aimait bien cette gamine de la montagne. Avec elle, Sylvan ne se donnait pas d'airs, elle n'était pas idiote. Quand elle parlait à Claudie, on entendait dans sa voix toute la solitude de son enfance là-bas, dans la vallée.

Comme toutes les Blanches, Sylvan posait trop de questions, comme si elle s'estimait en droit de savoir certaines choses, même si ce n'étaient pas ses affaires. Les Blancs étaient persuadés que les Noirs n'avaient pas de vie à eux, pas d'occupations propres, et peut-être était-ce vrai, pour certains. Mais Claudie Wiley n'appartenait à personne, et ce n'était pas demain la veille que ça changerait.

« Où elle est, ta petite fille ?

— À l'étage, c'est là qu'elle passe ses journées. »

Personne n'allait jamais en haut, on ne quittait pas la pièce où Claudie cousait. Et encore, tout le monde n'arrivait pas si loin. Si Claudie n'était pas d'humeur à ouvrir sa porte, elle jetait un coup d'œil entre les rideaux et elle laissait frapper, voilà tout.

« Quand est-ce qu'elle sort ? Je l'ai jamais vue nulle part.

— Elle ne va plus dehors. Pas depuis des années.

— Pourquoi ?

— Ça la rend timide de sortir dans la rue. Elle est grande, déjà. C'est sa décision. Elle n'a pas un seul ami. À l'époque, ils se sont moqués d'elle, et elle ne veut plus avoir affaire à eux. Elle a ses raisons.

— Quelles raisons ?

— Si tu la connaissais, tu le saurais.

— Les gens racontent qu'elle est… qu'elle est…

— Je sais ce qu'on dit.

— Ça doit être dur, d'avoir une fille comme ça.

— Comme quoi ? » La conversation rendait Claudie de plus en plus cassante et glaciale.

« Comme ce que disent les gens. Pas normale.

— Elle va parfaitement bien. Les gens parlent trop. On a une vie. Qui nous plaît. On s'en fiche, des autres.

— Comment elle s'appelle ?

— Evelyn. Evelyn Hope Wiley.

— C'est qui, son père ? Où il est ? »

Claudie lui décocha un regard qui coupa court aux questions. Un regard dur. Elle continua de coudre en silence pendant un moment, et la petite eut au moins la présence d'esprit de ne pas piper mot, tandis que les doigts de Claudie virevoltaient dans l'océan bleu qui lui ceignait les hanches.

Elle finit par répondre, des épingles plein la bouche :

« C'était un gamin. Mais il avait quelque chose, ça oui. Je ne voulais pas, je lui ai dit non, mais il savait y faire. Il était beau et intelligent, je dois le reconnaître. C'était mon premier. Je n'en ai parlé à personne, jusqu'au jour où il a bien fallu, et même à ce moment-là, je n'ai pas révélé son nom. Il s'est fait tuer à la guerre. Il s'appelait Lomax. Dix-neuf ans. Il ne savait même pas qu'il avait un bébé. » Elle reprit sa couture. « Tu veux la voir ? Ça mettrait fin à cette conversation ?

— J'adorerais la rencontrer. »

Claudie la dévisagea avec de la haine à l'état pur. Elle se leva, se rendit au pied de l'escalier et appela d'une voix douce :

« Evelyn Hope ? Maman a besoin de toi. Tu veux bien descendre ? »

Puis elle se retourna pour fixer Sylvan d'un air agressif, tandis que sur les marches résonnaient des pas, lents et légers.

« C'est pas une bête de foire, tu sais. »

Encore quelques bruits de pas, et elle apparut.

Elle était grande, plus que Claudie, et mince et ravissante. Et blanche.

« Dis bonjour à Mme Glass, Evelyn Hope.

— Bonjour, madame. Comment allez-vous ?

— Je vais bien, Evelyn Hope, répondit Sylvan. Je suis enchantée de te rencontrer. Tu es une très jolie fille. Tu dois être très heureuse.

— Je vais bien. Maman ? Tu avais besoin de moi ?

— Oui, mais plus maintenant. Tu peux remonter, chérie. Je ne vais pas tarder.

— Ravie de vous connaître. »

Et Evelyn Hope adressa une petite révérence à Sylvan qui, bêtement, en fit autant. Puis la jeune fille se replia dans l'ombre de l'escalier, et disparut.

Folle de rage, Claudie se tourna vers Sylvan.

« Bon, et maintenant, ça te suffit ? Son père était blanc. Un garçon blanc. Ça te suffit ?

— Je crois, oui.

— Bien. Elle reste à l'intérieur. Les Noirs ne veulent pas d'elle, et les Blancs ne tolèrent pas qu'elle les approche, même pour récurer leurs sols. Tu es bien la dernière personne sur terre à pouvoir comprendre ça.

— Pourquoi Evelyn Hope ?

— Les sonorités me plaisaient. On dirait de la musique. Evelyn Hope. Elle reste dans sa chambre à longueur de journée. Elle écoute la radio en fumant des cigarettes. Elle n'est plus sortie d'ici depuis ses cinq ans.

— Et quel âge a Evelyn, aujourd'hui ? Evelyn Hope. »

Sylvan vit le regard que lui lançait Claudie, vif comme une allumette qui s'enflamme, et elle sentit la piqûre de l'épingle à sa hanche.

« Elle a dix-neuf ans.

— Ce qui veut dire que toi…

— Je suis plus vieille que Jésus quand il est mort.

— C'est difficile à croire.

— La plupart des gens de cette ville connaissent mon âge au jour près. Ils en savent trop. Ils nous observent, toi et moi. Si on va au cinéma, ce sera encore pire.

— Si tu crois que ça me dérange, tu te trompes.

— C'est parce que tu es riche. Et blanche. Tu peux te le permettre.

— Mais on est amies.

— Oui. On est amies. Dans cette pièce. À cet instant.

— Je n'ai pas d'autres amis. Pas un seul. » Sylvan se tut pendant une minute, avant d'ajouter : « Si, j'ai un ami. » Elle resta debout un long moment, pendant que Claudie ajustait le rempli sur sa hanche. Sylvan regarda par la fenêtre et ne cilla pas en sentant de nouveau la piqûre de l'aiguille. Elle se demanda si Claudie avait entendu ce qu'elle avait dit. « Oui, c'est vrai. J'ai quelqu'un.

— Ça te rend heureuse ?

— C'est la seule chose que j'ai connue qui me

rende heureuse. La seule chose qui m'ait jamais appartenu. La seule personne, je veux dire. Lui. Je l'aime, c'est vrai, et le seul moyen de le lui prouver, c'est de ne parler de lui à personne. C'est ce qu'il a dit. C'est compris, Claudie ? À personne. » Claudie opina. « Mais ce n'est pas… tu vois, ce n'est pas vraiment un ami. Ce n'est pas ce que je veux dire.

— Je sais parfaitement ce que tu veux dire. Alors pourquoi tu ne te mets pas avec lui ?

— Je suis mariée.

— Démarie-toi. Les Blancs peuvent faire ça.

— Ce n'est pas aussi simple.

— Ça n'est jamais simple.

— Sauf dans les films. Tout peut arriver. C'est divin. Accompagne-moi au cinéma. »

Et un jour, elle accepta. Claudie Wiley fut la première femme noire de Brownsburg à monter à l'avant d'une voiture conduite par une Blanche. Les gens s'imaginèrent qu'emmener ainsi Claudie dans sa voiture n'était qu'une preuve de plus de la témérité de ces filles de la montagne. Ils savaient surtout que quand Boaty en aurait vent, il serait fou de rage, bien plus que pour le reste.

Le film s'intitulait *Un jour à New York*, et c'était l'histoire de trois marins qui n'avaient qu'une journée pour visiter New York et trouver l'amour. Sylvan prit deux billets, mais Claudie et elle durent pénétrer dans le cinéma par deux entrées différentes, et Claudie dut s'asseoir à l'étage, au balcon. Elle était la seule, là-haut, la seule femme noire dans l'obscurité, au beau milieu de l'après-midi. Et elle vit tout New York, en Technicolor, offert à elle, toute cette ville qu'elle aurait pu voir, où même elle aurait pu vivre, dans une autre vie. Elle se demanda ce qu'elle fichait là, assise toute seule dans le noir à regarder une bande de blancs-becs en train de chanter, de danser et de s'embrasser dans cette grande ville où elle ne mettrait jamais les pieds, et elle scrutait l'écran argenté en quête d'un seul visage noir, en vain, pas un seul personnage solitaire, sauf tout au fond, dans le flou.

Elle resta assise là, avec son carnet, à dessiner les robes de ces femmes, avec des lignes vives et précises. Elle savait exactement quelle robe Sylvan voudrait à la seconde où elle apparaissait à l'écran, elle englobait tout du regard, le tombé, les mouvements du tissu quand la femme se mettait aux claquettes au beau milieu d'un musée, et elle accélérait son geste pour capturer le moindre détail, au point qu'elle était presque en train de coudre, là, dans ce cinéma, qu'elle sentait sous ses doigts le tissu qui bientôt tournoierait autour des jambes de cette belle fille du Sud, assise en bas avec les Blancs. Ce n'était pas pour elle, ces vêtements-là, jamais de la vie, et pas non plus pour Evelyn Hope, même si Claudie leur confectionnait parfois à toutes deux des robes du soir aperçues dans *Vogue*. Elle s'était fait une tenue, un jour, une robe de bal sophistiquée aux plis compliqués, et la même pour Evelyn Hope, et aussi une version miniature, tout aussi raffinée, pour la petite poupée blanche qu'elle emmenait partout et dont la belle chevelure blonde et bouclée était désormais pelée et feutrée par le temps et la négligence. Elles portaient leurs robes les soirs où Claudie cuisinait un rôti et un gâteau pour sa fille et elle, habillées comme des princesses dans la gueule noire et tumultueuse de leur maison. À la lueur des bougies, tandis que les souris couraient dans les placards, elles mangeaient de l'agneau filandreux et du gros gâteau au chocolat. Des tenues de fête à l'opposé de la réalité de leur vie, et qui transformaient leur maison délabrée en palais.

Mais cette robe, dans le film, cette robe verte, Claudie sut sans l'ombre d'une hésitation qu'elle était faite pour Sylvan. Elle entendit même la jeune femme l'appeler, pendant la projection – « Claudie ? » – et elle pressentit que, bientôt, elle la coudrait pour elle.

Elle était vert émeraude, cintrée à la taille, à jupe ample, avec des boutons de l'ourlet jusqu'au col, lequel était enroulé, à larges carreaux noirs et blancs, le tout en soie fine. Mais c'est avec les mouvements de l'actrice que, en bas et à l'étage, elles s'émerveillèrent toutes deux de la magie de la coupe. Quand Ann Miller se mit aux claquettes dans le musée, la robe s'ouvrit peu à peu, et elles virent que la doublure était faite de la même soie à carreaux noirs et blancs que le col bénitier qui dévoilait ses belles épaules et son cou et qui illuminait son visage plutôt quelconque du sourire que seules arborent les femmes dans les films.

C'est alors que Sylvan prononça le prénom de Claudie, quand la robe se défit et que la doublure se mit à tourbillonner autour des cuisses de l'actrice. La soie faisait comme des ailes d'oiseau, voletant autour de ses hanches et de ses jambes frénétiques, et la jupe verte et gracieuse tournoyait au milieu des fulgurances noires et blanches, et tout n'était que fluidité et élégance. Le plus incroyable dans cette robe, ce qui la rendait si spectaculaire, ne se révélait que dans un second temps, comme si elle contenait un secret. Voilà ce qui les excitait toutes deux : elle ne livrait sa magie que le moment venu. Cette robe était à l'image de leurs deux cœurs, à ces femmes qui ne dévoilaient pas tout, perpétuellement sur la réserve, immobiles au milieu du tumulte de leur vie. Sylvan avait un amant. Claudie avait une fille, à l'étage de son taudis, cloîtrée dans sa chambre. Pratiquement rien n'était dit, elles acceptaient ce qu'elles avaient à vivre comme leur vérité.

Les marins et leurs dulcinées se livraient à toutes sortes de frasques, ça s'embrassait, ça dansait et ça chantait. Mais, après la robe verte, plus rien n'avait vraiment d'importance. Même Frank Sinatra, avec son charme juvénile, ou Gene Kelly, avec ses jambes puissantes et cette cicatrice séduisante sur la joue, n'étaient pas de taille à leur exciter le cœur, tant elles étaient transportées d'extase, à l'orchestre comme au balcon, à l'idée de fabriquer cette robe pour que Sylvan la porte.

Sylvan n'avait aucune envie d'embrasser ces garçons, de danser avec eux ou même seule, et elle n'était pas non plus jalouse de ces femmes. Tout ce qu'elle voulait, c'était sentir la soie verte sur sa peau, d'une jambe audacieuse écarter l'étoffe pure et virevoltante, tandis qu'elle tournoierait, en privé, pour Charlie Beale, peut-être dans les bois, pieds nus sur la mousse printanière, dans sa robe plus verte que tout le décor environnant, plus verte que les jeunes pousses et les frêles feuilles renaissantes.

Elles se rendirent tout droit du cinéma au seul magasin de la ville. Elles ne s'arrêtèrent même pas en chemin pour manger quelque chose : il n'y avait qu'un petit restaurant dans lequel elles ne pouvaient pénétrer ensemble. Et même au magasin, elles durent faire semblant de ne pas se connaître, elles déambulèrent dans les rayons de tissu, en quête de ces seules étoffes, la soie verte et la doublure à carreaux noirs et blancs, qui ensemble recréeraient le tour de magie. Elles ne trouvèrent pas tout à fait ce qu'elles cherchaient mais, à force de regards et de gestes éloquents, elles s'orientèrent vers quelque chose qui ferait l'affaire. Claudie se tint près de la porte tandis que la vendeuse découpait les étoffes et les enveloppait en deux paquets marron, et que Sylvan sortait l'argent de son sac à main. Puis elles se retrouvèrent dans la rue. Il faisait encore jour et elles reprirent la grosse Buick en direction de Brownsburg, heureuses de leur journée et de l'avoir passée ensemble, sans prononcer un mot jusqu'au moment où Sylvan se tourna vers Claudie, à l'entrée de la ville :

« Tu vois, Claudie ? Est-ce que ça n'était pas merveilleux ? C'est ça, le cinéma. »

21

Le petit ne les quittait pas. Ni lui ni le chien. Ils finirent même par oublier leur présence, par ne plus les surveiller et parfois, quand ils faisaient l'amour dehors, ils sentaient le garçon et l'animal dans les bois autour d'eux, qui les encerclaient, sentaient leur odeur, percevaient leurs gémissements. Mais ils étaient tellement transportés, égarés, qu'ils ne prenaient plus la peine de s'en soucier.

Ils n'avaient pas un mauvais fond. Charlie n'était pas lubrique ; quant à elle, elle avait été élevée à la campagne, proche de la nature, et elle avait des manières simples et une certaine grâce, ainsi que le sens du bien. Et Charlie adorait ce petit. D'ailleurs, parfois il se croyait son père, il savait que c'était une erreur pour lui comme pour Sam qui, à un si jeune âge, n'aurait pas dû porter sur ses épaules le poids d'une telle confusion.

Et souvent, alors qu'ils couraient tous les deux dans les champs après le chien ou qu'ils dormaient ensemble à la belle étoile, partageant des choses pour lesquelles Will était trop vieux, Charlie savait que Sam aussi oubliait qu'il n'était pas son père. Le petit ne perdait jamais de vue où était sa vraie maison, où était son cœur, l'appel immense et inexorable du sang. Mais, avec Charlie Beale, il se sentait considéré, surveillé et protégé, même si on lui laissait toute liberté, si on ne le grondait jamais, s'il n'avait ni à se tenir droit ni à manier sa fourchette tel un enfant poli, comme le lui avait montré sa mère.

Sam ignorait toujours ce que Charlie et Sylvan faisaient lorsqu'ils s'allongeaient tous les deux et qu'il les apercevait par la fenêtre ou à travers les branches d'un sapin, mais il savait que c'était important, et il en avait le cœur et le corps bouleversés sans pouvoir s'expliquer pourquoi.

Là où sa mère était en creux, Sylvan était en courbes. Elle avait les lèvres pleines et écarlates comme la brûlure de l'été, tandis que la palette de sa mère était plus terne, comme un matin d'hiver. Pourtant, c'est au contact de Sylvan qu'il était traversé d'un frisson, quand sa mère n'était que chaleur. Et quand la chaleur de sa mère le quittait pour la nuit, après qu'il avait dit ses prières, qu'elle avait éteint la lumière et que le vent faisait bruisser les arbres à sa fenêtre, dans la nuit noire, c'était le frisson de Sylvan qui se glissait sous les draps et l'empêchait de dormir.

Il restait allongé ainsi, entre veille et sommeil, et il ressassait toutes les questions qu'il voulait poser à Charlie – ce qu'il avait remarqué, ce qui lui paraissait étrange ou drôle, des mots qu'il avait entendus et dont il semblait être le seul à ignorer le sens, des mystères dont un garçon de son âge n'aurait jamais la clef et que son père était trop épuisé ou trop occupé pour lui expliquer. Charlie n'était jamais fatigué et il avait toutes les réponses.

Ils s'allongeaient sur l'herbe, le soir, près de la rivière, sans elle – rien que Charlie, Sam et Jackie Robinson, et alors les questions revenaient au petit, et Charlie savait toujours exactement quoi dire.

« Beebo ?

— Quoi, fiston ?

— Je me demandais… Parfois, la lune est vraiment, vraiment grosse, et d'autres fois elle est petite. Pourquoi ? »

Ils contemplaient la lune montante au-dessus de la rivière, énorme, plus arrondie qu'une orange dans la paume de la main. Charlie fumait sa cigarette, et il prit une minute pour y réfléchir, en fixant le ciel comme s'il n'avait pas entendu la question.

Parfois il faisait des ronds de fumée et Sam avait la certitude que, quand il serait assez grand, lui aussi en ferait autant, exactement de la même manière, et que Charlie lui apprendrait.

« Sam ? Tu es déjà allé à une fête ? à un anniversaire ?

— Une fois.

— Et qu'est-ce qu'il y avait ?

— Du gâteau !

— Quoi d'autre ?

— Des cadeaux. Et des ballons.

— Je m'en doutais. Eh bien, la lune, elle est comme ces ballons. Au départ, elle est toute plate, et puis quelqu'un souffle dedans, et alors elle devient vraiment grosse, jusqu'au moment où elle éclate. Ton ballon, il a éclaté, pas vrai ?

Ouais.

— À ce moment-là, quelqu'un prend un autre ballon et le gonfle à son tour.

— Qui ça ?
— Tu me promets de ne le répéter à personne ?
— C'est promis. » Il se dessina une croix sur le cœur.
« C'est moi. »
Sam ne rit pas immédiatement, pas avant d'être sûr que Charlie le taquinait. Alors il tambourina de ses petits poings sur la poitrine de Charlie, et ce dernier lui baissa la tête pour lui ébouriffer les cheveux, puis ils roulèrent tous deux dans l'herbe, au crépuscule, le dos couvert de foin, tandis que Jackie leur mordillait les talons en jappant.

Sam croyait ce qu'on lui disait. Il était fatigué de ne pas savoir. Il savait lire, il avait appris en secret, simplement en regardant les mots sur la page pendant que sa mère lui faisait la lecture. Il déchiffrait les bandes dessinées tout seul, ou presque. Il ne voyait pas de raison d'aller à l'école, comme c'était prévu à la rentrée de septembre, mais il était las de voir tout ce qu'il ignorait encore.

Parfois, dans le noir, alors qu'il classait et mémorisait ce qu'il voulait demander à Charlie quand il le reverrait, toutes les questions se fondaient en une seule, celle-là même qu'il ne pourrait jamais lui poser, et qui n'aurait pas de réponse : Que faisaient-ils, tous les deux, quand ils retiraient leurs vêtements ? Pourquoi était-ce un secret ? Et, une fois qu'ils s'étaient rhabillés pour le rejoindre, pourquoi faisaient-ils comme s'il ne s'était rien passé ?

Cette question plongeait Sam dans une solitude comme il n'en avait jamais connu auparavant, car il ignorait ce qu'était la solitude, il ne l'avait jamais ressentie, jusqu'à ce jour où ils les avait vus pour la première fois revenir dans la pièce, chez Boaty Glass. Ils se tenaient là, dans la cuisine, comme si de rien n'était. Pendant qu'il feuilletait ses bandes dessinées, eux étaient devenus d'autres personnes, et Sam sentait confusément que lui aussi ferait de même un jour, une fois que quelque chose se serait passé. Il ignorait quel événement précipiterait cette transformation, ou combien de temps ça prendrait, mais ça finirait par arriver, ce qui le rendait triste car il avait subitement l'impression que tout ce qui adviendrait entre maintenant et ce jour serait aussi dérisoire que ces stupides images de canards en costume de pirates qu'il avait sous les yeux.

Soudain, il prit conscience du corps dans lequel il vivait, et du fait qu'un jour il changerait. Il espérait qu'il deviendrait comme celui de Charlie, mince et musclé, doux, pas trop grand, plutôt que comme celui de son père. Un corps comme celui de Will lui aurait paru trop lourd à habiter, trop imposant à porter. Son père n'était que plis et rondeurs accueillantes ; Charlie, quant à lui, était comme une table en bois, lisse et plat.

Non seulement Sam prit conscience de son corps, mais il en prit peur. Il lui semblait si fragile, si petit, si transitoire. Il s'y passait des choses qu'il ne comprenait pas. Ça bougeait, à l'intérieur. Il entendait des bruits, ceux de son corps au travail, comme un train minuscule filant sur des rails bien droits. Il ignorait comment tout ça fonctionnait. Il n'aurait même pas su quelles questions poser pour le savoir, ni à qui. Pas à son père, ni à sa mère. Charlie n'hésiterait pas à tout lui raconter, mais par où commencer ?

Ça empêchait Sam de dormir. Alors il se bagarrait. Il était épuisé, ce qui le mettait en colère, dans la journée, et il se battait contre son père et sa mère, se comportait en bébé et provoquait les autres garçons dans la rue. Il malmenait les plus jeunes et poussait à bout les plus vieux. Il rentrait à la maison les genoux écorchés et le nez en sang, et sa mère pansait ses plaies, le consolait et s'inquiétait, tandis que son père lui disait toujours de rendre plus de coups qu'il n'en avait pris. Si Alma était attristée de voir son petit se battre, Will en revanche semblait satisfait, comme si son garçon avait enfilé son costume d'homme, bien lourd sur ses frêles épaules, mais porté avec énergie et volonté.

Sans savoir pourquoi, Sam se sentait tout le temps en colère. En colère et seul, alors qu'il était entouré d'amour. Il avait une obsession : celle de voir Charlie et Sylvan, sans arrêt. Il voulait être près d'eux, sentir leur odeur et entendre les bruits qu'ils faisaient lorsqu'ils se touchaient, retiraient leurs vêtements.

Parfois, il aurait préféré que tout redevienne comme avant, quand Charlie et lui étaient seuls au monde. Parfois, il regrettait qu'ils se soient arrêtés chez Sylvan Glass, ce jour-là ; mais pas souvent. À présent, quand il les voyait allongés sur une couverture, près de la rivière, ou bien que, la sueur au front, il les espionnait par le trou de la serrure, dans la chambre fermée à clef, tandis que Jackie Robinson hurlait, attaché dans le jardin, ce qu'il voulait, c'était être eux, se glisser dans l'espace infinitésimal entre leurs corps qui ondulaient, sentir leurs peaux douces contre la sienne, se fondre en eux – jusqu'à n'être plus rien, et qu'eux soient tout.

22

Elle finit par posséder tout ce qu'il avait. Hormis la maison dans laquelle il vivait en ville et son morceau de plaine au bord de la rivière, la moindre parcelle de terre de Charlie était désormais en la possession légale de Sylvan. Il le lui donnait de tout son cœur, la main tendue. Il n'avait pas trouvé d'autre moyen de lui faire comprendre les sentiments qui animaient son cœur muet. Il lui abandonnait tout, sans rien espérer en retour – même s'il nourrissait un vœu si secret qu'il ne pouvait se l'avouer ou l'écrire dans son journal : qu'un jour elle quitterait Boaty pour devenir sa femme. Il la voulait, elle, et une fois qu'elle posséda tout ce qu'il avait acquis, il se sentit heureux et libre. Désormais, lorsqu'elle foulait sa terre, elle habitait le cœur de Charlie, elle vivait dans sa maison, et la joie qu'elle éprouvait devant ses champs, ses ruisseaux et ses bois retentissait en lui.

Sylvan ne mesurait pas la grandeur de tout ça. Elle ne saisissait pas qu'elle était devenue, sans aucune contestation possible, la femme la plus riche de la région. Être propriétaire de près de deux mille hectares n'était pour elle qu'un plaisir simple de plus, comme porter un jeu de bracelets scintillants qu'il lui aurait offert. Il l'aurait fait, s'il l'avait pu.

Les cadeaux d'un amant. Des choses sans prétention. De la poussière, des cours d'eau, des magnolias et des cornouillers, c'était pour elle du pareil au même, et en soulevant la planche dans le grenier pour regarder les actes de propriété qu'elle y avait cachés, ce qu'elle voyait, c'était l'éclat de colifichets offerts par son amant secret. Deux mille hectares ne pesaient pas plus lourd qu'un bracelet de pacotille à son poignet.

« Merci », répétait-elle souvent, et inlassablement, il répondait : « Ce n'est rien », et il était sincère. Ce n'était rien pour lui, comparé à la douleur et au tumulte de l'amour qu'il lui portait, à ce qu'il voyait dans ses yeux lorsqu'elle les levait vers lui avec cette manière qu'elle avait, qui disait que tout irait bien, que tout allait bien, et il la croyait, comme on croit ce que nous disent les gens qu'on aime.

Mais le soir, dans son petit lit étroit, alors qu'il venait de lui faire l'amour, ou, pire, les soirs où il ne l'avait pas vue et où il lui faudrait encore attendre des jours, il savait que ce qu'il offrait ne suffisait pas. Il n'existait pas assez de terres dans le monde pour témoigner de ce qu'il ressentait, pour le lui faire croire à elle, aussi dessinait-il son portrait, encore et encore, et aucun ne lui ressemblait fidèlement. Il n'avait pas dans sa boîte de pastels le vert lichen de ses yeux, ou les reflets d'ambre doré de ses cheveux lorsqu'elle se donnait à lui sous les pins, au crépuscule. Pas de couleur non plus pour l'élan, le souffle court, l'urgence de son amour pour lui, ou son besoin à lui, quand ils savaient tous deux que tout prendrait fin au coucher du soleil et qu'avant la nuit elle serait rentrée chez elle, inaccessible.

Dans la marge de son carnet, il griffonnait des extraits de poèmes qu'il se rappelait de ses années d'école : « En Xanadou, lui, Koubla Khan, se fit édifier un fastueux palais… »

« Prends mon cœur, murmurait-il. C'est ton Xanadou. Construis-le ici. »

Parfois même il recopiait les Écritures : « Place-moi comme un sceau sur ton cœur, comme un sceau sur ton bras, car l'amour est fort comme la mort… » Des bribes de souvenirs qui n'avaient rien à voir avec elle, si ce n'est que tout, le moindre mot, était désormais lié à elle. Elle était partout dans sa vie.

Il se représenta lui-même, figé dans l'air, au bord de la falaise, comme Coyote dans le dessin animé, un pas après le sol ferme, juste avant le plongeon, la chute instantanée qui ne laissait derrière elle que le panache du désastre, là où son corps se trouvait encore une seconde plus tôt. C'était Charlie, à l'époque où rien et tout avait changé, Charlie qui avait tout perdu et gagné le monde – car pour lui elle n'était pas une femme, mais le monde.

Il pensait à elle tout en la dessinant et en écrivant son nom, il songeait à la panique et à la paix qui venaient à cet instant, dans cet éclair juste avant la dégringolade. La sérénité et la terreur, main dans la main.

« Je te veux. Je t'aime. » Il ne pouvait même pas le lui dire. C'étaient là des paroles interdites, qui appartenaient aux autres, aux gens ordinaires menant une vie normale.

Il était sidéré de constater que lui aussi vivait une vie

normale, ahuri de voir qu'il pouvait se lever le matin, se préparer du café et enfiler son caleçon, comme il le faisait depuis toujours. Quand il sortait de son bain, au petit jour, et qu'il rasait sa barbe de la nuit, il considérait son propre corps comme elle le voyait elle, et il en aimait l'apparence, les chairs plates et la peau douce, son corps calme et ferme, qui n'était plus seulement le contenant de son âme, mais une enveloppe de chair, de muscles et de sang désirée par quelqu'un d'autre, son corps qui désormais lui appartenait pleinement, à elle, comme tout ce qu'il avait un jour possédé.

Il était prêt à mourir pour elle, tout comme il vivait à présent pour Sylvan et rien que Sylvan. Grâce à elle, il deviendrait quelqu'un de meilleur, il serait aussi patient que Job, ne dirait rien, n'aurait aucune exigence, il voudrait tout mais n'attendrait rien. Mais il lui était difficile de se concentrer sur ce qui n'était pas lié à elle.

En ville, tout le monde commença à remarquer le changement qui s'opérait en lui, cette distance nouvelle. Ce qu'il faisait avec son corps se lisait désormais sur son visage. Ils sentirent tous, confusément d'abord, puis de plus en plus clairement, que son enthousiasme avait trouvé à se focaliser sur un objet unique, et de là ils déduisirent que cet objet était une femme.

C'est Charlie Carter qui sut le premier. Un mercredi soir, dans la lumière déclinante, il vit le pick-up de Charlie Beale descendre l'allée jusqu'à la barrière de Boaty Glass ; un beagle et le petit de Will Haislett étaient avec lui. Il vit Charlie sortir et refermer le loquet avec l'assurance de l'habitude, puis se retourner pour faire signe à Sylvan, qui se tenait sous le porche, en combinaison. Et il suffit de cette seconde pour que toutes leurs précautions s'envolent en fumée. Carter le raconta à sa femme, qui était une pipelette, et, avant la fin de l'après-midi, la ville tout entière était au courant que l'aura sur le visage de Charlie Beale était due à Mme Harrison Boatwright Glass, parce qu'il était son amant. Et on secoua la tête en se demandant pourquoi on avait mis si longtemps à s'en rendre compte.

La vérité, c'est qu'ils étaient tous heureux pour Charlie Beale. Dans des villes comme celle-là, rien n'est secret, aussi Charlie devint-il le centre de tous les commérages. Immanquablement, Will et Alma eux-mêmes eurent vent des ragots. Ils avaient la certitude que jamais Charlie ne ferait de mal au petit, mais ils savaient aussi que l'amour peut rendre négligent et imprudent, et ils commencèrent à se demander, le soir au lit, s'il était bien sage de laisser Sam sortir autant avec Charlie. Ils en discutèrent, s'en inquiétèrent, mais ils attendirent. Dieu seul sait ce qu'ils attendaient exactement. Sam devait rentrer à l'école en septembre. Peut-être s'imaginaient-ils que ça arrangerait tout et leur éviterait toute forme de confrontation.

Il n'y avait aucune preuve. Le garçon n'avait rien dit. Peut-être ne s'agissait-il que de racontars.

Les demoiselles Allie était au courant. Elles savaient quelque chose, en tout cas, même si elles n'étaient pas certaines de ce que c'était. On n'avait que son nom à la bouche, comme on disait. Un jour, tandis qu'il rentrait déjeuner chez lui, elles l'arrêtèrent dans la rue.

« La saison de base-ball reprend, monsieur Beale », dit Mlle Allie, l'une ou l'autre. Elles portaient toutes deux un tailleur rouge, leurs silhouettes frêles enveloppées de vêtements chers, et aussi un lourd bracelet en or chargé de dizaines de breloques qui tintinnabulaient – l'une au poignet droit, l'autre au gauche. Elles ne s'en séparaient jamais, si bien qu'on les entendait approcher avant même de les voir. « Il faut que vous entraîniez nos garçons.

— Et certaines de nos filles aussi, si elles le souhaitent, monsieur Beale, renchérit l'autre Mlle Allie.

— Oui, certaines filles aussi. Peut-être même les vieilles filles. »

Leurs rires identiques résonnèrent dans l'air, dévoilant leurs dents bleutées, translucides comme du lait, dans leurs bouches âgées. Lorsqu'elles souriaient, on leur aurait donné dix-huit ans aussi volontiers que cent : leurs visages se plissaient en mille rides qui trahissaient des décennies de délices, le simple plaisir de les avoir passées ensemble.

« Il nous faut un terrain de jeu. On n'a nulle part où jouer, mademoiselle Allie, mademoiselle Allie, répondit-il en se tournant successivement vers leurs deux visages enthousiastes, tellement semblables qu'il ne savait où poser le regard.

— Eh bien, nous trouverons quelque chose. Il y a bien un champ…

— … derrière chez nous. Une véritable planche à pain.

— Et notre cousin, le petit Walton Mercer, est tout disposé à venir le niveler et à ajouter les lignes des bases, et même des gradins, si vous voulez bien vous charger de l'entraînement.

— Dites oui, monsieur Beale. Nos garçons…

— … et nos filles en ont besoin. Il leur faut une occupation, un endroit où aller.

— Une occupation, monsieur Beale, et notre cousin, le petit Walton, peut tout aménager en trois jours. Acceptez, monsieur Beale.

— Oh oui, s'il vous plaît, monsieur Beale.

— Bien sûr, mesdames. Ce serait un plaisir.

— Formidable ! » Mlle Allie lui serra vigoureusement la main, et les breloques en or tintèrent dans une symphonie de grelots. « Nous ferons passer une annonce dans le journal et, vous verrez, ce sera un véritable événement.

— Ce sera une bonne chose, de pouvoir s'amuser, pour nos garçons… et nos filles.

— Il faut dire que nous y avons réfléchi tout l'hiver. Il faut agir. Cette ville est un véritable mouroir. Il lui faut un peu de vie.

— Et ce sera là, dans notre jardin. Merci, monsieur Beale, merci encore. Je serai le Happy Chandler de Brownsburg, en Virginie, Elinor. » Après un regard à sa sœur, elle se tourna vers Charlie : « C'est un de nos cousins du Kentucky, voyez-vous.

— Et je serai le Casey Stengel, Ansolette.

— Eh bien, nous verrons, mesdames. Nous verrons. Si vous voulez bien m'excuser, je dois rentrer déjeuner. Bonne journée, mesdames. »

Et tandis qu'il s'éloignait, l'une d'elles – Ansolette, ou Elinor ? – le rappela d'une voix douce.

« Monsieur Beale ? »

Charlie se retourna.

« Oui ?

— Est-ce que tout va bien ? Vous allez bien ? »

Il sentit le rouge de la honte lui monter aux joues. Et ce sentiment familier, comme si on venait le réprimander pour un crime qu'il ne se rappelait pas avoir commis. Sauf que, dans ce cas précis, il s'en souvenait dans les moindres détails. Tout son être brûlait de dire la vérité aux vieilles jumelles, du moins la vérité telle qu'il l'entendait. « Oui, tout va bien, et rien ne va, avait-il envie de répondre. Je vais bien en ce moment, mais je n'irai plus jamais bien. » Il y a des choses qu'on ne dit pas. On se contente de les porter.

« Quelle merveille que son corps, aurait-il voulu dire, et cette manière qu'elle a de me regarder. Pas toujours, quelquefois seulement, mais alors, mon Dieu ! » Entre les jumelles et lui se tenait Sylvan. Il la voyait, belle et plantureuse dans une robe jaune de cinéma, avec ce sourire qui faisait exploser le cœur de Charlie dans sa poitrine. Chaque fois.

« Bien, répondit-il. Comme un charme. » Et dans son sourire et son haussement d'épaules se lisait toute la droiture du monde, et rien d'immoral.

« Parce que, voyez-vous, nous pensons à vous, monsieur Beale.

— Nous pensons souvent à vous, et parfois nous parlons de vous.

— Pas en mal, j'espère. »

Elles le prirent au sérieux, et répondirent avec sincérité.

« Non, monsieur Beale. Pas du tout.

— Au contraire.

— Nous avons beaucoup d'affection pour vous.

— Comme tout le monde, ici.

— Toute la ville. »

Il continua donc à abattre des bœufs, sans plus se soucier d'attendre qu'ils soient calmes et acceptent leur sort. Il savait que sa précipitation les faisait paniquer, que le goût de leur terreur se sentirait dans la viande.

Il abattait ces bêtes à la hâte, les découpait, entraînait les jeunes au base-ball et faisait l'amour – du moins, il l'espérait – à Sylvan Glass. C'était là sa vie, toute sa vie. Avec le petit. Il l'aimait et avait besoin de lui, car rien de tout ça n'aurait fonctionné sans lui, son fils imaginaire.

Charlie était le mégot percutant le macadam à quatre-vingts kilomètres/heure, imprudent en tout sauf pour la seule chose qui nécessitait la prudence la plus absolue, et il s'y tenait, il gardait le silence et faisait très attention. Pas une fois il ne prononça son nom en public. Il n'avait jamais voulu de mal à personne. Peut-être le petit s'en tirerait-il sans dommages, se disait-il – même si au fond il savait que non.

Ce petit qui désormais hurlait et voulait tout casser lorsqu'il fallait aller au lit, et qui se battait avec tout ce qui bougeait. Ce petit qui ne disait ni ne mangeait grand-chose, qui ne répondait plus « madame » et « monsieur » et qui frappait Jackie Robinson quand il ne venait pas sur-le-champ, si bien qu'entre deux moments de tendresse l'animal montrait les dents, pris entre peur et adoration. C'était le garçon que Charlie avait fait, qu'ils avaient élevé tous les deux, lui et Sylvan, dans ce monde qu'ils n'avaient créé que pour eux. Leur petite famille. Sam, la prunelle des yeux de son père, le premier, dernier et unique fruit de son arbre, Sam qui avait cinq ans et même presque six, Charlie l'aimait tout en ne sachant pas quoi faire, égaré comme il l'était, à essayer de se montrer léger alors qu'il trouvait que toute conversation avec le petit était devenue impossible. Mais il avait besoin de lui car il faisait partie du secret, et que le perdre maintenant risquait de lui faire perdre aussi tout le reste.

Il s'efforçait d'être bon avec lui. De lui manifester autant d'attention qu'auparavant, d'écouter ses questions sans fin et d'inventer quelque chose, quand il ne connaissait pas la réponse. Pourquoi la lune était-elle parfois grosse et parfois petite ? Il était abasourdi de voir ce que pouvait inventer l'esprit d'un enfant. Est-ce qu'un cerf peut mourir de peur, ou un colibri dans son sommeil, sans raison ? Est-ce que l'éternité, c'est long ? Il avait envie de le prendre dans ses bras, mais ce n'était pas son fils, il n'était même pas vraiment sous sa responsabilité, même si Charlie se sentait défini et limité par son affection pour lui, lorsqu'il l'avait sous sa garde.

Une fois, l'idée l'avait traversé de faire un testament dans lequel il léguerait tout à Sam, mais c'était quand il possédait encore de la terre, assez pour offrir une vie à ce petit, une place dans le monde. Et il voulait que ce ne soit découvert qu'à sa mort. À présent, il ne pouvait plus accomplir cet unique souhait, la seule action qu'il avait envisagée par pure bonté.

Alma et Will s'étaient dit mille fois qu'il ne fallait plus laisser le petit accompagner Charlie dans ses après-midi à l'abattoir, ses journées entières au bord de la rivière, à la maison dans les bois, parce qu'ils savaient, comme tout le monde, que le petit languissait tout seul pendant que Charlie passait tout ce temps avec la femme de Boaty Glass, et pas du tout à la pêche. Il tuait à la hâte et répandait la désolation autour de lui sans le vouloir, mais sans plus être capable de s'en soucier ou d'y mettre fin. Will et Alma en avaient parlé, et ils n'avaient rien fait.

Aussi, quand Charlie vint les trouver avec sa requête, comment auraient-ils pu refuser ? Comment ne pas penser, comme Charlie, que cela ferait du bien au petit, que peut-être il redeviendrait lui-même et leur serait rendu, à eux, à son foyer et à son enfance ?

« C'est bientôt son anniversaire, avait dit Charlie. Je veux lui organiser une fête. Je veux lui montrer, peut-être que ça lui fera du bien. Peut-être qu'il arrêtera de se battre. »

Comment auraient-ils pu refuser, avec ce qu'ils savaient de la situation et ce qu'ils espéraient de l'avenir ? Le salut, le retour de leur enfant auprès d'eux, et Charlie de nouveau lui-même, comme avant, Charlie riant dans la foule, bon et généreux, un homme aux bras grands ouverts, même lorsqu'il avait les mains dans les poches.

Une fête. Un véritable carnaval, pour Sam, dans le champ au bord de la rivière. Tout cela rien que pour lui, parce qu'il avait six ans, qu'il avait vécu jusque-là et qu'il lui restait beaucoup à vivre, et qu'il fallait faire la paix avec cette certitude. Il fallait trouver la sérénité d'avancer dans cette vie entière qui s'offrait, pour l'homme comme pour le garçon.

« Ce sera une bonne chose, promit Charlie. Ce sera bien pour lui. Je veux m'en occuper, ajouta-t-il. Laissez-moi tout organiser. »

Et ils dirent oui, naturellement. Ils avaient dit oui depuis longtemps.

23

4 août 1949. Sixième anniversaire de Sam Haislett. Le mois d'août, dans la vallée de Virginie, où il faisait chaud comme dans un four. Comment imaginer que c'était là que venaient se réfugier les gens, après la guerre de Sécession, pour échapper à la touffeur des villes ? Tout était sec, d'un gris doré après le fauchage du regain, les saules pleureurs pendaient mollement dans l'eau clapotante, plus basse qu'au printemps mais toujours vive, en route vers la mer et la liberté. Le soleil chauffé à blanc sur fond de ciel blanc et chaud. L'eau de la rivière, la douce Maury, si fraîche et limpide, bondissante et vigoureuse, qui coule de l'œil de Jésus vers le cœur de Dieu.

Ce même après-midi, à Pittsburgh, au stade de Forbes, le joueur Jackie Robinson fit un score de 0 sur 4, même si son équipe réussit quatorze coups et qu'elle remporta le match contre les Pirates 11 à 3. Ils gagnèrent ensuite le fanion, puis perdirent les Séries mondiales face aux Yankees. Ce jour-là, les habitants de Brownsburg s'inquiétaient que les Russes soient sur le point de faire exploser la bombe atomique, ce qu'ils firent trois semaines plus tard. Happy Chandler, commissaire de la Ligue majeure et cousin des jumelles Gadsden, mais si lointain qu'il n'en avait pas conscience, passa la journée chez lui, à Versailles, dans le Kentucky, à étudier les papiers du procès Danny Gardella, qui plus tard révolutionna définitivement le monde du base-ball.

C'était un jeudi. Un incendie se déclara dans la forêt de Mann Gulch près d'Helena, dans le Montana, qui tua treize pompiers en vingt-quatre heures. Montgomery Clift et Olivia De Havilland faisaient la couverture de *Movie Story*. Il se passa de grandes choses, et de petites. C'était une journée bien remplie, sur la planète et dans la région de Brownsburg. Mais si, aujourd'hui encore, les gens se rappellent cette journée, c'est pour une raison et une seule. Le 4 août 1949, ce fut aussi le jour où Sam Haislett mourut et fut ramené à la vie par un simple baiser de Charlie Beale.

C'est à partir de ce jour que tous ceux qui le connaissaient mais aussi les autres se mirent à appeler Charlie « Beebo ». Car ce fut le premier mot que prononça l'enfant en rouvrant les yeux, sauvé par un baiser de Charlie Beale, revenu à la vie après que le médecin eut échoué.

Sauver une vie, c'est sauver le monde. C'est ce que disent les juifs. Rien qu'une vie parmi des milliards, et ça change tout. Et pas seulement pour celui qui est sauvé.

La veille de ce jour qui changea tout, Charlie emmena le petit dans le champ près de la rivière, là où il s'était installé en arrivant en ville, afin de s'assurer qu'il avait bien été fauché et ratissé, que les tables étaient en place, de longues planches sur des tréteaux qui pouvaient accueillir quatorze personnes chacune. Il avait prévu un véritable festin et, le mardi, il avait abattu deux cochons de lait, avant de passer l'après-midi à creuser un gigantesque trou pour les faire rôtir au-dessus d'un grand feu de bois. Il coupa lui-même les bûches, que Sam empila. Alors qu'ils s'apprêtaient à partir, Charlie fit un tour de magie à Sam, du moins la première partie. Il demanda au petit de choisir son arbre préféré. L'enfant lui désigna un jeune saule au bord de l'eau, dont les branches trempaient au milieu des vairons, et Charlie sortit de sa poche un chewing-gum Bazooka, qu'il planta sans cérémonie dans l'humus mou, au pied de l'arbre. Puis ils le recouvrirent de terre qu'ils tassèrent avec leurs bottes, et Charlie promit à Sam une surprise, le jour de son anniversaire.

Cette nuit-là, le petit ne dormit pas beaucoup, il resta allongé à appuyer les doigts contre ses paupières pour faire apparaître des feux d'artifice dans le noir, jusqu'au moment où il finit par sombrer dans l'obscurité iridescente aux côtés de Captain America. Il se réveilla fou de joie et, lorsqu'il franchit la porte de sa chambre, ce matin de son sixième anniversaire, après plus de deux mille jours sur cette planète, tous passés dans les rues de la même petite ville, il avançait hardiment vers quelque chose d'extraordinaire. Il allait rejoindre Charlie Beale.

Le jour de l'anniversaire d'un enfant, tout est différent. Chaque instant est nimbé de grâce, d'une lumière de tout l'être – la conscience que chaque geste, chaque parole sont un geste et une parole d'anniversaire. Les gens savent qui vous êtes, ce jour-là.

Au petit déjeuner, sa mère récita : « Mais maintenant que j'ai six ans, je suis encore plus intelligent, alors je crois que j'aurai six ans jusqu'à la fin des temps. » Puis elle l'embrassa en lui disant : « Joyeux anniversaire, mon chéri », tandis que Will le conduisait, les yeux fermés, sous la véranda de derrière, où l'attendait un beau vélo tout neuf. Son anniversaire, son poème, son vélo.

Dès qu'il le put, Sam se rendit chez Charlie. Il avait tellement hâte de découvrir sa surprise.

« Bonjour, Sam, l'accueillit son ami. Tu es prêt à creuser ? »

Lorsqu'ils arrivèrent au champ de Charlie, il était à peine huit heures, il faisait déjà chaud, et sa surprise d'anniversaire était là. Le petit saule était recouvert de centaines de chewing-gums Bazooka, tous éclos dans la nuit, depuis les frêles rameaux trempant dans l'eau jusqu'aux plus hautes branches. Un arbre à chewing-gums, sorti de nulle part, du jour au lendemain. Sam savait que les Bazooka coûtait un penny pièce, aussi fut-il abasourdi par la fortune que son unique friandise, plantée la veille, avait rapportée en une seule nuit. Il cueillit les petits paquets sur les branches et s'en remplit les poches, mais il en restait toujours, plus haut, des centaines qu'il ne pouvait atteindre, contenant chacun un chewing-gum, une blague, peut-être même un bon pour un sifflet gratuit.

« Sam, dit Charlie en le retenant, Sam. Tu as toute la vie. Cet arbre sera toujours là. C'est ton cadeau d'anniversaire. Un bonbon à la fois. Rien qu'un. Il te durera toute ta vie. Plus tard, on les cueillera tous et on les rangera dans une cachette secrète. D'accord ? C'est ton anniversaire, Sam, et tu as devant toi une vie entière de chewing-gums Bazooka. Tu imagines un peu ? »

Les joues gonflées de chewing-gum, Sam lui sauta au cou et il resta ainsi contre lui, à respirer le parfum du matin, le savon de Charlie, la rivière, et son anniversaire.

Puis Charlie le remmena au pick-up pour lui donner un autre cadeau, son premier gant de base-ball, un Wilson, tout raide et tendu, un gant de garçon, encore trop grand mais qu'il ferait à sa main. Charlie lui dit qu'il l'enduirait d'huile Wesson le soir même et qu'avec le temps il s'assouplirait jusqu'à lui aller parfaitement, aussi doux et souple qu'une seconde peau.

« Et maintenant, on creuse, fiston », annonça-t-il en retirant doucement les bras du petit de son cou. « Va donc t'chercher une pelle dans l'camion. » Il commençait à parler comme un gars de la campagne.

Sam l'aida pendant une demi-heure, puis il se promena au bord de la rivière avec son nouveau gant, en lançant une balle en l'air pour la laisser rebondir sur le cuir neuf et tendu qui sentait si bon. Pendant ce temps, Charlie continua de creuser le trou trois heures durant, jusqu'à ce qu'il atteigne un mètre en largeur et un mètre cinquante en profondeur, comme une tombe d'enfant.

Une fois la fosse terminée, ils la remplirent de petit bois et de bûches auxquels ils mirent le feu. Il faisait si chaud autour du brasier qu'il était impossible de s'en approcher à moins de deux mètres et que le bois qu'ils y jetaient se mettait à siffler comme un serpent, puis éclatait comme une fusée de feu d'artifice, avant d'exploser en flammes presque instantanément.

Quand le feu eut pris et qu'ils eurent empilé du bois jusqu'au-dessus de la tête de Charlie, ils retournèrent à la boucherie chercher les porcelets qui marinaient dans la saumure, dans la chambre froide. Pour Charlie, c'était tout nouveau, mais le vieux Tolley – qui lui avait vendu les cochons de trois semaines après les avoir engraissés pour lui depuis leur naissance – lui montra pas à pas comment s'y prendre : la saumure, le trou, le mélange de beurre fondu et de cidre pour les arroser, combien de temps, à quelle température, à quelle hauteur au-dessus des flammes. Le vieil homme faisait ça depuis l'enfance, comme son père avant lui : se faire expliquer par le vieux Tolley comment rôtir un cochon, c'était comme se faire enseigner la peinture par Léonard de Vinci.

« Est-ce que c'est des bébés ? » demanda Sam en contemplant les deux carcasses grisâtres qui baignaient dans des tonneaux.

« Eh bien, disons qu'ils ne grandiront plus, répondit Will. Mais ce sera sans doute la meilleure viande de porc que tu mangeras de ta vie.

— J'aimerais mieux que ce soit pas des bébés.

— Si tu dois en manger, fiston, autant que tu saches d'où ça vient. Tu as six ans, maintenant. Il faut faire attention à ce qui t'entoure. C'est une marque de respect. N'oublie jamais ça. La nourriture ne tombe pas toute cuite de nulle part. On ne peut pas vivre sans.

— Je n'ai pas besoin de nourriture, répliqua Sam.

— Si, tout le monde en a besoin.

— Pas moi. J'ai mes Bazooka ! s'exclama le petit en vidant ses poches par terre.

— Où est-ce que tu as eu tout ça ? demanda Will en ramassant les friandises et en tendant les paumes vers le petit.

— Dans l'arbre. L'arbre magique.

— C'est moi qui l'ai fait, Will. C'est moi qui les ai donnés au petit.

— J'aurais préféré que tu t'abstiennes, Charlie. Alma ne va pas aimer ça, tu sais.

— Sam ? » Charlie s'agenouilla face au petit. « Avant de prendre un chewing-gum sur l'arbre, tu demanderas d'abord la permission à ta mère, d'accord ?

— Bon, d'accord.

— Réfléchis. Comme ça, il durera plus longtemps. Il durera toujours, toute ta vie.

— Et ça fera combien de temps ?

— Au moins cent ans. Cent quatre-vingt-dix-sept ans.

— Ça fait long.

— Très, très long, même.

— Est-ce qu'il y a des cochons qui vivent aussi longtemps ?

— Non, Sam. Seulement certains petits garçons.

— Et toi, papa ?

— Je vais faire de mon mieux. »

Pendant qu'ils parlaient, dehors le ciel était passé du blanc au noir, l'air s'était alourdi et brusquement, dans un claquement, un éclair zébra l'obscurité. Le ciel s'ouvrit et une pluie diluvienne se mit à tomber, si dense qu'on ne voyait pas l'autre côté de la rue. Il n'était que midi, pourtant Will dut allumer les lumières dans la boutique.

Quelques minutes à peine et, lorsque ce fut terminé, la température avait chuté de cinq degrés, et le ciel était aussi bleu que les yeux d'un bébé. Une parfaite journée d'août, en Virginie. Un jour béni, comme on rêve d'en voir au moins une fois dans sa vie.

Dans les cinq minutes qu'il dura, l'orage apporta destruction et perfection. Des branches s'étaient abattues sur les lignes. Susie Hostetter, la téléphoniste, rentra chez elle pour la journée. La pluie n'éteignit pas le brasier de Charlie, même si, lorsqu'il arriva sur les lieux, de la fumée volcanique tourbillonnait vers le ciel. À une heure de l'après-midi, les cochons étaient sur la broche – une manivelle improvisée fabriquée par le forgeron de Lexington – et prêts à être retournés tous les quarts d'heure. La graisse s'écoulait des carcasses qui tournaient lentement et tombait dans le feu en crépitant, faisant exploser des flammèches autour de la chair. Charlie gardait à portée de main des seaux d'eau tirée de la rivière, pour éclabousser les braises afin que la peau ne brûle pas avant que la chair soit cuite. Toutes les vingt minutes, il les enduisait au pinceau d'un mélange de graisse fondue et de cidre.

Les gens commencèrent à arriver vers deux heures. Charlie avait invité plus de cent personnes, dont certains Noirs de la ville, sachant qu'ils ne viendraient pas – et il avait vu juste. Car même s'ils ne doutaient pas de la sincérité et de la bienveillance de l'invitation de Charlie, ils savaient également qu'ils n'auraient pas eu leur place, cet après-midi-là, dans ce champ. Le révérend Lewis Shadwell envisagea de venir, il s'habilla même pour l'occasion, et il avait prévu un cadeau pour Sam, bien emballé et sagement posé sur son bureau. Mais il se ravisa à la dernière minute, raccrocha soigneusement ses vêtements dans la penderie et s'allongea en sous-vêtements pour faire la sieste dans l'air frais de l'après-midi. Lorsqu'il se réveilla, ce qui devait se produire au bord de la rivière était déjà arrivé.

Après l'orage, une certaine légèreté, une jovialité planaient dans l'air et dans les cœurs. Charlie avait loué les services d'un groupe de Fincastle, des musiciens de bluegrass qui jouaient les mélodies au son desquelles ces gens avaient grandi, mais que l'on n'écoutait plus guère, des chansons comme « *The Knoxville Girl* », avec sa triste histoire de meurtre et de désespoir. « Elle tomba à genoux, implora sa pitié : "Oh, Willie chéri, ne me tue pas ici. Je ne suis pas prête à mourir." » Le chanteur était un vieil homme qui reprenait les ballades que son grand-père lui avait apprises et qui jouait du violon sans jamais changer d'expression ou lever les yeux, et les deux autres, au banjo et à la guitare, arboraient des visages aussi plats et anguleux que leurs instruments.

En écoutant ces chants, la musique des montagnes et des vallées qui les avaient vus naître, ces récits de premier amour, de meurtre, de vies dans la poussière, écrasées de chagrin, ils entendaient ce vieil homme et, à travers lui, les voix de paysans de leurs grands-mères et de leurs grands-pères. C'étaient ces mêmes chansons qui les avaient bercés sous la véranda, enfants.

Et Sylvan arriva, accompagnée de Boaty. Ils descendirent de leur voiture chic et vulgaire, et elle portait la robe verte du film. Elle avait essayé de convaincre Claudie de venir. Elle s'imaginait que c'était la seule Noire de la ville assez courageuse et désinvolte pour ça, mais même Claudie avait décliné l'invitation, prétendant qu'elle ne pouvait pas laisser Evelyn Hope seule tout l'après-midi. C'est pourtant ce qu'elle finit par faire, pour venir s'asseoir sur l'autre berge de la rivière, où tous pouvaient la voir, et réaliser des dessins de l'assemblée et de Sylvan en particulier.

La jeune femme était lumineuse, dans le plein éclat de ses vingt ans, aussi fluide et éclatante que l'air. Elle salua Charlie avec délicatesse, sans distance ni familiarité, et Boaty et elle se fondirent dans la foule, comme si les peaux de Charlie et de Sylvan ne s'étaient jamais touchées, comme si leurs corps ne s'étaient pas enlacés, au vu et au su d'un petit qui n'avait pas encore six ans.

Il y eut des cadeaux pour Sam, naturellement, tout le monde avait apporté des bricoles, et devant un tel trésor le gamin était ivre de joie. Des sifflets et des yo-yo, des fouets et des pistolets de cow-boy, chacun avait choisi une babiole qui plairait à l'enfant, car tous appréciaient et admiraient sincèrement Will, et plus encore Alma. Ils espéraient aussi que leur générosité envers Sam vaudrait de meilleures notes à leurs propres rejetons, peut-être même un supplément de viande hachée. Alma inscrivit chaque cadeau dans un carnet relié, en se demandant combien de temps il faudrait à Sam pour remercier tous ces gens d'une carte.

Comme tout le monde, Charlie vit Claudie, de l'autre côté de la rivière. Il en descendit le cours pour se retrouver à sa hauteur et, tout en l'appelant, lui fit signe de les rejoindre, mais elle ne lui rendit pas son bonjour. Elle ne leva pas même les yeux lorsque Sylvan en personne se détacha de la foule et s'approcha du bord pour l'appeler, en tournoyant dans sa robe, de sorte que la soie verte se souleva et que tout le monde vit la doublure à carreaux.

Les gens ne savaient pas quoi penser de cette robe. Elle était tellement exotique, tellement loin de ce que les femmes d'ici pouvaient s'acheter, ou même coudre elles-mêmes. C'était comme contempler un animal sauvage venu d'Afrique, ou un pingouin du pôle Sud. Ils n'en percevaient pas le charme, ni la vie qu'elle insufflait dans le corps de Sylvan ; ils la jaugeaient du regard, comme si cette robe n'était qu'un instrument pour les leurrer, comme si Sylvan essayait de faire oublier qui elle était, une rustaude née dans une vallée désolée où la plupart d'entre eux n'avaient jamais mis les pieds. Ils étaient coutumiers de ses entourloupes, de ces airs qu'elle se donnait, mais brusquement, cette robe verte dans ce champ, avec ces chaussures, cet après-midi-là, c'en fut trop.

Pour qui se prenait-elle ? Et d'ailleurs, qui était-elle ? Combien de temps faudrait-il à Boaty pour découvrir le pot aux roses ? Le meilleur moyen d'exhumer un secret sur quelqu'un, c'est d'interroger un de ses ennemis ; et des tas de gens n'aimaient pas Sylvan Glass, du moins en cette minute. Bientôt il en serait tout autrement, après ce qui allait se passer, parce qu'elle allait accomplir un acte de bravoure, pas un miracle, mais elle allait faire ce qu'il fallait. Pendant un court moment, Sylvan Glass serait pour eux quelqu'un d'important, et ils la considéreraient avec une sorte de bienveillance. Mais ça ne dura qu'un temps, car ce qu'elle fit ensuite précipita tout.

Voici ce qui se produisit : vers trois heures de l'après-midi, alors que Will et Charlie étaient sur le point de décrocher les cochons de la broche et de les disposer sur le bloc de marbre prêté par Coffey, qui découpait les pierres tombales, Sam aperçut sur l'arbre un chewing-gum qu'il voulut absolument attraper. On ne faisait plus vraiment attention à lui, maintenant qu'il avait ouvert ses cadeaux et que les ventres étaient vides. Tous regardaient les cochons sur leur broche en écoutant le vieil homme qui chantait de sa voix de fausset : « C'était une nuit, au clair de lune, alors que les étoiles scintillaient, et que tout murmurait, l'amour s'en est allé… » Une erreur idiote, commise par un homme qui n'était pas père lui-même, d'accrocher des friandises si haut dans l'arbre. Il y avait des tas d'enfants à cette fête, et les branches les plus basses avaient été pillées. Dans la conversation, avec la faim qui montait, personne ne vit Sam escalader la branche, au-dessus de la rivière, mais tous sursautèrent au craquement net du bois de saule qui cédait, du bois sec en cette fin d'été. Et même s'ils ne le virent pas tomber, ils entendirent la chute du petit dans l'eau, et le choc mat de la branche cassée percutant sa tête, et ils virent le plumet de sang tandis qu'il sombrait. La vitesse à laquelle se produisent les tragédies. Il suffit d'une seconde. On regarde ailleurs et, soudain, on distingue quelque chose du coin de l'œil, quelque chose d'affreux. Le chien et la voiture. La lame et le doigt. En une seconde. En un clin d'œil.

Ils se précipitèrent tous, même s'ils n'avaient pas vu l'enfant tomber et n'avaient entendu que le craquement de la branche. Des femmes se mirent à hurler. La musique s'interrompit brusquement. Charlie bondit, et c'est lui qui courait le plus vite, mais Sylvan était déjà là, dans la rivière, sous l'eau, laissant Charlie impuissant qui filait dans les ajoncs en espérant repérer le garçon, criant son nom pour rien, comme tout le monde autour de lui. Le courant était fort, c'était connu, et déjà le petit corps basculait en contrebas, ballotté contre les rochers, attiré vers le fond.

Non, c'est Sylvan qui plongea, une jeune fille de vingt ans dans une robe de cinéma ; son corps trancha l'eau comme une lame, un éclair vert dans le tourbillon bleu-vert, et bientôt ils eurent tous les deux disparu.

Elle ne voyait rien, dans l'eau verte, et la lumière était filtrée par les feuillages et les nuages au-dessus de la surface. Elle suivit le courant, se laissa porter, sachant que le petit avait pris le même chemin. Il n'y avait rien d'autre à faire, et c'est la rivière qui déciderait de leur destination. Elle battait des bras devant elle, comme un papillon, cherchant désespérément un coin de chemise, une chaussure, une petite main.

Une minute. Deux minutes. Elle remonta comme une flèche à la surface pour respirer et replongea immédiatement. Alors elle le trouva, juste sous elle, accroché au ressort d'un vieux matelas – inerte, sans vie. Elle tira. Impossible de le dégager. Elle tira de nouveau, puis se retourna dans l'eau pour pousser le matelas du pied, délogeant de petits serpents émeraude qui se mirent à onduler tout autour d'elle. Elle attrapa l'enfant par les épaules et poussa de toutes ses forces. Elle sentit enfin son corps se libérer, tandis qu'une petite chaussure restait prisonnière, ses lacets flottant dans l'eau comme des banderoles fantomatiques.

Sur la berge, la vase était collante comme le glaçage d'un gâteau, et Sylvan ne parvint pas à reprendre pied. Elle était engluée et n'arrivait pas à maintenir la tête du petit hors de l'eau. Il semblait peser une tonne. Alors Charlie se précipita vers eux, tira sur les cheveux blonds qui flottaient en auréole et la hissa sur le bord. La boue aspira les chaussures de Sylvan dans un bruit de succion et Sam, de ses bras, passa dans ceux de Charlie, qui le souleva et le tendit à Raidy Tate, puis à Charlie Howard et enfin à son père, qui déposa son enfant par terre. Le docteur Brush s'agenouilla auprès du petit corps et soudain tout le monde se tut tandis qu'il l'auscultait, qu'il le faisait basculer sur le côté et lui cognait la poitrine, puis qu'il le retournait et poussait sur son thorax. Il posa la tête sur la poitrine de l'enfant pour écouter et leva lentement les yeux vers Will et Alma, avant de secouer imperceptiblement la tête. Mais tout était dit. Mort.

Alma poussa un mugissement et Will tomba en sanglots à genoux – son seul enfant, la lumière de sa vie, mort. De ses mains rugueuses il écarta les cheveux du visage de son fils, comme si le soleil pouvait le ramener à la vie, tandis qu'Alma hurlait, effondrée dans les bras des pleureuses, et qu'elle tendait désespérément les bras vers ce corps auprès duquel ses jambes ne pouvaient la porter, luttant pour se libérer de l'étreinte de ces femmes qui l'enfermaient dans ce chagrin abyssal et éternel.

Charlie avait le visage baigné de larmes et de sueur. La culpabilité, voilà ce qui avait découlé de son stupide cadeau d'anniversaire pour Sam – ce tout petit corps, avec une seule chaussure et de l'autre côté une chaussette, mort. Sylvan se retourna et, pour la première fois, se lova avec reconnaissance dans les bras épais de son mari, sur sa lourde épaule, et elle ne put voir ce qui se passa ensuite. Elle ne vit pas Charlie repousser Will et s'approcher de Sam, puis tomber à genoux à ses pieds pour le soulever et le porter à sa poitrine. Puis il le reposa doucement, et sur sa chemise le petit cadavre avait laissé une empreinte sombre et mouillée.

Sylvan ne vit pas Charlie se pencher pour murmurer quelque chose à l'oreille du garçon, pendant de longues minutes, des paroles que personne n'entendit et qui furent longtemps l'objet de toutes les conjectures :

une prière, un poème, des pardons, ou un verset de la Bible, qui aurait pu le dire ? Elle ne le vit pas non plus pencher le visage vers celui de Sam et l'embrasser longuement. Bouche à bouche, il garda les lèvres posées sur celle de l'enfant pendant trente secondes. Les femmes hurlaient, et Will était toujours à genoux, tête baissée, la respiration lourde et humide contre sa poitrine, les yeux clos et ruisselants.

Elle ne vit pas les yeux du garçon s'ouvrir ni l'eau jaillir en jet de sa bouche, mais elle entendit distinctement sa petite voix, et le premier mot de sa nouvelle vie, entre inquiétude et émerveillement.

« Beebo ? » Il fixa Charlie une seconde, puis tourna vivement la tête. « Maman ? Maman ? » Ressuscité. Sous sa peau, depuis le bout de ses doigts, le rose de son sang repoussait déjà le bleu de la mort. De nouveau vivant, alors qu'une seconde plus tôt il était mort. La foule s'écarta, les femmes relâchèrent Alma et elle se précipita vers lui, tandis que Charlie bondissait à l'ombre du saule pour arracher les chewing-gums des branches et les jeter dans l'eau. L'assemblée se tint là, silencieuse, autour du garçon vivant, et tous, hommes et femmes, savaient que, quoi qu'il advienne désormais, il y aurait pour toujours un avant et un après ce dont ils avaient été témoins. Cet événement que personne n'aurait su nommer, même si certains devinaient ce dont il s'agissait mais craignaient de le prononcer, ils raconteraient en tout cas qu'ils l'avaient vu de leurs yeux – le chuchotement, le baiser, et la résurrection. Et ils marqueraient une pause dans leur récit pour secouer la tête, encore abasourdis par une telle merveille.

Désormais, tout dans cette ville, dans ce pays, dans

l'histoire et dans la vie de ces gens présents et des autres, tout n'était plus que l'avant de ce baiser. La musique, « *The Knoxville Girl* », la danse gracieuse et maladroite au son de ces complaintes anciennes, la touffeur de la matinée et l'orage de midi, les cochons brûlés, oubliés sur la broche, la faim des convives soudain rassasiée – tout ça n'était que l'avant, déjà effacé, à présent que leurs cœurs étaient pleins, et que tout ce qui restait à venir serait l'après.

Et dans cet après, pendant une courte période, quoi qu'il fît et quoi qu'il advînt, pour eux Charlie Beale marchait sur l'eau, et il ne pouvait être mauvais.

24

À Brownsburg, tout le monde, hommes, femmes et enfants, aimait Charlie Beale. Tout le monde sauf un homme. Dès cette seconde, Boaty Glass se mit à le haïr. Il avait bien voulu détourner les yeux quand Charlie Beale s'était mis à acheter des parcelles, il avait aussi ravalé son orgueil en apprenant que Charlie l'avait dépassé en superficie et en qualité de la terre. Il avait même fait la sourde oreille face aux rumeurs ambiantes, sur ce qu'on racontait que Charlie Beale faisait à sa femme, même s'il savait au fond de lui que toutes les rumeurs finissent par se vérifier. Il ne tenait pas vraiment à sa femme, avec ce corps potelé qu'elle avait et ces drôles de manières. Il s'en moquait même pas mal, du moment qu'elle restait sa femme.

Il voyait sa propre vie comme une voiture, et tout ce qu'il avait voulu, c'était en décorer le capot. Il fallait que l'accessoire soit éclatant, raffiné, unique et immaculé. Il voulait susciter l'envie. Mais, plus que tout, il voulait être aimé et, avec une épouse magnifique, il serait perçu comme quelqu'un d'adoré. Il avait enfilé une alliance pour que, en parcourant les rues de Brownsburg ou de Tombouctou, l'étranger qui le croisait sache, d'un coup d'œil à sa main gauche, qu'il était aimé.

Mais l'idée que Charlie soit désormais considéré avec tant d'exaltation et de respect, ceux-là mêmes auxquels il n'avait cessé d'aspirer depuis la mort de sa mère, voilà qui lui déchirait la gorge comme s'il avait avalé du fil de fer barbelé. Quand Boaty était énervé, il avait des acouphènes aigus dans l'oreille et il sentait le flot acide de la bile bouillonner dans son ventre. Il était lent à se mettre en colère, mais une fois qu'il l'était, sa fureur ne décroissait pas, et il attendait patiemment sa vengeance, les mains croisées sur son abdomen dilaté.

Depuis qu'elle avait sorti ce gamin de l'eau, même Sylvan semblait ne plus lui appartenir, du moins plus comme avant. Ceux qui auparavant se contentaient de lui adresser un signe de tête poli, ou qui l'évitaient complètement, ne la considérant que comme une extension du patrimoine de son mari, ceux-là s'arrêtaient désormais dans la rue pour la complimenter sur ses tenues grotesques, les accoutrements qu'elle imaginait avec cette folle. Ils la traitaient à présent comme une grande dame, au lieu de la vermine bouseuse qu'elle était et serait toujours.

Aussi Boaty remit-il bien les choses au clair, un soir, en passant : qui elle était, à qui elle appartenait, et ce qu'elle était censée dire et faire, dans sa situation. Il se montra si explicite qu'elle ne put quitter la maison pendant une semaine, hormis pour se rendre en douce chez cette Noire et pleurer sur sa part de tarte – allez savoir à quoi ces deux-là passaient leur après-midi.

Il n'avait jamais frappé une femme jusque-là – il faut dire qu'il n'avait jamais eu de femme à frapper.

Il y prit goût instantanément et se demanda pourquoi il avait tant tardé à s'y mettre. Dans la vie, si on veut s'imposer, avoir un impact, voilà un moyen plutôt facile de le faire, et qui ne nécessite aucune compétence particulière.

Après tout, qu'est-ce qu'il risquait ? Qu'elle le quitte ? Si elle partait, elle mettait sa propre famille à la rue. C'était écrit noir sur blanc dans le contrat. Et puis, elle irait où ? Et même si elle allait se plaindre à Claudie, à qui Claudie Wiley pourrait bien le raconter ? À sa débile de fille ?

Non. Comme tout bon fermier qui fait le tour de ses clôtures au printemps avant de laisser le bétail et les veaux paître, Boaty s'assura que ce qui lui appartenait était bien gardé, à portée de main.

Il sut très vite qu'il ne fallait pas frapper au visage. Il le comprit après cette semaine qu'elle passa enfermée, toute contusionnée et boursouflée ; si les gens apprenaient qu'il la battait, jamais ils ne le considéreraient comme il le souhaitait. Dans le coin, beaucoup d'hommes battaient leur femme, mais ceux-là n'étaient pas Boaty Glass et leurs femmes n'étaient pas Sylvan. Aussi choisit-il des punitions plus discrètes et plus humiliantes. Sur les jambes. Le dos, les seins.

Un jour, il l'emmena même là-bas, jusqu'à Arnold's Valley, chez elle. Sa famille la regarda comme si elle débarquait de Mars, et Boaty et elle restèrent juste le temps nécessaire pour que ces péquenauds fassent bien comprendre à Sylvan, au cas où ça n'aurait pas été clair pour elle, que les siens ne voulaient pas plus d'elle qu'elle ne voulait d'eux.

Charlie voyait les bleus et les zébrures violacées. Il savait tout. Il voulait tuer Boaty, annonçait même à

Sylvan qu'il le ferait, mais elle l'en dissuadait, inlassablement. Il lui faisait l'amour, ainsi blessée, en prenant grand soin de ne pas lui faire plus mal, de ne pas lui causer le moindre inconfort. Il la sentait comme un enfant battu dans ses bras. Il embrassait doucement ses bleus, comme si de ses lèvres il pouvait les soigner, rendre sa pureté à sa peau. Il sanglotait en entrant à l'intérieur de son corps, il pleurait pour sa douleur à elle, son chagrin et son humiliation. Il ne comprenait pas ce qui la retenait de quitter son mari.

Et Claudie encore moins.

« Va-t'en, lui disait-elle. Tu as un homme bon, un homme béni, qui t'aime et qui prendra soin de toi. Pourquoi tu t'embêtes avec ce vieil imbécile ?

— Je peux pas, voilà tout ce que répondait la petite. Je pourrai jamais faire une chose pareille. J'ai mes raisons.

— Raconte-moi. Dis-moi la vérité.

— Si un jour je quitte Boaty, il reprend la ferme et il jette ma famille dehors. Ils ont nulle part où aller. Ça les tuerait.

— Ils pourraient venir vivre avec toi et Charlie. Il ferait le nécessaire.

— Il ne pourrait pas. Tu ne comprends pas. Ma maman est jamais allée nulle part, elle a jamais mis un pied en dehors de la vallée. Et mon père non plus, d'ailleurs. Cet endroit, cette vallée – on y naît et on y meurt. Pour eux, si tu t'en vas, la vie est finie. Comme un poisson tombé hors du bocal. Ils pourraient plus respirer. Ils auraient plus pied.

— Tu es bien partie, toi.

— J'étais déjà plus là depuis bien longtemps. Quand j'ai commencé à écouter la radio, à cinq ans. Après ça, j'ai jamais vraiment vécu là-bas. Je faisais semblant, c'est tout.

— Ça n'empêche, va-t'en. Tu ne leur dois rien. Ils sont adultes. Il faut que tu penses à toi. Tout ce qu'il te faut, c'est lui. Que Glass prenne tout le reste.

— Je n'ai besoin de rien, répliqua Sylvan. Même pas de Charlie Beale. J'ai... »

Mais elle ne pouvait dire ce qu'elle avait, car elle-même n'était pas bien sûre de ce que c'était. Des papiers, dans une enveloppe, cachés sous une latte de parquet dans le grenier de Boaty Glass ? Qu'est-ce que ça représentait, au fond ?

Ça voulait dire qu'elle possédait du bien, lui avait expliqué Charlie. Ces papiers dans le grenier signifiaient qu'elle était libre. Mais c'était faux, à l'évidence. Elle n'avait jamais rien possédé. Cette terre sur laquelle elle avait grandi, sur laquelle son père s'escrimait tous les jours, et elle aussi, toute son enfance – avait-elle jamais été à eux ? Elle n'en savait rien. Et même si ces papiers prouvaient qu'elle possédait de la terre, qu'était-elle censée en faire ? Devenir fermière ?

Hormis Claudie, elle n'avait confiance en personne. Quand elle était avec Charlie, elle comprenait qu'elle était tout pour lui, pendant cette heure qui précédait le coucher du soleil. Mais après ? Il avait sa vie, loin d'elle. Que faisait-il, quand elle n'était plus là ? Est-ce qu'il lui arrivait seulement de penser à elle ?

Elle n'avait que lui en tête, tout le temps, mais c'était son corps qui l'obsédait, son être physique, quand il la tenait contre lui, quand il bougeait au-dessus ou à l'intérieur d'elle. Elle ne pensait pas à *lui*. Elle ne savait pas vraiment qui il était, ou ce qu'il ferait si un jour elle était à lui. Si Boaty, qui ne ressentait rien pour elle, pour qui elle n'existait que parce qu'il l'avait achetée et que cela lui donnait des droits sur elle, si lui pouvait la traiter de cette manière, Dieu seul savait de quoi serait capable un homme amoureux.

Charlie était un saint pour ces gens. Il avait ramené ce petit à la vie. Ils disaient qu'il était béni. Même Claudie. Elle avait dessiné la scène, l'instant où le garçon était revenu d'entre les morts, et elle avait accroché la feuille au mur, dans la pièce où elle confectionnait les robes de Sylvan et où elle mettait de l'onguent sur ses blessures. Sylvan contemplait le dessin en se demandant : « Qui est cet homme ? Qu'est-il, pour moi ? »

Il était celui qui lui disait entre ses larmes : « Je suis désolé, mon ange », celui qui tombait à genoux à la vue d'une marque sur sa chair. Il était le seul au monde à avoir jamais prononcé son nom comme s'il avait un sens, au-delà de son simple corps, un sens plus raffiné que les vêtements qu'elle portait, et qui lui donnait une place dans ce monde. Sylvan. Il grava leurs deux prénoms l'un à côté de l'autre dans l'écorce d'un arbre, puis il les entoura d'un cœur. Ainsi, quand elle y pensait, elle savait où se trouvait son propre cœur.

Il voulait l'épouser. Il le lui demandait inlassablement. Elle était riche, disait-il. Elle pourrait être libre. Ils pourraient être ensemble. Mais chaque fois qu'elle était sur le point d'accepter, elle voyait le visage de sa mère, de son père, sans abri, exilés, en train de mourir sous un porche étranger, quelque part, loin de la ferme où leurs pères et leurs mères étaient enterrés, et alors elle ne pouvait s'y résoudre. La troisième semaine de septembre, par une nuit si douce que Charlie avait quitté son lit chez lui pour aller dormir au bord de la rivière, où il s'affala par terre, sans même un édredon, et s'y endormit près de son chien, le mari de Sylvan Glass la conduisit chez le shérif Ricky Straub. Ils le réveillèrent au milieu de la nuit, et là, elle déclara qu'elle était Mme Harrison Glass – et le shérif ne reconnut d'abord pas le nom, car il ne l'avait pas entendu depuis longtemps – et qu'elle avait été violée par Charlie Beale.

Si vous me demandez pourquoi, tout ce que je pourrai répondre, c'est que je n'en sais rien. Personne ne sait ce qu'elle raconta à Boaty, et quand, ni ce qu'un mari comme lui était capable de dire ou de faire à une femme telle que Sylvan, en pareille circonstance. Elle qui possédait des documents prouvant qu'elle était de loin la femme la plus riche de la région, des morceaux de papier auxquels elle ne comprenait rien, sinon qu'il s'agissait d'un secret qu'elle ne devait jamais révéler. Au lieu d'être un billet vers la liberté, ils étaient devenus un verrou de plus sur son âme, posé une fois encore par un homme. Un meilleur homme que son mari, certes, mais tout de même un homme qui pour la posséder lui avait donné le pouvoir sur tout ce qui était à lui en ce monde. Si bien qu'il n'avait plus rien, rien d'autre qu'elle, et qu'il attendait de se faire capturer et enfermer sur un simple mot d'elle, un caprice, même, peu importait.

Disons que Sylvan raconta cela à Boaty non pas de son propre chef, mais parce qu'il exigeait qu'elle avoue ce qu'il savait déjà. Disons qu'il menaça de tuer Charlie Beale, que tout le monde adorait, puis de la tuer elle, qui n'avait nulle conscience de sa propre identité, de sa valeur, ou de sa place dans ce monde.

Il avait certainement dû la faire asseoir à la table de la cuisine et lui mettre sous les yeux pour la énième fois le contrat de mariage, celui par lequel toute sa famille se retrouverait sans toit au-dessus de la tête, sans nulle part où aller. Elle avait dû trouver étrange, subitement, de voir son nom associé à une somme d'argent et à un tracteur, le tout dans la même phrase. Disons qu'elle finit par comprendre le fardeau que tout cela représentait et qu'elle ne supporta pas l'idée de tout le malheur, voire de la mort, que son bonheur potentiel entraînerait.

Disons qu'il mit des balles dans son fusil et qu'il lui enfonça le canon dans la bouche, tout en lui étranglant la gorge de sa grosse main potelée, puis qu'il se ravisa en se rendant compte qu'il perdrait son plus beau bien, alors que s'il tuait Charlie, on considérerait qu'il avait protégé ce qui lui appartenait, qu'il n'avait fait que son devoir, et il revêtirait même une virilité que jusque-là il n'avait jamais endossée. Disons qu'il se dirigea vers la porte, son fusil à la main, et qu'alors elle lâcha quelques mots pour l'en empêcher, et qu'ensuite il la traîna chez le shérif Straub.

De deux maux, choisir le moindre. C'est ce qu'on dit. Mais lorsque le premier avait été l'expulsion, puis la mort de sa famille entière, et l'autre la mort rapide de son amant, Sylvan avait dû trancher. Elle en avait eu le cœur brisé, et toute lumière avait brusquement disparu de son âme, mais c'était la seule décision possible.

Plus tard, Straub rapporta au tribunal que, sitôt qu'il avait remis son insigne et repris ses esprits, elle s'était tenue devant lui et avait répété sans hésitation : « Je m'appelle Mme Harrison Glass, et Charlie Beale m'a violée. » Ensuite, lorsque Straub lui posa les questions inévitables, celles que l'on n'avait jamais entendu prononcer à Brownsburg, elle se tint à ses propos, sans ciller, rougir ou bégayer. Elle lui dit où, quand et combien de fois. Comme tout le monde, le shérif Straub avait eu vent des rumeurs au sujet de Charlie et Sylvan et, en dépit de ses talents d'actrice, il avait douté de la véracité du récit de la jeune femme. Ce qu'il avait vu, en revanche, c'est que Sylvan Glass avait très peur de quelque chose. Et il savait aussi qui était Harrison Glass, donc que cette histoire devait contenir un fond de vérité, et qu'il faudrait agir.

25

Le frère de Charlie débarqua de nulle part. Ned Beale était un jeune apprenti charpentier de vingt et un ans, un gosse un peu empoté qui promettait d'être beau, avec sa tignasse blonde et raide, même si sa barbe était encore aussi fine que le duvet sur la nuque d'une jeune fille. On ne faisait pas plus différent de Charlie, en taille et en poids. Néanmoins, Ned avait la même détermination que son frère, ses mains de travailleur et, comme on le vit plus tard, sa tendance à foncer tout droit au désastre.

Charlie envoya un télégramme par Western Union, car c'est ainsi qu'à l'époque on faisait savoir aux autres qu'on était dans les ennuis ou dans le besoin, et souvent ils venaient – c'est ce que fit Ned. D'où exactement, personne ne le savait – pas plus que pour son frère.

C'est une vision terrible que celle d'un homme au cœur brisé, dont la force de vie a été irrémédiablement pulvérisée. On se détourne. On cherche un visage plus jovial. Mais pas Ned. Lui vint à Brownsburg et s'installa dans cette petite maison qui était tout ce qui restait à Charlie, pour lui préparer des repas qu'il ne mangeait pas et ramasser les vêtements sales que son frère ne se résolvait pas à ranger.

Chaque jour, à la boucherie, Charlie était égal à lui-même, aimable, serviable et expert au couteau, promettant à chaque cliente de repartir avec la meilleure viande qu'elle mangerait de sa vie. Mais on voyait ce que lui coûtait l'effort de continuer à donner le change, quand rien, plus rien n'avait d'importance.

Lorsqu'on a le cœur brisé sans blessure visible, sans aucun signe de maladie, que reste-t-il à faire, sinon continuer à avancer, à agir comme les autres l'attendent de nous, à faire ce qui doit être fait ? Nul besoin de préciser que c'est douloureux. Tout le monde le voit et sait qu'il n'y a pas moyen d'apaiser ou même de toucher la plaie béante.

Ned connaissait à peine son propre frère. Lorsque Charlie avait quitté la maison, il n'était encore qu'un bébé. Mais il était le seul à pouvoir toucher dans le cœur de Charlie cette plaie béante que Sylvan Glass avait recouverte de sel. Ned veillait à ce que Charlie reste présentable, il l'aidait à se raser, à changer de vêtements, à manger un peu. Une fois, ils invitèrent les Haislett, mais ce fut un moment de malaise, une soirée affreuse où même le petit était grincheux. Aussi ne renouvelèrent-ils pas l'expérience, se contentant de manger seuls leur sandwich, le soir, sans un mot. Qu'y avait-il à dire, quel autre sujet auraient-ils pu aborder ? Quant à ce sujet-là, ils n'en parlaient pas. Charlie s'y refusait, et le jeune homme savait qu'il ne servait à rien de l'y pousser.

Plutôt que d'aider son frère par la parole, Ned alla au dépôt de bois pour y acheter des fournitures et il se mit à entretenir la maison de Charlie. Une latte gauchie, dans l'escalier. Une rambarde branlante, sous la véranda. Il fit le tour, de pièce en pièce, et tout ce qui avait besoin d'être réparé, il le retapait. C'était de la belle ouvrage, du travail fin et soigné, fait pour durer. Il n'a plus été fait de travaux depuis dans cette maison, et tout tient toujours bien.

C'était sa manière à lui de dire à son frère qu'il y avait un avenir. Ned n'avait personne, et il avait besoin de Charlie, d'un frère, aussi faisait-il tout ce qu'il pouvait, avec toute sa conviction, pour que la situation s'arrange. Quand Charlie rentrerait, ce serait dans une maison solide pour longtemps.

En ville, on remarquait ses allées et venues, et on se mit à lui confier de menus travaux, toujours réalisés avec soin. Du costaud, qui apportait confort et sécurité. Lorsqu'il ne travaillait pas et que Charlie était à la boucherie, Ned restait assis à la table de la cuisine, à boire du whisky en frissonnant de peur.

À la maison, Charlie ne parlait jamais de Sylvan. Il n'avait plus mentionné son nom depuis le jour où le shérif Straub était apparu pour lui passer les menottes et lui lire ses droits, dans le champ où Charlie enseignait l'art du base-ball aux garçons et aux filles du coin, sous l'œil des jumelles, avant de l'emmener passer une nuit en prison, jusqu'à ce que Will ait payé sa caution.

Mais, dans ses rêves, elle le dévorait. Nuit après nuit, elle lui arrachait des lambeaux de chair comme un aigle dépeçant une biche morte sur le bord de la route, nettoyant ses os. Il remplissait toujours les pages de son journal de son nom, Sylvan, inlassablement, seulement les dessins qui l'accompagnaient ne représentaient plus des anges descendant du ciel, mais un vampire le vidant de son sang, qui dégoulinait des crocs écarlates saillant de sa jolie bouche. Morceau par morceau, elle le rongeait jusqu'à ce qu'il ne soit plus que l'ombre squelettique de lui-même. Finis, le rose et le violet avec lesquels il peignait naguère ses courbes gracieuses et sa main raffinée. À présent, ses dessins avaient la couleur du sang séché.

« Il faut que tu prennes un avocat.

— Je n'ai rien fait, Ned.

— C'est quoi, la vérité ? Qu'est-ce qui s'est vraiment passé ?

— Ce qui s'est passé, c'est privé. Ce qui signifie que personne n'en saura rien de ma bouche. Quoi qu'il arrive, je lui dois ça. Mais ce qu'elle raconte que j'ai fait, c'est un mensonge. C'est la seule chose que les gens doivent savoir. »

Charlie l'avait aimée avec une violence qui avait électrisé chaque atome de son corps ; à présent que cette passion s'était éteinte, comme un interrupteur qu'on coupe, il ne savait plus quoi faire de tout l'amour qu'il avait dans le cœur, pas plus que de la haine qu'il ressentait pour elle. Aussi gardait-il la tête baissée et les lèvres closes. Il avait perdu la seule croyance qu'il ait jamais eue, celle qui lui était venue au bord de la rivière si longtemps auparavant – que la seule chose qui durait, c'était la bonté d'âme –, et désormais, il ne restait rien en lui, ou de lui.

Personne ne la crut, naturellement. Une fois les portes closes, on ne parlait quasiment plus que de cette histoire, et les gens disaient que c'était le plus gros mensonge qu'ils avaient entendu de leur vie, sans doute échafaudé par Boaty, et aussi que ce n'était pas une mauvaise fille – pensez-vous, après ce qu'elle avait fait, quand elle avait plongé dans la rivière pour sauver ce petit. Ce n'était qu'une gamine naïve de la campagne qui s'était mis de drôles d'idées en tête à force de fréquenter cette Claudie, et dont la vie s'était transformée en un film qu'elle était la seule à regarder. Peut-être qu'elle avait été infidèle, mais on estimait en ville que, lorsqu'on était mariée à Boaty Glass, l'infidélité n'était pas le pire péché au monde.

Jusqu'à ce dimanche où les deux hommes d'Église, baptiste et méthodiste, leur tinrent exactement le même discours, depuis la chaire. « Il est devenu prisonnier de la loi du péché », dit l'un, en citant la Bible. « Il nous a tous souillés », renchérit l'autre. « La loi pourra décider ce qu'elle voudra, entonnèrent-ils presque en même temps, il brûlera en enfer pour l'éternité. Tout homme ou femme qui lui tiendra compagnie l'accompagnera en enfer. Ne le laissez plus entrer chez vous, chassez-le de votre cœur et de votre esprit. Si vous lui procurez aide ou réconfort de quelque manière que ce soit, vous aurez droit au supplice éternel et au courroux de Dieu, vous vivrez dans la fange, la dégradation et l'ignominie jusqu'à la fin des temps. »

On aurait juré que les deux hommes s'étaient concertés pour décider de ce qu'ils allaient dire à leurs ouailles. Comme ces dernières croyaient en leurs paroles, même si elles étaient navrées de devoir fermer leur porte et leur cœur à Charlie Beale, c'est ce qu'elles firent. C'étaient des gens religieux, qui n'avaient pas oublié leur devoir à l'égard de leur foi et de leur pasteur.

Pour les maris, Charlie Beale n'avait rien fait que de naturel, et les flammes de l'enfer n'avaient rien à voir avec cette histoire. Mais les femmes se montrèrent inébranlables. Leurs cœurs, qui avaient toujours nourri pour Charlie une tendresse particulière, se firent durs et amers, et leur peur, incontrôlable. Dans leurs veines coulaient les superstitions et la rigueur morale de leurs grands-mères, des femmes de la montagne, et à présent elles battaient en elles à tout moment du jour.

Quelques hommes approchèrent Charlie à la station-service, alors qu'il faisait le plein de son pick-up qui ne l'emmenait plus nulle part.

« On ne sait pas comment vous dire ça…, s'aventura l'un d'eux, avec une poignée de main qui ressemblait plus à un au revoir qu'à un bonjour.

— Pas la peine, répondit Charlie. J'ai entendu. Vous savez qui je suis. Vous savez ce que je ressens. »

Alors ils lui serrèrent tous la main et se tinrent là pendant une minute entière, gênés, à attendre que le réservoir de Charlie soit plein, en évitant son regard, puis ce fut tout. Charlie revissa le capuchon, remonta dans son pick-up et s'éloigna lentement en levant sa main ouverte par la vitre, en signe d'adieu.

Après cela, il n'entra plus en contact avec eux. Il ne proposa plus de ratisser leurs feuilles mortes, d'aider à réparer leurs toits ou de laver leurs voitures. Il cessa d'apprendre à leurs enfants à conduire ou à lancer une balle. Il les aimait, ces gens. Il ne voulait pas leur créer de l'embarras. Il ne croyait pas à l'enfer, mais il ne voulait pas qu'ils y aillent.

« Ils n'ont plus l'air de beaucoup t'aimer, c'est sûr, dit Ned un soir, alors que Charlie essayait de lui expliquer la situation.

— Peu importe. Tu ne comprends pas. Je n'ai pas besoin qu'ils me rendent mon amour. Parfois, le plus important c'est de se rappeler qu'on peut ressentir quelque chose pour les autres, même si eux ne sont pas dans les mêmes dispositions.

— Moi, je vois juste une perte de temps, fit remarquer son frère. Et un gouffre de désespoir.

— Est-ce que ce n'est pas le cas de toute manière ? Un gouffre de désespoir, je veux dire. Un gouffre sans fond. »

Il se remit à parcourir la ville comme aux premiers temps de son arrivée : seul, au centre de tous les ragots, surveillé mais ignoré. La seule façon qu'il avait de prouver son affection aux habitants de Brownsburg, c'était de les laisser tranquilles et d'accepter qu'ils fassent de même.

Pendant quelques jours, après le prêche à l'église, les femmes se tinrent à l'écart de la boucherie et cuisinèrent les poulets de leurs basses-cours, jusqu'à ce que leurs maris commencent à se plaindre et réclament un steak. Aussi revinrent-elles chez Will, mais un accord tacite voulait que ce soit lui qui les serve et qu'elles ne parlent qu'à lui, même si elles attendaient tout de même de Charlie qu'il continue à découper et à peser. Toutes ses attentions passèrent désormais inaperçues – le petit morceau en plus, ses jolies fleurs en radis, ses paquets impeccables qui ressemblaient à des cadeaux d'anniversaire –, comme s'il n'était pas là. Elles ne le voyaient plus. Et il comprit ce que ressentaient les Noirs de cette ville.

Le révérend Lewis Shadwell lui rendit visite. Il s'assit comme la première fois, tout raide, précautionneux et impeccable, mais bouillonnant d'une colère qui frémissait sur son visage paisible.

« Nous connaissons la vérité, dit-il.

— Qui ça, “nous” ? Et quelle vérité ? voulut savoir

Charlie, aussi raide que l'homme d'Église, parcouru de la même indignation juste sous la surface de son calme apparent.

— Il y aurait plusieurs réponses à cette question, monsieur Beale. Je pourrais vous dire que nous savons que cette femme ment. Ou bien que cette ville grouille d'hypocrites. Ou encore que le monde est plein d'une méchanceté qui ne reflète en rien l'amour de Dieu pour nous.

— Le monde est ce qu'il est.

— Il y a un an, je suis venu vous dire que vous n'étiez pas le bienvenu parmi nous le dimanche. C'était méchant de ma part, et je vous demande pardon. Vous seriez le bienvenu maintenant.

— Je ne veux plus venir. Mais merci.

— Vous voulez bien prier avec moi, maintenant ? Vous mettre à genoux ?

— Non. Merci.

— Pourquoi ne partez-vous pas d'ici ?

— Vous oubliez qu'il y a un procès. Je pourrais bien atterrir en prison. Ils pourraient m'envoyer en prison à Harrisonburg pour un bon moment. Elle est bien bonne, celle-là. Harrison. Burg. Je viens juste d'y penser.

— Vous n'avez rien fait.

— Comme tout le monde, vous devez savoir que beaucoup vont en prison sans avoir rien fait.

— Les gens prendront votre défense.

— Le procès se tient à Lexington, vous le savez. Personne ne me connaît, là-bas. Par ailleurs, la seule personne ayant quelque chose à dire l'a déjà fait et, jusqu'à preuve du contraire, c'est la vérité. Parfois les gens sont capables de tout.

— Pas les gens comme vous, monsieur Beale.

— C'est gentil à vous de le dire. Je vous en suis vraiment reconnaissant. »

Mais, à dire vrai, Charlie n'était pas certain de ne pas être ce genre de personne. Peut-être qu'elle disait vrai, après tout. La première fois, il l'avait prise parce qu'il en ressentait le besoin impérieux, parce qu'il avait le feu dans le sang, et elle avait commencé par dire non, avant de céder, et ensuite elle était restée parce qu'elle n'avait nulle part ailleurs où aller. Alors peut-être était-ce vrai, au début. Peut-être y avait-il des choses qu'on ne pouvait dépasser, même si on finissait par les apprécier, voire à vivre pour elles.

En dépit de tout ce drame, elle demeurait la seule chose dans sa vie qui ait du sens pour lui. Il était toujours prêt à mourir pour elle et pour personne d'autre – si tant est que quelqu'un ait réussi à toucher son cœur. Même pas pour le petit. Ou pour son propre frère.

Ainsi, dans son cœur, là où aurait dû être lové l'objet de son amour, il n'y avait plus qu'un vide, et un calme terrible descendait sur Charlie Beale, une fixité dans laquelle il était seul à pouvoir vivre, dans laquelle le sommeil était devenu impossible, et où aucun son ne sortait de sa bouche.

« Révérend, merci d'être venu. C'est l'heure de mon dîner, maintenant.

— Je ne voulais pas venir, monsieur Beale. Et à présent je ne veux plus partir. Je ne veux pas vous laisser seul.

— Mon frère est là. Il me tient compagnie.

— Je sauve les âmes, monsieur Beale. C'est ce que je fais depuis l'âge de dix ans, j'ai commencé dans une tente, à Memphis. J'ai croisé mille regards, dans lesquels j'ai vu à la fois la grâce et la crasse. En ce moment je vous regarde dans les yeux, monsieur Beale. Votre maison est propre.

— Tout le monde ne peut être sauvé, révérend. Même vous…

— Oui. Je sais, monsieur Beale. Même moi.

— Alors…

— Alors j'imagine que nous en avons terminé.

— J'en ai peur. Mais je vous suis reconnaissant. » Charlie lui tendit la main, et le révérend la serra.

« Vous vous en relèverez, mon frère. Vous vous relèverez. »

En plantant son regard dans celui du révérend, Charlie y lut l'avenir de quelque chose ; dans celui de Charlie, le révérend vit toute l'histoire du monde jusqu'à cet instant.

26

Ned s'inquiétait. C'était une nature sensible.

Il avait fait tout ce chemin pour aider Charlie parce que Charlie avait affirmé qu'il avait besoin d'aide, mais il n'y avait rien à faire pour lui. Il ne voulait pas prendre d'avocat, s'obstinait à refuser d'avouer ou de nier, il se contentait de rester, dans son corps et dans ses paroles, d'une fixité implacable, que rien ne venait ébranler. Chaque jour, Ned fumait le premier quart de quatre-vingts cigarettes. Il vidait les cendriers ou lançait des mégots depuis la véranda, du lever au coucher. Des Lucky Strike, à quinze cents le paquet. Il faisait la lessive de Charlie, ramassait ses vêtements par terre. Il l'obligeait à se changer quand ils étaient sales. Il cuisinait pour lui, car Charlie ne voulait pas gêner Will et Alma par sa présence.

Tout irritait Charlie, sans exception. Les plats lui brûlaient la langue et l'eau fraîche lui faisait mal aux dents. L'allure et même le simple contact de ses vêtements lui étaient insupportables, le coton sur la peau de son dos, le jean sur ses jambes. Le soir, la position de son oreiller sous sa nuque le mettait hors de lui ; il ne trouvait pas le sommeil, se tournait et se retournait, et finissait par se relever et par renfiler ses misérables habits pour se rendre au bord de la rivière, sur sa dernière terre. Là, au beau milieu de la nuit, il fixait la lune voluptueuse en attendant le premier chant d'oiseau, à bout de nerfs, rempli de rage.

Mais rien ne l'exaspérait autant que Jackie Robinson, qui lui faisait monter aux yeux des larmes d'amour, suivies d'une pulsion de cruauté. Charlie détestait cette manière qu'avait le chien de le contempler avec cette foi pathétique, de se donner entièrement à lui, jusque dans la négligence dont Charlie faisait preuve. Il y a dans l'impuissance quelque chose qui nous fait mépriser celui qu'elle accable. Il y a dans le désespoir quelque chose qui nous rend incapable d'accepter de l'affection. Lorsque Charlie faisait les cent pas, de pièce en pièce, le chien le suivait à la trace, la truffe sur ses talons, lui touchant parfois même le pied, et au claquement sec des pas de Charlie sur le parquet succédait le son moelleux des coussinets de Jackie Robinson. Exaspérant, entêté.

Parfois, Charlie prenait l'animal dans ses bras et il le tenait doucement, il posait la tête sur son dos et restait là, car il savait que le chien l'envelopperait. Mais presque tout de suite, tout ce qu'il voulait, c'était se débarrasser de lui, simplement parce que Jackie gigotait, ou bien parce qu'il cherchait à lui lécher le visage, à prendre doucement son poignet dans sa gueule – à l'aimer, pour l'amour de Dieu, et voilà bien une chose que Charlie ne pouvait se permettre. Il se disait alors que cet animal allait le rendre fou.

Désormais, égaré par des signaux qu'il ne reconnaissait plus, Jackie Robinson avait peur ; il se comportait mal, aboyait et levait la patte dans la maison, jusqu'au jour où Charlie l'attrapa pour lui donner une tape sur la tête, ce qu'il n'avait jamais fait auparavant et regretta sur-le-champ. Il vit tout de suite qu'il était allé trop loin, que ce qui avait mal tourné entre ce chien et lui était irréversible et ne ferait qu'empirer. Il se saisit d'un morceau de corde qu'il accrocha autour du cou de Jackie et il l'emmena dans la rue, jusque chez Will et Alma, et il les força à le prendre. « Je ne peux plus. Je ne peux pas le garder. » Ils surent qu'il disait la vérité et ils accueillirent le chien, en pleine nuit, sans savoir comment ils allaient pouvoir s'en occuper, étant absents toute la journée. Ils virent au visage de Charlie que c'était devenu impossible pour lui. Ils lui prirent la corde des mains et, le chien à leurs pieds, ils regardèrent Charlie remonter tristement la rue et prendre son pick-up pour retourner au bord de la rivière, passer la nuit seul dans l'air froid, sur le sol dur.

En se réveillant le lendemain, il était courbatu de partout, en nage et frigorifié, comme s'il avait bu toute la nuit. Il vit la rivière, en éprouva la beauté et eut envie de se baigner, de barboter, mais il se ravisa. C'était trop loin. Tout était devenu bien trop compliqué pour lui.

« Tiens, bois du café », lui dit Ned lorsqu'il rentra ce matin-là. « Rase-toi. Change-toi. Un pied devant l'autre, rien de plus.

— Va te faire foutre, répondit Charlie. Va te faire foutre, va te faire foutre. »

Le frère encaissa le coup et resta planté là, en lui tendant toujours sa tasse de café chaud et en dévisageant Charlie avec le même regard que le chien, et Charlie sentit monter en lui une vague d'amour et de regret envers ce frère qu'il ne connaissait pas, et il eut honte de son comportement.

« Trouve-moi un avocat. Tu peux m'arranger ça ?

— C'est déjà fait, fit Ned. Tu n'as qu'un mot à dire, tout est prêt. »

L'étau se resserrait autour de lui, pourtant il changea de chemise comme le lui avait conseillé Ned, et il se rendit à son travail, il alla découper des steaks, des rôtis et des côtelettes pour des femmes qui ne lui adressaient plus un regard – sauf Claudie Wiley. Elle le regardait dans les yeux et, bien que connaissant d'avance la réponse, elle lui demandait immanquablement : « Comment ça va, monsieur Beale ? » Et lui répondait : « Très bien, mademoiselle Wiley. » C'est tout ce qui lui venait, même s'il savait qu'elle savait que c'était un mensonge, même s'il aurait voulu en dire plus, tout lui raconter, car elle connaissait déjà presque toute l'histoire. Mais il y avait des limites, des lois, et il devait se satisfaire d'un « Très bien » qui contenait tout ce qu'ils ressentaient et qui resterait non dit entre eux.

Elle irait répéter à cette femme qu'elle l'avait vu, cette femme qui ne mettait plus les pieds à la boucherie, pas plus que son mari. Ils s'étaient repliés là où vont les couples quand ils ne veulent pas que le reste du monde voie leur mariage meurtri, et ils envoyaient désormais Claudie Wiley leur acheter de la viande. Elle raconterait à cette femme qu'il allait bien, qu'il portait une chemise propre mais qu'il n'était pas rasé, et le message serait clair. Tout ce qui était écrit était presque achevé, et aucun message qu'il pourrait lui transmettre par Claudie n'y changerait rien. Claudie avait tout vu, elle faisait la nuit des dessins qu'elle ne montrait qu'à Evelyn Hope. Ces dessins l'effrayaient, mais cette petite avait peur de tout ou presque.

Chaque mercredi, Charlie Beale se rendait à l'abattoir, le plus souvent avec le petit, et il passait devant chez elle sans un regard et sans ralentir, et il se retenait de dire à Sam : « Ne laisse jamais une chose pareille t'arriver. » Chaque semaine, Sam agitait la main en l'apercevant à travers la vitre et il criait : « Regarde, Beebo. Il y a Mme Glass. Regarde, Beebo. » Mais Charlie ne tournait jamais la tête pour la voir, parfaitement habillée et maquillée, qui fixait la route en contrebas, depuis son imposante véranda.

Sam et lui discutaient des Séries mondiales qui venaient de se terminer. C'étaient les Yankees qui les avaient remportées, au grand désespoir de Sam, car la défaite des Dodgers signifiait que Jackie Robinson avait perdu lui aussi. Pourtant, même à la radio, la perspective des prochains matchs excitait Sam tout autant que Charlie. Ils se figuraient déjà la pelouse d'un vert incandescent sous les projecteurs, les joueurs blancs et Jackie, noir, qui pénétrait sur le terrain avec d'autres hommes noirs, Newcombe, Campanella. Ils imaginaient leurs grandes enjambées comme au ralenti, tandis qu'ils se protégeaient les yeux du rayon aveuglant dans lequel se mouvaient leurs silhouettes austères, sur fond de crépuscule à Brooklyn. Le Pompier, Joe Page, avait été sacré meilleur joueur, et Jackie Robinson était rentré retrouver sa femme. Ils étaient tous rentrés chez eux, comme ils le faisaient toujours en octobre, gagnants ou perdants. Sam, lui, prenait les choses personnellement.

Après l'un de ces après-midi, Charlie et Ned se rendirent à Lexington en voiture. C'est Ned qui avait dû prendre le volant car Charlie tremblait trop. Il fumait en buvant une bière dans le pick-up, la chemise encore tachée par le sang des bêtes. Ils allaient rencontrer Cully Blake, le nouvel avocat de Charlie, un type mince et pomponné, au visage écarlate, et déjà ivre. Cully Blake était blanc, rasé de près, les ongles polis et une chemise blanche raide et immaculée, et chaque jour il était saoul à partir de dix heures du matin, ce qui ne faisait pas de lui une exception parmi les hommes du Sud de son époque et de son milieu, et n'interférait aucunement avec l'exercice de son métier, qui de toute manière aurait manqué de rigueur. Cully était paresseux et bien élevé, un homme intelligent mais de peu de poids, et il fixait ces deux frères mal assortis assis là dans son bureau, en cette fin de journée, en se demandant déjà s'il verrait la couleur de leur argent.

Ayant anticipé sa crainte, Charlie sortit de sa poche cinq mille dollars en liquide, qu'il posa sur la table.

« Vous pensez que ça suffira, monsieur Blake ? »

Cully sut tout de suite que oui, même sans compter. Il avait déjà vu des liasses auparavant.

« Dites-moi ce qui s'est passé, Charlie. Ça ne vous dérange pas que je vous appelle Charlie ?

— Si. C'est mon argent, sur cette table, monsieur Blake.

— Monsieur Beale. Très bien, monsieur. Dites-moi ce qui s'est passé.

— Je ne l'ai pas fait.

— Qu'avez-vous fait, alors ? En général, dans ce genre d'affaires, l'homme a fait quelque chose, même si ce n'est pas ce dont la femme l'accuse.

— Je n'ai rien fait. Et je n'en parlerai pas.

— Mme Glass prétend que…

— Ne prononcez plus jamais son nom en ma présence.

— Ça risque d'être un peu difficile.

— Facile ou pas, c'est comme ça.

— Elle parlera, au tribunal. Elle racontera des détails que vous ne voulez pas révéler en public.

— Quoi qu'elle dise, c'est ce qui s'est passé.

— Vous avez l'air coupable, monsieur Beale, conclut Blake, qui ne pensait déjà plus qu'à son prochain whisky. Vous avez le regard d'un homme coupable.

— C'est possible. N'importe quel homme a quelque chose sur la conscience. Moi le premier. J'ai fait des tas de choses. Seulement, pas celle-là. Bonsoir, monsieur Blake. Faites-moi savoir quand je serai convoqué. »

Ils rentrèrent dans la pénombre de l'automne, sans un mot. Charlie, en buvant une autre bière, se demandait comment on pouvait donner tant de soi sans amour. Comment pouvait-on faire tout ça avec son corps, ses lèvres, ses seins et sa langue, sans ressentir la moindre trace d'amour dans son cœur ? Il était troublé, désorienté, et les bières successives n'arrangèrent pas son état, lui qui touchait tellement rarement à l'alcool était en bonne voie d'être fin saoul pour la première fois depuis bien longtemps.

Ils restèrent assis tard à la table de la cuisine, à boire dans l'obscurité, et Ned s'adressait de temps en temps à son frère d'une voix douce. Charlie pleurait, tantôt des larmes muettes et horribles qui lui baignaient le visage, tantôt d'énormes sanglots qui le secouaient tout entier.

Avant de ramper dans son lit, il dit simplement, avec cette élocution véhémente des ivrognes :

« Ch'ai ren fait. Ren. Tu tout. »

27

« Non, monsieur. »

Un petit garçon de six ans, en costume neuf de laine rêche et chemise blanche immaculée au col de laquelle on a accroché un nœud papillon à pince, le tout acheté chez M. Swink, à Lexington. Le petit est assis sur une chaise dure en bois, dans le tribunal quasiment vide de Lexington, chef-lieu du comté de Rockbridge, dans le Commonwealth de Virginie, et il se parjure, il ment encore et encore jusqu'à ce qu'on cesse de lui poser des questions. Il sait qu'il ira en enfer pour avoir menti, et aussi que vingt mensonges ne sont pas pires qu'un seul. Il ment parce qu'il sait que ce qu'on lui demande d'avouer fait partie du marché qu'il a conclu avec Charlie il y a longtemps, sa promesse de ne jamais parler de ce qu'il a vu, car il sait que, dans le cas contraire, il arrivera quelque chose de terrible à Charlie, bien pire que les flammes de l'enfer qui l'attendent lui.

« Sois un bon garçon, lui a dit sa mère. Dis simplement la vérité. »

Mais il savait qu'il ne le pouvait pas. Il ignorait ce qui se produirait, s'il parlait, Charlie ne le lui avait jamais dit, mais il était certain que c'était pire que tout ce que lui-même avait connu comme douleur, même d'étouffer dans la rivière grise, de perdre la vue, le souffle, et finalement de sombrer dans le noir. Pire encore.

Lorsqu'il avait fait cette promesse à Charlie, dans le pick-up, par cette froide journée de l'automne précédent, il ne lui était pas venu à l'esprit de se demander ce que ce serment signifiait et comment s'en acquitter, le jour venu. Il avait été élevé pour dire la vérité, et il s'y tenait, et c'est ainsi qu'il répondait aux questions. Oui, c'est lui qui avait lancé le caillou qui avait cassé cette fenêtre. Non, il n'avait pas fait ses devoirs. Sa mère disait qu'il était beaucoup plus facile de dire la vérité, car on n'avait pas à se rappeler ce qu'on avait raconté. Et si quelqu'un reposait la question, on répondait tout naturellement la même chose.

Le premier mensonge fut le plus dur, parce que c'était à sa mère que Sam mentait, et qu'il l'aimait et savait qu'elle ne voulait pas qu'il aille en enfer. Et puis, elle ne méritait pas ça, ni de lui ni de n'importe qui d'autre. Elle avait deviné qu'il mentait, il le comprit sur-le-champ. Et chaque mensonge était ensuite aussi clair et dur qu'une vitre en verre juste avant que le caillou ne la traverse.

C'est tellement facile, de casser. Mais, une fois brisées, il est des choses qui ne se réparent jamais. Des plaies qui ne cicatrisent pas. Des deuils dont on ne se relève pas.

« Non, m'man », répondit-il. Non, il n'avait jamais vu Charlie et Mme Glass ensemble. Sa mère le dévisagea d'une certaine façon, avec une légère hésitation avant le battement de cils, et alors il sut que désormais c'était ainsi qu'elle le regarderait toujours, et jamais plus comme avant. Elle avait l'air triste, brisée, et il faudrait bien qu'elle vive avec cette fêlure.

« Tu en es bien sûr ? Jamais ?

— Non, m'man. Jamais. J'en suis sûr.

— Pas une seule fois ?

— Elle est venue au magasin de papa. Sûrement... » Il la regarda droit dans les yeux. C'était horrible, comme un coup de poignard dans le cœur. Une douleur dans tout son sang.

« Je veux dire, en dehors du magasin. Seuls.

— Non, m'man. Jamais seuls. »

Ce qui était presque la vérité. Car hormis cette première fois, où il avait attendu dans le pick-up, Sam était toujours là, avec eux, donc ils ne pouvaient être seuls comme elle voulait dire. Jackie Robinson était là, lui aussi, et même un chien, ça comptait pour quelque chose, non ?

« N'oublie pas, Sam. Rappelle-toi bien ceci : si tu te comportes mal, ou que tu fais une erreur, tu peux faire mieux, revenir en arrière, et cela ne dérangera personne. Mais si tu dis un mensonge, rien qu'un seul, tu seras un menteur pour toujours. Tu comprends ?

— Oui, m'man. »

Chaque mensonge était comme un coup de couteau, mais c'était un peu plus facile chaque fois, la douleur était moindre, et le cerveau de Sam résistait à l'idée qu'il était devenu quelqu'un qui refusait de dire la vérité.

Il ne raconta pas à Beebo ses mensonges, ou les questions qu'on lui avait posées. Beebo était au courant, et on aurait dit qu'il traitait le petit avec un respect nouveau, une plus grande bonté qu'auparavant.

Ils n'avaient pas besoin d'en discuter. C'était un fait, à présent tout le monde avait des secrets, et tout le monde mentait. Ils mentaient sur ce qu'ils savaient, et sur qui ils étaient.

Ils retournèrent pêcher, rien que tous les deux, avec le chien. Ils allèrent observer les aigles en haut du pic de House Mountain. Sam n'avait jamais vu le monde de si haut. Le tapis de la vallée s'étendait à ses pieds, tout en bas, et il posa mille questions auxquelles Charlie répondit une à une, avec patience et une incroyable douceur, en montrant du doigt leur ville, la maison de Sam, minuscule point au milieu d'une foule d'autres. Charlie lui désigna aussi les fermes, les rivières et la cascade qui autrefois lui avaient appartenu.

Ils étaient plus proches que jamais, d'une amitié plus constante, mais qui contenait aussi une sorte d'adieu. Pour la première fois, Sam apprit qu'on ne disait pas tout ce qui nous passait par la tête, que la plupart de ces idées-là restaient sous silence, et qu'on continuait à s'en inquiéter ou à s'en émerveiller dans la solitude. Il ignorait ce qu'on reprochait à Charlie, mais il en savait assez pour ne rien demander.

Dans les semaines qui avaient précédé le procès, Charlie paraissait nerveux en permanence. Il essayait de réconforter Sam, même s'ils n'avaient jamais vraiment parlé de ce qui rendait le petit triste. Charlie le savait, et parfois il semblait au bord des larmes, mais jamais ils n'en parlaient. Même quand ils discutaient d'autre chose, Sam sentait bien que Charlie faisait de son mieux pour lui transmettre toute sa force et son courage.

Il emmena le petit jusqu'à Lexington pour manger une glace et aller au cinéma. Ils virent *La Rivière rouge*, et même Sam remarqua que Charlie ressemblait à cet acteur, dans le film. Un soir, Charlie tendit le doigt vers le ciel et il baptisa une étoile Sam Haislett, mais le petit ne la retrouva pas le lendemain, ni le jour d'après ni jamais.

À présent, par cette chaude journée d'octobre, dans la salle du tribunal dont toutes les fenêtres étaient grandes ouvertes, Sam faisait ce qu'il pensait juste, même s'il savait que c'était mal. Il ne disait rien.

Il y avait très peu de monde dans la salle, en dehors du juge, des avocats et du personnel du tribunal. Et d'un policier qui ne quittait pas Sam des yeux. Et puis son père et sa mère, et Claudie Wiley. Et aussi l'homme qui l'interrogeait. Charlie et son avocat. Charlie portait un costume tout neuf de chez J. Ed Deaver, dans la rue principale, et sa cravate était nouée trop serré. Son frère Ned était présent, et il avait l'air d'un cadavre ambulant. Les seuls autres habitants de la ville à avoir fait le déplacement étaient les jumelles, assises juste derrière Charlie. Elles étaient trop vieilles pour se soucier de ce qu'en penserait leur pasteur, et elles s'étaient dit qu'à leur âge leur sort dans l'au-delà était déjà scellé : enfer ou pas (et probablement pas), ce n'était pas cette journée qui allait faire la moindre différence, cette journée où elles étaient venues dire à Charlie Beale, au tribunal, qu'il n'était pas seul au monde.

Et, bien sûr, à l'autre table, Mme Glass. Tout en noir, avec un chapeau et des gants blancs courts et, derrière elle, son mari, mielleux comme une pâtisserie et si calme qu'on aurait pu le croire endormi, n'étaient ses yeux noirs de Boatwright qui fixaient Sam. Même lui savait que le petit mentait comme il respirait.

« Tu sais ce qu'est mentir, Sam ? demanda le procureur, un grand homme laid.

— Oui. » S'il savait une chose, c'était bien celle-là.

« Qu'est-ce que signifie mentir, Sam ?

— C'est quand on ne dit pas la vérité.

— Et qu'est-ce qui arrive aux petits garçons qui mentent ?

— Ils vont en enfer, répondit l'enfant, à voix si basse que le juge lui demanda de répéter. Ils vont en enfer ! hurla-t-il presque.

— Oui ! glapit l'avocat. Mais tu sais où ils vont, avant l'enfer ? En prison. Ils vont en prison, Sam, et ils ne retournent jamais à l'école, ils ne revoient plus jamais leur papa et leur maman, et s'ils survivent, ce qui n'est pas toujours le cas, en grandissant ils deviennent aussi ignorants et aussi vicieux que les Noirs. C'est ce que tu veux, Sam ? Parce que je suis certain que tu es en train de mentir, en ce moment même.

— Votre Honneur. » Cully Blake se mit debout tant bien que mal. « Le procureur harcèle et menace sans pitié un enfant de six ans. Il a dit ce qu'il savait, c'est-à-dire rien. Un peu de dignité, monsieur. » Il se tourna vers le procureur d'un mouvement théâtral, et le tissu de son col amidonné crissa sur son cou rougeaud.

« Tenez-vous-en aux faits, intima le juge.

— Il ment, Votre Honneur, répondit le procureur.

— Dans ce cas, prenez-le sur le fait ou bien laissez-le tranquille. C'est un ordre.

— Très bien. » Le procureur se tourna vers Sam. « Tentons une autre approche. Tu dis qu'ils n'ont jamais été seuls tous les deux ?

— Non, monsieur.

— Ce n'est pas ce que tu dis, ou bien ils n'ont jamais été seuls ? »

Quelle était la bonne réponse ?

« Je pense qu'ils n'ont jamais été seuls, répondit-il, déconcerté.

— Bien, dans ce cas, quand ils n'étaient pas seuls, est-ce qu'ils se parlaient ?

— Non, monsieur.

— Est-ce qu'ils se sont touchés, quand ils n'étaient pas seuls ?

— Objection, intervint Blake en se levant.

— Rejetée, répondit le juge. Asseyez-vous, monsieur Blake. Je laisse faire, pour l'instant.

— Et lorsqu'ils n'étaient pas seuls ensemble, est-ce que Charlie a embrassé Mme Glass ?

— Non, monsieur.

— Est-ce qu'ils ont retiré leurs vêtements ? »

Il l'avait vue. Tout entière, et l'image de son corps était si nette et si vivace dans son esprit que c'était presque comme s'il l'avait touchée lui-même. Elle lui avait préparé des biscuits, lui avait donné des bandes dessinées, puis ils étaient allés dans une autre pièce et elle avait retiré ses vêtements. Il avait en mémoire les bruits et pas les images, mais ça lui suffisait pour comprendre, bien plus que ce souvenir d'elle, tellement cambrée, envahissante, et blonde.

« Non, monsieur.

— Bon sang. J'abandonne. Tu mens, Sam. Tu le sais. Je le sais. Tout le monde le sait, y compris le Dieu qui t'enverra en enfer et le juge qui avant cela t'enverra…

— Objection.

— Retenue.

— … en prison pour très longtemps. Désolé, Votre Honneur. J'ai une dernière question. Sam, quand tu étais seul avec Charlie, est-ce qu'il lui est arrivé de dire quelque chose au sujet de Mme Glass ? »

Sam resta assis là en silence un long moment. La prison, une nuit loin de sa mère et de son père, voilà qui l'effrayait pratiquement aux larmes. Alors l'enfer… c'était pour toujours, ça, il le savait.

« Sam ?

— Oui, monsieur, répondit-il d'une toute petite voix.

— Parle plus fort, Sam. Qu'a dit Charlie ?

— Beebo a dit… il a dit qu'il mourrait pour elle.

— Quoi ?

— Qu'il mourrait pour elle. C'est ça qu'il a dit.

— Merci, Sam. Il se pourrait que son vœu soit exaucé. »

Blake annonça qu'il n'avait plus de questions et disserta avec de grands gestes sur le jeune âge et la fragilité de l'enfant, pendant que Sam restait immobile, jusqu'à ce qu'on lui dise qu'il pouvait retourner s'asseoir auprès de ses parents. Sa mère lui prit la main et la serra très fort, et il sut que, quoi qu'ils en disent, rien n'était terminé. C'était loin d'être fini.

Vint ensuite Claudie Wiley, dans une toilette extraordinaire, comme si elle se rendait à un mariage noir baptiste à New York. Dans une robe fuchsia qu'elle avait confectionnée d'après une couverture de *Vogue* en l'adaptant à sa silhouette, avec un chapeau assorti, un voile et des chaussures tous de la même teinte intense, celle du coucher du soleil, des dernières explosions de couleur avant l'obscurité.

Elle jura sur la Bible de dire toute la vérité, et c'était

bien son intention car elle avait beau détester ce qu'elle avait à dire, sa peur des Blancs et des tribunaux était telle qu'elle s'y sentait contrainte, de peur de perdre sa liberté, sa fille, son espoir. Les Blancs l'expédieraient derrière les barreaux en moins de deux, sans l'ombre d'une hésitation, elle en était certaine.

Envoyer un petit de six ans en prison ? Impensable. Mais une Noire indépendante comme elle ? Ils l'abandonneraient dans l'obscurité, et sa fille se retrouverait à l'Armée du Salut, ce qui les tuerait toutes deux.

« Eh bien, Claudie, commença le procureur, qu'elle détesta instantanément.

— Est-ce que vous n'êtes pas censé m'appeler M'dame Wiley, ou quelque chose ? demanda-t-elle.

— Je peux vous appeler comme je veux, mais si vous préférez madame Wiley, allons-y pour madame Wiley. D'ailleurs, êtes-vous bien madame ? Je veux dire, y a-t-il un monsieur Wiley ?

— Plus maintenant.

— Mais il y en a eu un ?

— Pas vraiment.

— Très bien, comme vous voudrez, madame Wiley, répliqua-t-il en lui crachant pratiquement au visage. Est-ce que vous connaissez bien Mme Glass ?

— Très bien, Votre Honneur.

— Je ne suis pas juge. C'est le juge que l'on appelle "Votre Honneur", et il est assis juste là.

— Excusez-moi. C'est ma seule amie, on pourrait dire.

— Et Mme Glass vous a-t-elle jamais parlé de Charlie Beale ?

— Tout le temps. Elle ne parle plus que de lui.

— Et qu'en dit-elle ?

— Elle raconte combien il est beau garçon, qu'il ressemble à un acteur de cinéma. Un type qu'on a vu dans un film, la semaine dernière. Il n'avait pas l'air très sympathique, cet acteur, dans le film.

— Et dans la réalité, Charlie Beale est-il sympathique ?

— Sans doute. Il a le don.

— Quel don, madame Wiley ?

— Le don de guérison. Je l'ai vu de mes yeux.

— Vous a-t-elle dit quelque chose de spécifique, de précis au sujet de Charlie Beale, dans la première semaine de septembre ? »

C'était une reine, Claudie. Elle était assise là, seule à la barre, tremblante de terreur et d'excitation, ravie de toute cette attention, et luttant pour sa vie.

« Elle a dit qu'il l'avait violée. Trois fois.

— Trois fois ?

— Oui, monsieur. Elle a été très précise. Elle me l'a fait écrire. » Elle sortit un morceau de papier de son sac à main. « Il l'a violée le 18 novembre 1948, le 12 avril 1949 et ensuite la dernière semaine d'août, juste après qu'il a sauvé ce petit, le 24.

— Puis-je voir ce papier ? »

Claudie le tendit au procureur, qui le montra au juge, puis à Blake, avant de le faire enregistrer comme preuve à charge.

« A-t-elle dit comment il s'y est pris ?

— Comme d'habitude, je dirais. Il est allé la voir en emmenant le petit et, pendant qu'elle jouait avec le garçon, il l'a attrapée et il l'a violée, là, sous ses yeux.

— Et combien de fois ?

— Le témoin a déjà répondu à cette question, objecta Blake.

— Trois. Trois fois. »

Tout à coup, le procureur était beaucoup plus gentil avec elle.

« Merci, madame Wiley. Vous vous êtes montrée fort utile. Le témoin est à vous », lança-t-il à l'intention de Blake avant de se rasseoir d'un air suffisant.

Blake se leva. Contrairement au procureur, il ne s'approcha pas trop près. Il ne voulait pas risquer qu'on sente le whisky dans son haleine.

« Madame Wiley, c'est une bien belle robe que vous avez là.

— Merci.

— Vous réalisez aussi des tenues pour Mme Glass, n'est-ce pas ?

— Oui, monsieur.

— Et vous êtes amies, vous dites ?

— Il me semble, oui. C'est ma seule amie.

— Combien de fois avez-vous vu Mme Glass au cours de l'année écoulée ?

— Des tas de fois. Une à deux fois par semaine.

— Cent fois ?

— Peut-être bien, oui.

— Et au cours de toutes ces visites, Mme Glass a-t-elle fait mention une seule fois de ces prétendus viols, avant ce jour-là ?

— Non, monsieur.

— Pas même le 19 novembre, juste après la première fois ?

— Non, monsieur.

— Ou le 13 avril, la deuxième fois ?

— Non, monsieur. »

Les répétitions avec Sylvan n'étaient pas allées si loin. La petite avait pensé qu'énoncer les dates suffirait

– les jours, l'heure précise, le lieu, elles avaient passé tout cela en revue, mais visiblement ça n'avait plus beaucoup d'intérêt, à présent. Claudie savait que son amie s'attendait à ce qu'elle mente pour elle, mais l'amitié avec une Blanche n'en méritait pas tant. Elle n'allait pas se faire envoyer en prison simplement parce qu'une Blanche le lui avait demandé.

« Même pas le lendemain du 24 août. La dernière fois ?

— Non, monsieur. Elle n'en a pas dit un mot.

— Quand vous a-t-elle parlé pour la première fois de ces prétendus viols ?

— Il y a à peu près deux semaines, monsieur.

— Et quand vous avez entendu sa confession, le récit de ces agressions brutales qui avaient lieu depuis un an ou presque, qu'avez-vous ressenti ?

— Au début, j'étais désolée. Elle tient à lui, il me semble bien.

— Et ensuite ?

— Je ne l'ai pas crue.

— Objection, Votre Honneur. Spéculation.

— Rejetée.

— Et ensuite, madame Wiley ?

— Je ne l'ai pas crue. Et je ne la crois toujours pas.

— Objection. Ce n'est que pure spéculation. »

Le juge ignora les protestations du procureur et renvoya Claudie, qui quitta sa chaise comme on abandonne le trône, en reine destituée, mais la tête haute.

L'huissier appela Mme Harrison Glass à la barre, et les deux femmes, aussi proches que des sœurs quelques instants plus tôt, se croisèrent sans un regard.

Lorsque Sylvan passa la barrière pivotante devant la barre des témoins, Charlie se leva légèrement, se tourna pour la regarder et lui parla à voix si basse et si essoufflée que seules Elinor et Ansolette, assises juste derrière lui, l'entendirent. « Sylvan », dit-il. Elle s'arrêta, mais ne cilla pas. « Ce qui est fait est fait. Ne va pas plus loin, ne le dis pas. Pas en me regardant en face. Pas devant le petit. »

Sylvan se plaça à la barre et balaya la salle du regard, comme si elle ignorait quoi faire. Le jury la fixait, sa posture, sa robe noire tirée d'un film, ses gants blancs qu'elle retira avec une lenteur insoutenable.

On tendit une bible devant elle, sur laquelle on lui demanda de poser la main gauche, ce qu'elle fit, timidement, incertaine de ce qui allait se passer.

« Jurez-vous de dire la vérité, toute la vérité, rien que la vérité ? »

Et ils attendirent, tous. Elle était comme figée dans son immobilité, avec sa robe noire, son chapeau à voilette et ses cheveux dorés, comme une statue élégante et en deuil.

« Madame Glass ?

— Vous voulez bien répéter ?

— Jurez-vous de dire la vérité, toute la vérité, rien que la vérité ? »

Elle toussa, puis se racla la gorge, et elle parla enfin, d'une voix fluette et racée, celle qu'elle avait patiemment travaillée, dans le noir, pendant d'innombrables après-midi, cette voix qui lui parvenait par épisodes de la bouche de femmes qu'elle ne rencontrerait jamais et qu'en dépit de tous ses fantasmes elle ne serait jamais.

« Non. Je ne crois pas. Je ne crois pas que je ferai cela. Veuillez m'excuser, je vous prie. »

Puis elle renfila calmement ses gants, le gauche puis

le droit, elle rabaissa sa voilette pour camoufler ses yeux, et elle quitta la barre. Elle remonta lentement l'allée centrale, puis passa la porte et, une fois sur les marches de marbre, elle essuya le rouge à lèvres sur sa bouche dans un mouchoir en dentelle. Elle rejoignit la rue, et le soleil d'automne. Et ce fut tout.

Ce fut son dernier instant. Vingt ans tout juste, et elle était enfin devenue, presque totalement, un être qu'elle ne serait plus jamais, après cela.

Elle avait eu son gros plan.

Quoi qu'elle ait fait, ce n'était pas une mauvaise fille. Quoi que vous pensiez, elle n'était pas mauvaise.

La vie avait été dure pour elle, et elle lui avait simplement rendu la monnaie de sa pièce.

28

Elle resta au lit pendant deux semaines, à ne rien faire d'autre que pleurer.

Elle pleura si fort, dans de telles convulsions qu'elle en eut mal dans tout le corps. Lorsqu'elle finit par se lever, il la battit avec une violence inouïe, si bien qu'elle passa une semaine de plus couchée. Elle n'avait plus rien à quoi se raccrocher, plus rien à perdre. Sauf une chose : elle avait toujours son secret, les documents camouflés sous la latte de parquet, au grenier.

Lorsqu'elle se releva, ce fut pour redevenir Mme Harrison Glass, rien de plus. Toute sa panoplie d'Hollywood, ses tenues chic et ses accessoires restèrent enfermés dans ses placards, et elle passait ses journées dans des robes d'intérieur qui dissimulaient son corps et montraient son état. Jusqu'à ce qu'un matin, cinq jours après avoir réussi à sortir de son lit, une fois que ses ecchymoses eurent dégonflé, elle prenne toutes ses affaires, toutes ces merveilles que Claudie avait passé tant de temps à réaliser, jusqu'à la robe verte qu'elle portait quand elle avait plongé pour sauver le petit, toutes ces tenues prétentieuses pour parader devant Charlie, et qu'elle les jette par terre dans le jardin, avant de les arroser d'essence et d'y mettre le feu. Elle regarda la personne qu'elle avait essayé d'être partir en fumée, et elle pleura. Ses vêtements. Sa personnalité. Si elle ne devait pas être ce dont elle avait rêvé, alors que deviendrait-elle ? Qui était-elle ? Pourquoi la vie n'était-elle pas comme dans les films ? Lorsqu'elle avait inventé ce personnage, le visage tendu vers l'écran où clignotaient les images, ses yeux verts illuminés, qui était-elle censée être ? Les flammes restèrent muettes. Elle n'était qu'une pauvre fille inculte de la campagne qui avait appris tout ce qu'elle savait de gens qui n'étaient pas réels, et elle avait aimé Charlie Beale – de cela, elle était certaine. Et elle avait connu ce moment qu'elle avait tant attendu, dans le noir. Juste un instant. « Il y a plus rien, après ça, pensa-t-elle. Il n'y a pas d'après. »

Il avait été son film, son héros, mais l'avait-elle aimé ? Elle avait aimé son physique, ses poses, sa façon de bouger, sa manière de rire avec le petit de leurs bêtises – un poisson, un oiseau ou un caillou –, elle l'avait aimé avant même qu'il vienne à elle, la première fois. Mais il était venu et dès lors il avait perdu cet éclat vibrant qu'elle voyait derrière ses paupières closes, le soir, quand elle le laissait voler son cœur et son âme, dans ses rêves. Il était venu, et avec lui les odeurs, la peau, une bouche qui courait partout sur elle. Le poids de son corps l'effrayait, ses mains, son corps si réel, si tendu et musclé, plus petit qu'elle mais regorgeant de puissance et d'envie, son envie d'elle, un besoin infini qui n'était pas un rêve, qui ne tressautait pas sur l'écran, qui n'en finissait pas. Et elle ne pouvait le tolérer, aussi lui avait-elle claqué la porte à la figure, elle avait éteint la lumière et elle s'était assise seule dans le noir, et chaque centimètre carré de sa peau désirait la peau de Charlie, comme dans les films, elle l'avait chassé alors qu'il était le seul homme vrai qu'elle ait connu, l'homme le plus profond et le plus riche qui soit jamais venu à elle, et elle ne pouvait le supporter.

Elle se racontait qu'elle avait agi ainsi pour sauver ses parents, leur épargner le malheur et la misère, qu'elle n'avait fait que leur payer sa dette. Elle se dit que sinon Boaty l'aurait tué, lui. Mais au fond d'elle elle entrevoyait confusément que la vraie raison de ses actes était qu'elle préférait le fantasme du film de son imagination à la réalité de Charlie Beale.

Ainsi, elle déambulait sur la propriété de son mari dans sa robe d'intérieur quelconque, veuve mais toujours mariée, en deuil d'un homme qu'elle n'avait jamais vraiment connu. Elle rampait dans les bosquets pour s'allonger sur l'humus tiède des sous-bois et elle se touchait, elle se rappelait les mains de Charlie sur son corps, elle ressentait les ondes du plaisir et elle l'imaginait de nouveau, mais cette fois comme une ombre sans poids ni souffle, sans odeur, sans voix, sans cette faim qui surpassait la sienne.

Elle savait qu'elle avait ruiné la vie de cet homme. Elle n'était pas inconsciente. Mais les hommes se remettent de tout. Ils vont de l'avant. Il n'avait que quarante ans, il bouillonnait de désir, et de cette passion pour l'amour, trop vaste et trop désespérée. Elle était certaine qu'il avait déjà eu le cœur brisé, avant, et n'était-il pas venu à elle malgré cela ?

Les feuilles tombaient autour d'elle, dans les bois les oiseaux s'envolaient vers le sud, et elle restait assise là, la jupe remontée à la taille, et elle se repassait en esprit le film dans lequel elle se réfugierait jusqu'à la fin de ses jours, la bobine infinie de son imagination.

Désormais, elle s'adressait à Boaty en l'appelant « monsieur Glass ». Lui ne l'appelait pas, et ils faisaient chambre à part. Il ne voulait ni la toucher ni l'approcher. Visiblement, il se demandait quoi faire d'elle. La mettre à la porte, oui, mais elle lui coûterait un sacré paquet, et ça ne se faisait pas de jeter du bon matériel. Elle préparait ses repas, elle se tenait tranquille, d'après ce qu'il voyait, et puis elle avait décroché du mur ces stupides photos et brûlé ses tenues grotesques. Elle avait aussi abandonné cette fichue manie de parler tout le temps d'Hedy Lamarr et consorts, si bien qu'il était décidé dans l'immédiat à attendre de voir comment elle allait tourner.

Il était plus vieux qu'elle. Il n'avait jamais eu un physique avantageux. Et, pour l'instant, il n'avait aucune envie de retourner en chasse. De plus, le mal était fait. Il voyait bien ce que les gens pensaient de lui, il sentait le poids de leurs regards dans son dos. Un homme que sa femme avait trompé. Ils avaient jasé sur son compte depuis qu'il était adulte, alors quelle différence ça pouvait faire ?

Et puis, maintenant que la vérité avait éclaté, et quelle que soit la version que les gens choisissaient de croire, il était libéré de cet affreux fardeau de devoir la toucher, lui rendre visite le soir, toute cette épreuve était derrière lui. Finie, la romance. Il préférait ses propres mains et ses magazines, dans le lit de sa mère, dans le noir, et son petit déjeuner sur la table.

Il ne pouvait plus la souffrir et ne supportait plus sa vue très longtemps, mais tant que sa maison était propre et son repas servi à l'heure, pourquoi chercher des ennuis ? Elle lui appartenait, il l'avait achetée un bon prix, et il n'avait nulle envie de gaspiller son patrimoine.

Non, il la garderait, comme Raiponce dans sa tour, sachant qu'aucun prince ne l'approcherait jamais. Il s'accommoderait des regards en coin et des on-dit, car ils finiraient bien par se calmer. Il pouvait même tolérer de croiser Charlie Beale de temps à autre, du moment qu'il n'ouvrait pas la bouche et ne lui adressait pas un regard. La vérité, c'est que Boaty était aussi paresseux que lâche, il savait qu'affronter Charlie exigerait beaucoup d'efforts et que Charlie le tuerait probablement, s'il essayait de lui jouer un sale tour. Si ce type avait deux grammes de cervelle, il quitterait la région et retournerait d'où il était venu, ou bien irait ailleurs se dégotter la femme d'un autre.

Un jour, Sylvan prit les clefs de voiture dans la cachette de Boaty – il était tellement prévisible – et elle se rendit en ville pour voir Claudie Wiley. Sa Packard Super Clipper était garée devant chez elle, pourtant Claudie refusa d'ouvrir la porte lorsque Sylvan frappa. La petite s'obstina, et Claudie finit par venir baisser le store de la porte vitrée – elle était avec une cliente, peut-être en train de faire un ourlet ou des retouches. Elle dévisagea Sylvan pendant une minute entière, puis elle laissa retomber le store et retourna dans le silence de sa maison, à sa vie faite de points et d'aiguilles. Jamais plus Claudie ne devait lui ouvrir sa porte. Elle était prête à accueillir n'importe quelle femme qui se présenterait avec un rouleau de tissu et un rêve, sauf elle.

Sylvan poussa jusqu'à Lexington et pénétra une fois de plus dans le State Theater, sans même lever les yeux vers l'affiche du film. Elle s'assit à sa place habituelle, songea une seconde à Claudie, assise au balcon avec son carnet à dessins, elle repensa à cette époque où tout allait bien et où tout était encore possible. Lorsque le noir se fit et que le film commença à se dérouler sur l'écran, elle retint son souffle. C'étaient la même lumière argentée, les mêmes visages en gros plan, éclatants, aux traits splendides, et qui semblaient projeter leur lumière dans un monde obscur, mais il n'y avait plus rien pour elle dans tout ça. Elle quitta le cinéma et se retrouva au milieu de Nelson Street, dans le soleil aveuglant de l'automne, à chercher ses clefs de voiture dans son sac en essayant d'y voir quelque chose dans l'air frais et illuminé. Elle retourna à sa voiture, à sa vie, à qui elle était. Une fille de la campagne qu'elle n'avait jamais vraiment connue.

29

Cette année-là, le premier mercredi de décembre tomba le 7. C'était l'anniversaire de l'attaque de Pearl Harbor et on avait hissé les drapeaux. Un service spécial était prévu dans toutes les églises, l'après-midi, pour honorer les quelque cinq mille morts ou blessés de ce jour indigne, huit ans plus tôt, et chaque habitant de la ville, homme ou femme, portait une petite rosette en signe de deuil. La tragédie était encore fraîche dans tous les esprits, et ce jour d'infamie encore bien présent. Mais Noël approchait, aussi y avait-il des décorations entre les drapeaux, et beaucoup à faire à la boucherie, en prévision des fêtes. Dans le monde, la vie suivait son cours. Tchang Kaï-chek fuyait la Chine pour Taïwan, mais à Brownsburg personne ne s'en émut. Le sort de millions de Chinois avait moins d'importance pour eux que celui des âmes qu'ils côtoyaient tous les jours. Le sol riche et fertile de ce pays vallonné et rocailleux était muet et figé, mais pas encore gelé. Bien que pierreuse, la terre s'était montrée généreuse avec ces hommes, qui en retour se montraient bons les uns envers les autres. Peut-être était-ce ce que leur murmurait la terre, son seul message – la bonté existe bien. Partout. Chèrement gagnée, rarement récompensée, mais marquant les mémoires. Et elle existerait toujours.

Ce matin-là, Charlie Beale se réveilla dans un état de désespoir, comme tous les matins désormais. Mais, pour une fois, il vit qu'il avait dormi dans son lit, et non sur le divan ou par terre dans la cuisine, où il s'était retrouvé tant de fois depuis ce fameux jour où elle était sortie du tribunal et de sa vie, dont elle avait alors bouleversé le cours de manière irréversible.

Il avait beau ne pas avoir changé aux yeux de ceux qui le croisaient, ces gens qui l'aimaient et le fuyaient à la fois, il ne se reconnaissait plus. Le matin, il lui fallait une heure pour reprendre une forme familière, après s'être lavé les yeux, avoir pris un bain chaud pour ôter les suées de la nuit, cette pellicule luisante de peur et de rage qui lui recouvrait la peau. Son corps, plus mince mais aussi plus fort, reposait inerte dans la baignoire, et toutes les terreurs nocturnes se dissolvaient lentement dans l'eau qui refroidissait. Et quand il ressentait enfin, même pour un instant, un peu de paix, il se levait, dégoulinant comme en sortant de la rivière – il y avait si longtemps – et il s'habillait. Puis il se faufilait devant la porte de la chambre où dormait son frère, dans le whisky et la sciure de bois. Son frère, ce garçon maigre et nerveux qui était venu et n'avait montré aucun signe de vouloir repartir, comme s'il savait d'instinct que Charlie Beale n'était plus en état de vivre seul, de se nourrir ou de demander l'aide dont il avait besoin. Et comme il fallait bien que cette aide vienne de quelque part, autant que ce soit de son propre sang, autant essayer au moins de le réconforter.

Il était désormais difficile pour Charlie de faire face

à Alma. C'était sa chaleur qu'il ne pouvait supporter, parce qu'il savait qu'elle était, à juste titre, mêlée à la désapprobation de ce à quoi sa luxure l'avait mené. Jamais Alma n'avait failli dans sa gentillesse, mais à présent elle avait peur. Pour lui et, bien sûr, pour son petit. Will et elle en avaient discuté, la veille au soir. Ils étaient tombés d'accord sur le fait que ces sorties ensemble devaient cesser, il fallait trouver un moyen de séparer l'homme et l'enfant, même si Sam semblait désormais le seul et ultime réconfort de Charlie. Rien que d'y penser, Alma en avait le cœur brisé, mais c'était un mal nécessaire. Sam passait la moitié de la journée à l'école, et il fallait qu'il joue avec des enfants de son âge. Du moins est-ce la raison qu'elle avança, tandis que le petit écoutait depuis le haut de l'escalier.

Elle préparait le café lorsqu'elle avait vu passer Charlie, qui allait ouvrir le magasin. Il ne portait pas de manteau et ses manchettes n'étaient pas boutonnées. Alma interpréta ces deux faits comme des signes certains de démence. Les fous ne se couvraient pas assez en hiver, et trop en été. Il lui parut que Charlie ne savait pas où il se trouvait, même si son pas était sûr et qu'il se dirigeait droit vers la boucherie. Avant – quand il y avait encore un avant –, il se serait peut-être arrêté pour prendre une tasse de café et manger un de ses biscuits. Il ne l'avait plus fait depuis ce jour d'octobre. Un homme innocent, mais qui avait péché. Prisonnier du péché, comme disait la Bible. Tout en dosant le café, elle se demanda quoi faire. « Il se passe tant de choses, se dit-elle, quand on a des biscuits au four. » Son cœur se tendit vers Charlie, pourtant elle ne l'appela pas, ne lui fit pas signe. Elle ne savait pas ce qu'elle aurait pu lui dire, s'il était venu, ce que de toute manière il n'aurait pas fait. Plus maintenant.

Charlie remonta la rue dans la lueur neuve d'une journée de décembre, ouvrit la boutique et alluma les lumières. Il se livra à sa routine familière : balayer le sol, vérifier la chambre froide, nettoyer le bloc de boucher. Tout lui paraissait fragile, délicat. Le bœuf froid et triste accroché au plafond, le gros sel et la brosse en acier sur le bois, l'eau de Javel sur le comptoir en marbre. Ses propres mains qui s'acquittaient de ces tâches, qui balayaient, récuraient, préparaient cette journée dans laquelle, bien qu'étant là, il n'envisageait pas d'entrer. Il faisait toutes ces choses, il s'en accommodait. Ne posez pas de questions, supplia-t-il Will du regard, en l'apercevant, assis à la table du petit déjeuner. Puis il finit par hisser le drapeau sur le mât devant la boutique, pour honorer les morts et cette journée.

Lorsque Will arriva, à neuf heures, tout était parfaitement en ordre, la trancheuse et le hachoir étincelaient, les couteaux étaient aiguisés comme des rasoirs, et la marchandise, côtelettes et viande hachée, en place dans la vitrine.

« Pearl Harbor », dit Will en entrant et en tendant à Charlie un sac en papier brun contenant un sandwich à l'œuf et au lard dont ils savaient tous deux qu'il ne le mangerait pas. « C'est triste.

— Oui, monsieur.

— Tu as perdu quelqu'un ?

— Pas là.

— Moi non plus. Mais quand même.

— Oui.

— Tous ces jeunes. »

La journée commença, avec les femmes noires en premier, comme toujours, qui comptaient leur argent en pièces de cinq et vingt-cinq cents, et parlaient peu. Puis ce fut le défilé des Blanches, qui ne s'adressaient plus qu'à Will pendant que Charlie les servait, et chacune souhaitait dans son cœur pouvoir être celle qui sauverait l'homme qui avait sauvé l'enfant, tout en sachant qu'elle n'était pas cette femme – existait-il quelqu'un capable de le ramener au bercail ? Nos actions nous suivent pour toujours, sans qu'on puisse jamais les changer ou les racheter, ni même les accepter. Si elles l'oubliaient une seule seconde, leurs pasteurs se chargeaient de le leur rappeler chaque dimanche, et leur foi conservait cette vérité dans leur cœur, même si elles en étaient bien tristes.

Si Charlie avait consenti à venir s'agenouiller parmi eux en suppliant qu'on lui accorde le salut, comme Sylvan l'avait fait, si le pasteur avait posé sur lui ses mains et l'avait guéri, alors les choses auraient été différentes. Mais Charlie s'y refusait, et c'était ainsi.

Elles espéraient toutes la même chose, en secret, sans même se l'avouer. Elles regrettaient de ne pas être cette femme. Il n'en était pas une qui ne serait allée jusqu'en enfer avec lui, comme la fille Glass, pas une qui ne lui aurait ouvert sa porte, quelle que fût la férocité de sa foi.

Au lieu de quoi, elles se contentaient d'énoncer à Will ce qu'il leur fallait pour aujourd'hui, et elles prenaient leurs paquets de la main de Charlie sans un mot, non sans remarquer combien il avait maigri, combien il était triste et marqué par son infâme péché. Certes, il avait sauvé ce petit, mais parfois les puissants étaient déchus et les saints damnés. Elles se montraient bonnes, du moins le croyaient-elles, mais elles ne pardonnaient pas. Dieu peut-être – comment auraient-elles pu en douter ? –, mais pas elles.

À midi, lorsque ces dames s'en furent allées, Sam rentra de l'école en courant. Un garçon avait fait pipi par terre et la maîtresse l'avait traité de bébé, puis elle l'avait fait asseoir sur une chaise haute le reste de la matinée. C'était l'événement le plus excitant depuis la rentrée des classes, et Sam était simplement heureux qu'il ne s'agisse pas de lui.

Pour le déjeuner, ils mangèrent des côtes de porc, qu'ils firent frire dans un poêlon noir en fonte. Ned se joignit à eux, avec la gueule de bois, avec l'air de ne pas savoir où se trouvait la porte, même si on la laissait ouverte. Alma essaya de camoufler sa tristesse, la perte de respect et la colère qu'elle ressentait envers cet homme qui avait ramené son fils, son seul enfant, d'entre les morts, par ce qu'elle considérait toujours comme un miracle. Les hommes mangèrent bien. Elle, très peu.

« Sam ? Tu es prêt à aller voir les vaches ? demanda Charlie en se tournant vers lui.

— Will ? » intervint Alma, avec un regard vers son mari. Car il en avaient discuté, n'est-ce pas ?

« Oh, laisse le petit y aller, Alma. C'est une belle journée d'hiver, l'air frais lui fera du bien, maintenant qu'il est enfermé toute la matinée à l'école. »

Alma retourna à la hâte à ses cours, en laissant la vaisselle dans l'évier devant lequel, le soir même, elle serait secouée de sanglots si violents qu'il lui faudrait s'accrocher au comptoir pour ne pas s'effondrer. Le soir venu, elle ne pourrait plus rien faire d'autre que songer à ce qu'elle aurait voulu dire, sur le pardon, sur sa reconnaissance de voir la vie de son garçon se poursuivre, car cette suite rendait tout le reste possible, presque tout le reste supportable hormis cela, la négligence dont elle avait fait preuve. À la nuit tombée, tout ce qu'il lui resterait, c'est un ébahissement, en fixant les assiettes et en se demandant comment les gens feraient pour se nourrir, comment ils continueraient à vivre, un repas après l'autre. Tout ce qu'elle réussirait à penser, c'est : « Les flammes de l'enfer n'existent pas. Il n'y a que la miséricorde. »

Mais ce serait plus tard. Après le déjeuner, Ned rentra lire ses romans à énigmes et remplacer une planche pourrie sous la véranda, à l'arrière de la maison, et Will retourna au magasin attendre des clients qui ne se montrèrent pas. Il tua l'après-midi en discutant avec les autres commerçants, sachant qu'il fermerait boutique à trois heures et demie pour rejoindre Alma à la cérémonie en mémoire des victimes.

Charlie ramassa ses couteaux et Sam prit son gant de base-ball, dont il ne se séparait plus, sauf à l'école, où il n'avait pas le droit de l'apporter. Puis Charlie hissa le petit dans la cabine du pick-up et attendit que Jackie saute sur la banquette. Au son de la radio, ils quittèrent la ville vers une heure et demie.

« Beebo, pourquoi il y a des drapeaux partout ?

— Il s'est passé quelque chose de terrible à cette même date, Sam.

— Qu'est-ce qui s'est passé ? »

Comment expliquer l'horreur du cataclysme, le métal qui se déchire sous la bombe, ces hommes assis là comme des canards sur une mare, les bombardiers qui surgissent de nulle part et dont se déverse le feu ? Comment expliquer le glas qui sonne, les pères et les mères en deuil, le Président à la radio ? Comment en exprimer l'ampleur à un gamin de six ans ?

« C'était pendant la guerre, avant ta naissance. Des avions sont venus et ils ont largué des bombes, et alors des tas de gens sont morts. »

Soudain, la radio diffusa leur chanson préférée, et sa magie leur rendit leur légèreté, et Charlie et Sam rirent de bon cœur en chantant avec le Count Basie Orchestra.

Tu as vu comment Jackie Robinson a envoyé
[cette balle ?
Elle a foncé à toute allure sur la clôture.
Ouais, fiston, oui, oui. C'est Jackie qui a
[frappé cette balle.

De nouveau jeune, libre et totalement à l'aise, Charlie chanta à tue-tête, et il tira sur sa Lucky Strike avant de jeter le mégot par la vitre, mais les étincelles étaient invisibles, dans la lumière éclatante du soleil.

Oui, oui, Jackie est vraiment un type épatant.

La chanson s'acheva alors qu'il dépassait la maison. Cette fois-ci, elle se tenait sous la véranda, et cette fois-ci, Charlie leva les yeux et la vit, une fille simple sous un porche blanchi à la chaux, une fille qui jadis avait été sienne. Non, cette fois-ci il la vit clairement, elle n'était plus une starlette de cinéma, cette époque était bien révolue. Il la vit telle qu'elle était, telle que Dieu l'avait faite, et il vit aussi ses champs et ses maisons, la maison dans les bois, et il la désira au-delà de l'entendement. Il hésita imperceptiblement mais ne s'arrêta pas, et le pick-up noir ralentit à peine avant de poursuivre sa route. Il ébouriffa les cheveux du petit et se remit à chanter : « Oui, oui, Jackie est un type épatant », alors qu'une autre chanson passait à la radio. On aurait dit qu'ils n'avaient jamais rien fait de plus que jeter un coup d'œil, que jamais ils ne s'étaient arrêtés sur la route, cette première fois, avant de passer la barrière et de cacher le pick-up derrière la maison.

Charlie semblait enfin libre, comme si les charges retenues contre lui venaient d'être levées. Il était libéré de toute culpabilité, de toute propriété, et il rit avec le petit, lui dit combien de temps il restait avant la reprise de l'entraînement de printemps, et Sam essaya de deviner ce que le véritable Jackie Robinson était en train de faire à cette minute même, dans son Connecticut. Il devait jouer avec ses enfants, supposa Sam. Ou bien faire la sieste, comme lui, tous les jours sauf le mercredi, lorsqu'il allait à l'abattoir avec Charlie. Ces soirs-là, il devait se coucher tôt, pour compenser, même s'il restait éveillé – désormais, c'était tous les soirs qu'il gardait les yeux grands ouverts, jusqu'à ce que la rue entière soit plongée dans l'ombre et endormie, au cas où il raterait quelque chose, où quelqu'un déciderait de se faufiler dans la maison pour assassiner sa famille, sa mère et son père, sur lesquels il veillait farouchement, dans le noir.

L'abattage fut rapide. Sam attendit dehors avec Jackie, à faire les fous. Il n'y avait pas de mouches, à cette période de l'année, et Jackie Robinson n'avait pas grand-chose à chasser, aussi jouèrent-ils tous les deux à la balle : l'impact mat dans le cuir du gant, le chien qui détalait et rapportait la balle, toute visqueuse de bave, et bientôt la paume de son gant en était détrempée. À l'intérieur, Charlie découpait, faisait son travail, pendant lequel il n'aimait pas qu'on l'interrompe et ne pouvait jouer avec le petit.

Une fois sa tâche achevée, ses mains lavées et les morceaux de bœuf dans les glacières – l'arrière du pick-up débordait de steaks, de côtelettes, de culotte et de gîte, recouverts d'un linge blanc et propre –, Charlie ressortit du bâtiment, son ceinturon de cuir contenant ses couteaux les plus aiguisés à la taille, et il regarda le garçon jouer. Il avait l'air d'un enfant lui-même, frais et dispos, reposé, et Sam et lui se lancèrent la balle pendant que Jackie leur sautait dans les jambes pour essayer de la leur dérober. Charlie rattrapait, il sautait et pivotait en l'air comme un bloqueur, et ses mouvements étaient d'une grâce et d'une fluidité magiques. Il envoyait doucement, plus que ne le suggérait le moulinet de son bras, de sorte que la balle atterrissait sans faute dans le gant de Sam.

« Première base ! » s'écriait Sam en renvoyant par-dessus sa tête, si haut qu'on voyait à peine la balle, et il contemplait, fasciné, Charlie qui courait vers lui, la rattrapait dans sa chute tout en soulevant Sam dans ses bras d'un même geste. Il le fit tourner dans une vrille souple et gracieuse, et le déposa sur la banquette du pick-up, la balle dans le gant sur ses genoux et Jackie à ses côtés. Le moteur ronfla, une Lucky fut allumée, de la country résonna à la radio – l'écho nasillard de la montagne, le violon solitaire et le banjo bavard.

Sur la route du retour, Charlie conduisit vite,

jusqu'au tournant de la route juste avant chez elle. Elle était toujours sous la véranda, et même Sam vit bien à son visage qu'elle était triste, comme si son chien venait de se faire renverser par une voiture. Elle portait une blouse fleurie ouverte au genou, les pieds nus en plein mois de décembre, exilée dans son chagrin, du haut de ses vingt et un ans. Charlie dépassa la maison, mais il la regarda, d'un mouvement bref de la tête. Il parcourut encore cinquante mètres, puis il écrasa la pédale de frein, envoyant l'enfant et le chien voler contre le tableau de bord, et la balle rouler par terre. Il s'arrêta et recula aussi vite qu'il était passé, puis, une fois à sa hauteur, il resta assis là à la fixer – ils se dévisagèrent tous deux pendant une minute.

Puis Charlie jeta sa Lucky par la vitre ouverte avant de se tourner vers Sam.

« Je reviens dans une minute. J'ai quelque chose à régler. Sois sage, Sam. Prends soin de Jackie. »

Il toucha la tête du petit, le regarda bien droit dans les yeux, puis l'embrassa, cette fois sur le front – pour la deuxième fois de sa vie. Il lui ébouriffa les cheveux puis sortit du pick-up, franchit la barrière et gravit la colline en rugissant son nom, le pas rapide et la tête baissée. Il levait la main, mais Sam ne voyait pas si c'était pour dire bonjour à la femme dont il criait le nom, ou pour lui dire au revoir, à lui. Il la rejoignit, et ils se fixèrent sans un mot ; soudain, elle pivota et il la suivit dans la maison.

À la radio, Doc Watson chantait : « Pars avec moi, petite Omie, et nous nous en irons, allons nous marier sans que personne le sache. » C'est alors que Sam entendit le premier bruit, son cri à elle, le premier des sept qui allaient résonner dans l'air froid de l'après-midi, et il sortit du pick-up, Jackie sur ses talons. Il remonta le jardin en courant et alla se planter devant la maison, et il écouta pour essayer de deviner d'où provenaient les bruits – d'abord au rez-de-chaussée, puis à l'étage. Le vacarme était effroyable, Charlie rugissait, et les cris de Sylvan ponctuaient ses braillements, la vaisselle et les chaises se fracassaient au sol, tout était sens dessus dessous.

Pourtant, ils avaient chanté, une minute plus tôt, Charlie et lui. Charlie avait bondi en l'air comme un gamin, il l'avait embrassé sur le front, à la racine des cheveux, où il gardait la tiédeur de son baiser.

Ce n'étaient pas les bruits qu'ils avaient l'habitude de faire. Sam était terrifié. Il songea à monter les marches du porche pour regarder par la fenêtre, mais il avait trop peur. Ce qui se passait là, c'était entre eux deux, et il ne voulait pas voir, il redoutait de savoir. Ils étaient dans le grenier, à présent, il le devinait au bruit, il entendait tout se déchirer, se renverser et se casser. Ensuite, pendant environ dix minutes, plus rien, le calme absolu, puis ils redescendirent l'escalier plus bruyamment encore, et Sam recula devant cet ouragan qui fonçait sur lui, suffocant, témoin involontaire et captif. D'habitude, il voulait savoir ce qui se passait, le sens des choses, la raison secrète des événements, mais là il n'avait qu'une envie, c'était de fuir, d'échapper au souvenir qui le hanterait pour toujours. Puis il y eut un nouveau long silence, encore dix ou quinze minutes, rien d'autre que Charlie qui aboyait des ordres d'une voix rauque et brutale, et c'était encore plus effrayant.

Les cris reprirent, son nom à elle qu'il vociférait, ce nom qu'il n'avait plus prononcé depuis le procès, tellement bas que personne ne l'avait entendu, hormis les jumelles, qui l'avaient raconté. Puis Sylvan apparut à la porte, et en travers de sa poitrine Sam vit comme une constellation d'étoiles rouges, et du sang partout, qui coulait et jaillissait, un bouillonnement sauvage et vermillon sur les fleurs vulgaires de sa blouse, puis elle tomba, morte. Son dernier cri s'acheva dans un mugissement lugubre, un soupir comme une plainte, tandis qu'elle basculait la tête en avant sur les marches et glissait en rebondissant jusqu'au milieu de l'escalier, la face dans l'herbe. Le sang dégoulina sur le bois et vint dessiner une mare autour de son visage. Charlie surgit à son tour, le couteau dans une main et dans l'autre une enveloppe de papier brun, elle aussi maculée d'écarlate entre ses doigts visqueux de sang. Il enjamba le corps de Sylvan et contempla ce qu'il avait fait, et Sam craignit une seconde qu'il ne se baisse pour la découper. Mais il se redressa et poussa un dernier hurlement, un vagissement de désespoir devant la fin de tout. Puis il se tourna dans la direction de Sam et s'avança vers lui, en pleurant.

« Beebo, Beebo », dit le petit, presque dans un souffle, suppliant que tout s'arrête, que rien de tout ça ne soit arrivé, car il comprenait ce qui s'était passé, pas besoin d'être adulte pour reconnaître l'odeur piquante et métallique de l'agonie.

Charlie se planta devant le garçon, cet enfant qu'il avait ramené d'entre les morts, et il lâcha l'enveloppe avant de poser une main sur la tête du petit.

Une main couverte de sang dont il souille les cheveux de Sam, et sur le visage égratigné de Charlie se lit la peur de l'animal, une seconde avant qu'on appuie sur le détente, avant qu'il ne chancelle et tombe à genoux et bascule, lorsque la chair de son corps splendide pourrit sous l'effet de la terreur. Seulement, dans le regard de Charlie, cette terreur ne dure pas une seconde, elle dure pour l'éternité, éclatante dans ses yeux rendus vitreux par les larmes, tandis qu'il contemple ce vaste océan de sang et de regret dans lequel il s'est jeté. L'enveloppe gît par terre, et le couteau dans la main poisseuse de Charlie, et un film cramoisi nappe l'acier. Charlie touche le visage et la chevelure de l'enfant, il lui parle d'une voix qu'on ne lui a entendue qu'une fois et une seule, dans ce tribunal, pour implorer la miséricorde d'une femme qui l'avait trahi.

« N'oublie pas, Sam. N'oublie pas. Prends cette enveloppe et ne la perds jamais. Elle est à toi. C'est ce que je te donne pour ton anniversaire, à chaque anniversaire, pour des années et des années. Essaie d'être un bon garçon. Et ne m'oublie pas, s'il te plaît. »

Comme si Sam le pouvait, ou le voulait.

Puis Charlie lève la tête pour scruter le ciel de cette fin d'après-midi, alors qu'en ville c'est l'heure de la cérémonie pour les disparus et que le glas se met à sonner, un coup pour chaque âme perdue. Charlie place la main sur son propre cou, étire la nuque en arrière et se tranche la gorge d'un geste expert, une entaille profonde d'une oreille à l'autre, tandis que les cloches retentissent à la volée et que dans le pick-up la radio résonne toujours. « Viens donc, viens donc, fille de Knoxville à l'œil sombre et vagabond. » Les cloches carillonnent et les bombes tombées huit ans plus tôt s'écrasent de nouveau sur ces garçons innocents. Son père et sa mère sont age-

nouillés à l'église, loin de lui, ils ne sont pas là pour lui dire quoi faire, absorbés dans la prière mais pensant tous deux à lui, à leur unique enfant dans le brasier japonais tourbillonnant. Charlie s'écroule presque instantanément, la tête à peine rattachée au cou, il bascule sur le petit de tout son poids, et Sam sent son odeur, le sang mêlé à la lessive de sa chemise, tout éclaboussée par le sang giclant de la plaie béante. Le petit en est recouvert lui aussi et il est piégé sous le cadavre de Charlie, dans une mare collante. Il gigote et se débat et finit par se libérer, tandis que Jackie renifle le sang de cet homme qui l'a nourri tous les matins et tous les soirs – l'animal égaré, qui sent bien que quelque chose ne va pas et qui tourne son regard vers Sam en espérant un ordre. Alors le petit lui crie :

« Va-t'en, Jackie. Va-t'en ! »

Le chien recule et dévisage l'enfant avec des yeux qui disent : « Qu'est-ce que je dois faire ? Qu'est-ce qui se passe ? »

Sam ramasse l'enveloppe et se met à courir en abandonnant le pick-up sur la route, le moteur tournant toujours, qu'en ferait-il puisqu'il ne sait pas conduire et que ses pieds ne touchent même pas les pédales ? Il détale sur la route, il est à un kilomètre de la ville, une sacrée distance pour ses petites jambes, et derrière lui court le chien à la truffe ensanglantée, et dans leur dos une voix chante toujours « Viens donc, viens donc, fille de Knoxville ». Sam connaît un raccourci, il s'y engouffre en serrant l'enveloppe contre son cœur, toute gluante du sang de Charlie, mais c'est son cadeau, c'est Beebo qui l'a dit, et il ne doit pas le perdre, et il ne doit pas oublier, peut-être même qu'il ne faut rien dire, et que va-t-il faire de ce nouveau secret ? Mais il sait qu'il parlera car il le doit, car il ne comprend pas et qu'il faudra bien que quelqu'un lui explique.

Sam bifurque dans les bois, les fourrés denses, et il perd une chaussure dans les ronces, pourtant il ne s'arrête pas, même lorsque les mûriers, les framboisiers et les broussailles lui écorchent la peau. Il pleure, il est mort de peur, mais il fonce vers le seul endroit qu'il connaisse et vers ceux qui l'accueilleront, Jackie sur ses talons.

Les cloches ne sonnent plus lorsqu'ils atteignent la ville et Sam se précipite chez lui ; là, il s'assied sous la véranda. Il pousse des hurlements hystériques, il a les jambes couvertes d'éraflures et de coupures, le visage aussi, et il a du sang dans les cheveux. Quand sa mère l'aperçoit, qu'elle l'entend crier puis le voit assis là, elle croit qu'il y a eu un accident, que le pick-up s'est renversé dans un fossé quelque part, elle imagine Charlie blessé et la viande éparpillée sur la route, et Sam ne peut dire un mot, pas même où il a mal ou ce qui s'est passé. Il hurle, et le chien avec lui, et les voisins s'attroupent au bout de l'allée après avoir mis de côté leurs prières. Où est le gant que lui a offert Charlie pour son anniversaire ? Et sa mère lui demande où il a mal en lui touchant les bras et les jambes à la recherche d'une fracture, elle lui demande s'il y a eu un accident, et Sam fait violemment non de la tête. Non, non, il ne s'est rien passé mais Charlie est blessé, gravement blessé, et personne ne l'aurait cru s'il n'était pas couvert du sang de Charlie – il a bien dû arriver quelque chose. Alors ils prennent la voiture et, sans cesser de hurler, Sam leur indique le chemin à la lueur des phares, jusqu'à ce qu'ils arrivent en vue du pick-up devant chez elle, la radio encore allumée et le moteur tournant toujours. Et alors, ils voient par eux-mêmes, la jeune fille, le bel homme, morts la tête dans la terre, et c'est désormais officiel : c'est le premier crime qu'on ait jamais connu à Brownsburg, en Virginie. Tout est terminé, la ballade s'est tue, la corde s'est cassée sur la dernière note. « Oui, oui, Jackie est épatant. Jackie est vraiment un gars épatant. »

30

Il fallut quatre heures pour l'enterrer. Il ne resta guère que son frère pour s'en charger. Les pasteurs avaient de nouveau brandi le péché et les flammes de l'enfer, et affirmé que quiconque toucherait ou approcherait le corps de Charlie Beale l'accompagnerait à coup sûr dans les ténèbres. Will avait voulu prêter main-forte, il proposa même son aide, mais le frère de Charlie savait qu'il devait s'acquitter seul de cette tâche et que, sans le savoir, c'était pour ça qu'il était venu de si loin.

On avait immédiatement emmené Sylvan, à la lumière des phares, au milieu des policiers en uniforme qui allaient et venaient dans l'obscurité. Boaty Glass était resté assis sous sa véranda, muet et immobile, tandis que le médecin légiste examinait le cadavre de son épouse avant de le faire transporter chez Kenneth Harrison, afin qu'on le prépare pour les funérailles. Lorsque le médecin légiste apprit à Boaty que Sylvan était enceinte au moment de sa mort, pas un muscle de son visage ne tressauta. Il n'eut pas de mal à deviner de qui était l'enfant, comme tout le monde sans doute, mais il s'en moquait désormais.

Il s'apprêtait à la faire enterrer dans une vieille blouse trouvée dans son placard quand cette noiraude avait débarqué avec une tenue qu'elle avait faite pour elle, jamais portée. C'était grotesque, mais autant ça qu'autre chose. Mais pas de chaussures. Qu'elle quitte ce monde pieds nus, comme la bouseuse qu'elle était.

Boaty voulut qu'elle soit inhumée dès le lendemain, sans veillée du corps, qui de toute manière était mutilé. Même son visage était couvert d'ecchymoses, après la chute dans l'escalier, et il tenait à ce qu'elle soit enfermée sous terre et rayée de sa vie avant la tombée du jour. Il la fit ensevelir dans le cimetière de la ville, mais loin de sa famille à lui, et comme la sienne n'était pas enterrée dans le coin – mon Dieu, avaient-ils même des sépultures décentes ? dans un champ quelconque d'Arnold's Valley ? –, elle fut mise à l'écart, isolée pour l'éternité, inférieure à ses semblables. Il ne se rendit même pas sur les lieux, dans le noir, pour choisir un emplacement. Il s'en moquait, point final. De toute façon, il n'avait pas l'intention de venir traîner autour de sa tombe, aussi n'importe quel trou libre ferait-il l'affaire.

Quant au cadavre de Charlie, on le laissa dehors toute la nuit. C'étaient les premières gelées. Sans même personne pour le veiller, car qui restait-il ? Alma était couchée, à pleurer. Will s'était assis près du lit de son petit en proie aux terreurs nocturnes, et il essayait de le consoler comme il pouvait – mais rien ne le soulageait, ni le contact, ni la parole, ni même la prière. Jackie sursautait au moindre bruit, les narines encore pleines de l'odeur du sang. La ville tout entière veillait, en pleine effervescence, attristée autant qu'excitée par l'énormité de cette tragédie qui s'était déroulée juste là, tout près de chez eux. Ned restait prostré, saoul et sanglotant, comme il le serait pratiquement jusqu'à la fin de ses jours. Même le médecin légiste n'avait pas voulu toucher le corps. Souillé, comme avaient dit les pasteurs. *Damné.*

Ces mêmes pasteurs, lors de réunions de prière improvisées, rappelèrent à leurs ouailles que Sylvan avait été assassinée et qu'aux yeux de Dieu elle était à ce titre une victime innocente ; aussi pouvait-elle être ensevelie dans la terre sacrée. Charlie était à la fois un assassin et un suicidé, deux motifs de damnation qui rendaient inadmissible sa présence dans le cimetière de la ville. Non, il ne serait pas enterré avec les saints et les âmes pures appelées au paradis, et aucun fidèle ne devrait le toucher, sous peine de le suivre dans le brasier. Les femmes les crurent, les hommes écoutèrent, et tout le monde obéit.

Aussi ne resta-t-il que Ned, et personne à part lui n'était vraiment certain qu'il pourrait y arriver seul. Parfois, on sait faire quelque chose, sans avoir conscience qu'on le sait. Enterrer les siens, sa propre chair, en fait partie. Et Ned était charpentier, aussi le savait-il non seulement dans son cœur, mais jusqu'au dernier clou.

Il se rendit au dépôt de bois commander ce dont il aurait besoin. Charlie Austin se chargea de tout réunir et le lui donna, gratuitement, il pouvait au moins faire ça, on ne risquait pas la damnation éternelle en donnant un peu de sa réserve à ce pauvre gosse désespéré dont le chagrin était comme une enclume l'attirant au fond de l'eau. Ned rentra chez Charlie y prendre le seul costume que son frère ait jamais possédé, celui qu'il avait porté au tribunal. Il le sortit de l'armoire qu'Alma avait choisie à la vente aux enchères, l'année précédente, alors que tout commençait à peine – avant même que quoi que ce soit n'ait commencé, quand il n'y avait encore que des pièces vides, des cœurs pleins et des espoirs rayonnants dans un avenir sans entraves. Il prit également la cravate noire, la seule, et il enveloppa le tout dans un édredon propre posé sur le lit. Il remonta dans le pick-up, et ce n'est qu'à mi-chemin qu'il se rendit compte qu'il avait oublié des chaussures élégantes, et aussi des chaussettes et peut-être même des sous-vêtements, car ce serait ce que son unique frère porterait jusqu'à la fin des temps. Mais il ne voulait pas faire demi-tour, pas maintenant, pas avant d'en avoir terminé. Il alla jusqu'à la maison de Sylvan, descendit de voiture pour ouvrir la barrière, puis il la franchit en rebondissant sur le garde-bétail. Ensuite, il ressortit pour refermer soigneusement derrière lui, même si Boaty Glass n'avait plus rien fait paître dans ce champ depuis des années et si aucun bétail ne risquait de s'en échapper. Ned se retrouva seul face à la tâche qui l'attendait, préparé mais pas prêt pour l'effort et le chagrin qu'il devait affronter, le visage nu dans le froid du matin.

Il fut terrassé, tomba à genoux en pleurant comme un enfant. Devant l'insupportable, le fait est qu'on survit. L'air entre de lui-même dans nos poumons. Rien ne s'arrête. Jamais.

Il commença par bâtir des chevalets, puis il mesura et coupa les planches. Scier le réchauffa, et il retira sa veste pour travailler en manches de chemise. L'alcool de la veille suinta bientôt de son corps, mêlé aux larmes qui coulaient sans fin. Il construisit un cercueil tout simple en pin, plus grand que le cadavre de son frère, car dans son esprit son frère était plus grand que dans la réalité, et il ne s'interrompit qu'en entendant les cloches qui indiquaient le début de cet autre enterrement. L'espace d'une minute, il se figura la scène, toute la ville consciencieusement alignée pour présenter ses respects, non pas tant à elle qu'à Harrison Boatwright Glass, et le pasteur récitant ce que Boaty lui avait dicté et que personne ne croyait, tandis que les hommes imaginaient leurs étreintes jusque dans la mort et que les femmes essayaient de deviner, dans le cercueil, à quoi ressemblait cette robe dont elles avaient entendu parler. La veille au soir, en rentrant tard pour le dîner, alors qu'il faisait déjà nuit, leurs maris leur avaient raconté l'histoire de la tenue que Claudie avait apportée et que Sylvan porterait, pieds nus, pour franchir les portes du paradis. Et tandis que Ned assemblait les planches au rythme de son marteau, la procession quitta l'église pour le cimetière, Boaty marchant seul derrière le corbillard. On prononça quelques mots devant la tombe, et Sylvan Glass, âgée de vingt et un ans, disparut dans la terre pour toujours.

Une fois le cercueil achevé, Ned déshabilla son frère et essaya tant bien que mal de le laver avec l'eau du ruisseau, qu'il avait tirée dans un vieux seau abandonné là, et le coin d'une couverture trouvée à l'arrière du pick-up. Même lui avait conscience de la beauté de ce corps, de sa grâce, de l'harmonie dans les moindres détails. Il le lava, et il n'y avait rien de doux là-dedans, pas même les sanglots du frère, ou le silence de la mort dans le corps de Charlie Beale – même dans ces gestes vibraient l'âpreté et la fureur face aux actes abjects auxquels on est contraint. Puis

Ned essuya son frère avec la couverture. Il l'habilla avec maladresse, costume et chemise, et tenta de nouer la cravate, mais ses larmes ne voulaient pas s'arrêter de couler, aussi, de guerre lasse, finit-il par enrouler le morceau de laine noire autour du cou tranché de son frère, en espérant que cela irait. Il avait tout le corps meurtri de sanglots, il pleurait cet homme qu'il connaissait à peine sinon dans son sang, mais qu'il aimait pour cela. Il pleurait ce qu'ils auraient pu devenir l'un pour l'autre, tout ce qui ne pouvait plus être sauvé, ses crimes à lui que son frère n'avait jamais sus, et ceux de Charlie, déjà célèbres et qui ne mourraient pas avec lui.

Il le souleva par les épaules, le lourd costume, le corps léger mais immobile, les pieds nus, et il fit de son mieux pour l'allonger bien droit dans la boîte. Alors il vit que Charlie avait toujours les yeux ouverts, et malgré ses efforts il ne put les lui fermer. Il n'avait pas de pièces sur lui, si bien que, quand il clouerait les dernières planches au-dessus de sa tête, une par une, Charlie Beale fixerait les ténèbres qui le gagnaient avec ce même regard de surprise mêlée de peur, celui de l'animal juste avant qu'on appuie sur la détente, pour les siècles des siècles.

Tandis qu'à l'ouest les ombres s'allongeaient sur les montagnes, Ned traîna la boîte jusqu'au pick-up ; il réussit tant bien que mal à la hisser sur la plate-forme et il reprit la direction de la ville. Sur son passage, les habitants, rentrés des obsèques d'une femme qu'ils n'aimaient pas, fermèrent leurs rideaux, leurs stores et leurs volets devant le convoi mortuaire d'un homme qu'ils avaient aimé, de peur que son esprit ne pénètre dans leurs maisons et ne les hante, toujours vivant, implorant leur pardon avec douceur, un pardon qu'ils lui accorderaient, mais pas encore, pas ce soir, parce qu'ils étaient sous le choc du sermon vociféré par un homme depuis la chaire.

Ned alla jusqu'au cimetière, sans hâte, et il se gara devant la grille fermée pour la nuit. Il jeta un coup d'œil à travers les barreaux pour essayer de repérer l'emplacement où était enterrée Sylvan Glass, et il le trouva, marqué par une unique gerbe de roses envoyée par le Club Kiwanis : « Avec nos plus sincères condoléances, en souvenir de notre sœur devant Dieu », et il tambourina contre les grilles jusqu'à en avoir les poings en sang, il secoua le métal rouillé, mais personne ne vint lui ouvrir, personne ne l'écouta, même si tous l'entendaient. Il déchargea le cercueil du pick-up et le lâcha par terre, fou de rage, assommé de chagrin et de solitude – un gamin, seul, un petit charpentier qui n'avait même pas réalisé son meilleur ouvrage pour enterrer son frère, qui avait seulement fait ce qu'il pouvait.

Il fit le tour de la haute enceinte en traînant la boîte jusqu'à un petit coin étroit, à ciel ouvert, du côté de la route, non loin de l'endroit où Sylvan reposait, de l'autre côté du mur. Il lâcha un « Putain ! » sonore, retourna chercher une pelle dans le pick-up, et il se mit à creuser le long du mur qui séparait Charlie Beale et Sylvan Glass, et cela lui prit une éternité. Il s'arrêta en croyant en avoir terminé, puis constata dans la lumière déclinante que ce n'était pas assez profond, aussi sauta-t-il dans le trou pour continuer à creuser jusqu'à ce que la nuit soit tombée et qu'il sente le froid humide des parois de la tombe de son frère. Il fit glisser la boîte à l'intérieur et commença à pelleter la terre, en sursautant à chaque impact sourd sur le bois, comme si on le giflait.

Lorsque la terre lui eut atteint la taille et eut recouvert le cadavre de son frère, il balança la pelle sur la route et escalada le monticule, puis il se mit à le tasser du pied, comme s'il venait de planter un rang de patates. Il continua de piétiner la terre jusqu'à ce qu'il n'y ait plus qu'une petite bosse, pas plus haute que son mollet. Il s'interrompit et essaya de trouver quelques mots à dire, des mots différents et plus vrais que ceux qui avaient été prononcés au-dessus du corps de Sylvan. Il parla du sang, du lien, de la terre et des animaux, et du cœur battant des frères.

Il se tut, et c'était terminé – Charlie gisait là, qui pouvait dire quel repos il trouverait ? Ned ramassa la pelle sur la route, respectueux de ses outils jusque dans ces circonstances, et il rentra dans la seule maison qui appartenait encore à Charlie. Il s'assit sous la véranda, toutes lumières allumées, il s'affala dans un vieux fauteuil en osier et il but du whisky jusqu'à perdre conscience. Quand il se réveilla, il faisait encore sombre, il était toujours saoul mais pas assez, aussi rentra-t-il chercher du whisky dans le placard, qu'il but jusqu'au trou noir. C'est ainsi qu'il passa ses journées, un calvaire à la vue de tous, dans une cacophonie de chagrin et d'ébriété. Jour après jour, nuit après nuit, il restait assis là à boire, et rien ne l'arrêterait. Tous le savaient, les femmes se mirent à lui apporter à manger et les hommes à boire, et parfois les jumelles vinrent s'asseoir auprès de lui, conscientes que le réconfort n'existait pas pour lui – sa peine était trop profonde, et il avait donné si facilement son jeune cœur tendre. Il n'y avait rien à faire pour le détourner de cette tragédie, aussi l'encourageaient-elles, persuadées qu'elles avaient tort mais sachant qu'il n'y avait plus rien qu'elles puissent faire en tant que chrétiennes. En sept semaines, le petit se tua à l'alcool, sous sa véranda, au milieu de toute cette ville qui l'observait.

Il ne fallut pas plus de temps à Harrison Boatwright Glass pour retourner dans la campagne s'acheter une nouvelle femme, une vraie rousse, qui débarqua dans une situation dont elle ne savait rien et hérita d'un lieu dont elle se débrouilla au mieux – la seconde épouse, une beauté rousse incapable de faire une addition. Ned était mort, c'était l'hiver, et la neige ensevelit les tombes de Sylvan Glass et de Charlie Beale sur lesquelles personne ne voulait se recueillir ou même être vu. C'était là la triste fin de l'histoire. Ou presque.

31

« Nous sommes venus…, commença l'homme.

— Parce que, comme tout le monde qui s'aventure par ici, vous étiez en train de vous faire couper les cheveux chez le coiffeur, ou bien d'acheter des sachets de lavande à la ferme biologique, et le coiffeur ou le boucher a dit en passant que son fils était un vrai Beebo. Vous n'aviez jamais entendu ce terme auparavant, et vous avez voulu savoir ce qu'il signifiait, et on vous a dit de venir me trouver. On vous a dit que j'étais ici. Et que je l'avais connu.

— Oui, acquiesça l'homme. Chez le coiffeur. »

Ils sont assis en face de moi, un avocat avec sa femme avocate. Ils sont là depuis ce matin, et il commence à se faire tard. Il n'y a plus de café, je sens l'odeur de marc brûlé au fond de la cafetière, et de toute manière je n'avais pas de lait écrémé. Ils veulent savoir. Tous autant qu'ils sont. Ce n'est pas si compliqué, du moins c'est ce qu'ils se disent en venant frapper à ma porte. Mais ils ne peuvent pas comprendre, à moins d'entendre toute l'histoire.

« Je n'ai pas fermé l'œil, cette nuit-là. Personne n'a dormi. Avant l'aube, je me suis levé, et la seule lumière dans la rue, c'était un peu plus haut, sous la véranda du frère en train de boire.

» Je me suis habillé, il faisait froid, l'hiver était bien arrivé, alors j'ai mis mon manteau et je me suis faufilé dans l'escalier, sans faire de bruit pour ne pas réveiller mes parents. J'ai traversé la ville en courant, jusqu'au cimetière, en passant devant les maisons aux stores et aux rideaux tirés, parce que je voulais voir. Il fallait que je sache où il était.

» Quand je suis arrivé au cimetière, le jour se levait et, à travers les barreaux de la grille, j'ai vu la fosse toute neuve au milieu des tombes, ce devait être pour elle. Mais c'est lui que j'étais venu chercher. Dans le cimetière, il n'y avait que cette tombe-là, pourtant il devait bien être quelque part.

» J'ai longé le mur, plaqué contre la paroi en hauteur, en me tenant bien, je sentais le froid de la pierre me traverser la peau, et j'ai mis un moment à en faire le tour. C'était un vieux cimetière dans lequel on enterrait des gens depuis deux cents ans, et ça me paraissait très grand.

» Alors, je l'ai aperçue. La tombe, et elle, aussi. Claudie, debout dans la pénombre, en noir, sans manteau, le visage voilé. À ses côtés se tenait une jeune fille blanche que je n'avais jamais vue et que je n'ai plus revue ensuite. Elles tenaient des rouleaux de tissu – du lin, de la soie et du coton –, qu'elles déroulaient sur le monticule sous lequel reposait Charlie.

» Elles étaient là, au pied d'une montagne de fleurs. Les fleurs les plus belles que j'avais vues de ma vie. Il y en avait jusqu'au-dessus de ma tête, au-dessus de celle de Claudie, même, toutes les fleurs jusqu'à Lexington et même Staunton, des blanches, des roses rouges, des lis, par milliers. Plantées çà et là, j'ai distingué des couronnes comme on en fait pour les enterrements, des gerbes de condoléances avec des rubans de satin sur lesquels était écrit "À notre cher ami regretté", ou bien "Nos prières t'accompagnent, adieu" – les habitants de la ville, en secret et chacun de son côté, étaient allés acheter toutes les fleurs possibles pour les déposer sur la tombe. Et ce champ coloré était enveloppé et enrubanné de tissus, ceux des robes de Sylvan que Claudie ne confectionnerait jamais.

» Claudie s'est approchée de moi et m'a pris par la main, et nous sommes restés là, à la lueur du soleil levant, en contemplant la gelée sur les fleurs. Il n'y avait rien à dire, nous savions tout et les mots étaient inutiles. Nous étions heureux que, cloîtrés derrière leurs rideaux tirés, les habitants de cette ville soient venus pendant la nuit et ne l'aient pas laissé seul, anonyme, méprisé et sans amour.

» Nous sommes restés comme ça, cette femme noire, cette étrange jeune fille et moi, jusqu'à ce qu'il fasse grand jour et que toute la rosée se soit évaporée, que toutes les étincelles aient disparu. Charlie Beale n'était pas parti dans les ténèbres sans un signe.

» Une femme, une jeune fille et un petit garçon. Noire et blancs. Le soleil se levait sur un cataclysme qui datait de la veille, de l'avant-veille même, et qui était déjà du passé. Mais rien n'était terminé, et nous le savions tous les deux, même si nous n'en avons rien dit, ni ce jour-là ni par la suite. Il nous suffisait de le savoir, de connaître toute l'histoire et d'en avoir fait partie, d'avoir été touchés par ces vies et d'être les témoins de leur vérité, de ce qui deviendrait leur légende. La raison de votre visite ici.

— Et l'enveloppe… ?

— Elle contenait les actes de propriété, bien évidemment. De toutes les parcelles, des dizaines de terrains, des champs de rocaille ou des lopins fertiles, des cascades et de la plaine alluviale, et ce fut pour Boaty Glass une source considérable d'angoisse. Il me fit même un procès, mais cette fois-ci, la loi ne lui donna pas raison, et c'est ainsi que je devins, à six ans, le plus riche propriétaire terrien du comté de Rockbridge.

— Oui, approuva l'homme.

— Oui. Et vous voulez m'en acheter une partie, vous voulez Pickfair, et je vais vous le vendre, parce que le temps est venu. Je ne suis plus jeune et je n'ai ni femme ni enfants – un psychiatre dirait sans doute que c'est la conséquence de tout ça, de cette vie que j'ai menée, à l'écart dès le début, seul par nature et par habitude. Non pas que j'aime vraiment ça, mais je vis avec. J'habite cette maison, celle de Charlie Beale. Pas celle de mon père et de ma mère, mais celle-ci, où Charlie a vécu, où son frère s'est tué à l'alcool, sous cette véranda, dans le froid glacial, nourri et abreuvé par des voisins généreux.

» C'est une histoire rude. Aussi accueillant qu'il paraisse, ce n'est pas un pays facile. Mais on ne peut vivre de la terre sans la connaître, on ne peut la fouler sans se rappeler que nos pas ne sont pas les premiers.

» Claudie Wiley et moi, nous nous sommes tenus là, ce matin-là, et nous savions que nous allions devoir garder cette histoire pour nous, en prendre soin. Les morts avaient droit à un peu de respect, et il ne faudrait pas longtemps pour qu'un coiffeur ou un boucher, en voyant son fils sauter en l'air pour rattraper une balle et pivoter les hanches pour l'envoyer en première base, se tourne vers son voisin dans les gradins, effaré par la grâce et la splendeur du mouvement. “C’est mon fils. C’est un vrai Beebo.” Et, depuis ce jour, quand un petit garçon excelle au base-ball ou au football ou bien à la crosse, on l’appelle un Beebo, et le petit porte ce nom avec fierté, sans même connaître l’histoire, mais en sachant qu’il n’y a rien de mieux, comme compliment.

— Et les filles ?

— Non, m’dame. Ce n’est pas très correct, je sais bien, mais c’est comme ça. On pourrait dire que tous les petits garçons ne sont pas des Beebo, mais que tout Beebo est un petit garçon. »

Nous discutons du prix, de l’eau, du droit de passage et de toutes ces tristes installations modernes par lesquelles on prétend aujourd’hui redonner du cachet à la terre. Ce sont des gens bien, j’imagine, il leur faudrait un peu de crasse sous les ongles, mais ils feront l’affaire. Ils se lèvent pour partir. Nous nous serrons la main. La journée a été longue.

« C’est votre terre, désormais. Mais il est important, pour moi du moins, que vous vous rappeliez bien que ce n’est pas *seulement* votre terre. Elle a une histoire. Et maintenant, vous en faites partie. Bonne nuit. »

Et ils s’en vont.

Je rince la cafetière et je prépare le filtre pour n’avoir plus qu’à appuyer sur le bouton demain matin. Je sors une tasse, une soucoupe et une cuiller en argent, que je pose en équilibre sur la tasse. C’est le trousseau de mariage de ma mère, cette vaisselle, et c’est son argenterie, que j’utilise tous les jours parce que le quotidien, c’est tout ce que j’ai. Je me déplace en silence dans la maison de Charlie pour éteindre les lampes une à une, jusqu'à ce que les pièces soient plongées dans une atmosphère spectrale, à la lueur du réverbère de la rue. Dehors, la brise fait trembler les gouttières une fois ou deux, mais tout tient bon, dans cette maison où je vis depuis presque cinquante ans et dont je connais les pièces, dans lesquelles rien ne s'est passé depuis, où rien n'a été déplacé, brisé ou même changé.

Épilogue

Allongé dans mon lit, je repense à ce jeune couple empressé qui va venir avec son argent prendre possession de Pickfair, abattre des murs pour faire un double living, comme ils disent, et aussi ajouter une piscine, élever leurs enfants – je me demande s'ils se souviendront, s'ils le sentiront au fond de leur cœur ou si tout commencera à se perdre. J'ai fait de mon mieux. J'ai essayé de tout garder, mais c'est impossible. C'est impossible.

Comme je le leur ai dit, je ne suis plus jeune et il est temps de céder la place. J'aurais préféré ne pas vendre à des inconnus, mais c'est ainsi. Il n'y a personne d'autre. Le monde dans lequel je vis est rempli d'inconnus, à présent, les vieux sont morts et les jeunes se moquent pas mal du passé.

Non, il n'y a plus que moi.

J'éteins ma lampe et je reste allongé dans le noir, à fumer une Lucky Strike à la lueur du réverbère. Dans la maison de Charlie Beale, dans le lit de Beebo. Pensez-en ce que vous voudrez. Et brusquement, je me rappelle ce que je voulais leur dire, et je le leur dis maintenant, avant de m'endormir :

Il y a dans cette vallée un cœur qui bat. Il est là, toujours. Et lorsque je ne serai plus là, il battra pour vous, et lorsque à votre tour vous aurez disparu, il battra pour vos enfants, et les enfants de vos enfants, pour toujours. Jusqu'à ce qu'il n'y ait plus d'eau, plus d'air, plus de verdure au printemps ou d'or en automne, plus d'étoiles dans le ciel ou de vent venu du nord.

Et lorsque vous serez sans voix, il parlera pour vous. Lorsque vos yeux n'y verront plus, il verra pour vous. Lorsque vous aurez tout oublié, il sera votre mémoire. Jamais il ne vous oubliera.

Et lorsque vous ne pourrez être fidèle, il gardera une place pour le jour de votre retour. C'est un cadeau qui vous est fait, et que personne ne pourra jamais vous retirer. Il est à vous pour toujours.

C'est le récit de ce monde, l'album de votre petite vie et, lorsque vous ne serez plus que poussière et ténèbres dans la tombe, il racontera votre histoire.

Remerciements

Je suis l'écrivain le plus chanceux d'Amérique. J'ai Lynn Nesbit pour agent et amie, Chuck Adams pour éditeur, et Algonquin a décidé de publier mes livres. Aucun auteur ne fabrique un livre seul, et on ne saurait trouver une équipe plus formidable que la mienne. À tout le monde, chez Algonquin – Chuck, Robert Miller et Michael Taeckens, Ina Stern, Elisabeth Scharlatt, Kelly Bowen et Brunson Hoole, Craig Popelars et Lauren Mosely, ainsi que l'extraordinaire Kendra Poster, j'adresse ma reconnaissance particulière, de tout mon cœur.

Il y a des gens qui ont le génie de l'amitié. Guy Trebay est l'un d'eux. Son soutien et sa constance, ainsi que ses conseils, sont une bénédiction. Liz Wright en est une autre, c'est le renfort le plus enthousiaste dont on puisse rêver. En la personne de Dana Martin Davis, je me suis découvert une nouvelle sœur spirituelle, et sa gentillesse et son affection me sont chaque jour d'une grande aide.

Je suis aussi reconnaissant à Beckett Rosset, qui a donné à Charlie un corps, à James Whiteside, qui lui a apporté un cœur et une âme, ainsi qu'à Robert

Hoyt, qui lui a prêté sa nature passionnée et impulsive. Ces hommes qui ne se connaissent pas entre eux sont liés par la générosité, l'intelligence et la force, et ils ont donné vie à Charlie à travers ce livre, je les en remercie.

Mitchell Kaplan et Cristina Nosti, de chez Books, ont fait pour moi quelque chose d'extraordinaire : ils m'ont offert un paradis d'espace et de lumière, et aussi de temps, pour achever ce livre. Sans eux, jamais je n'en serais venu à bout.

Stephen et Julie Perkins sont pour moi une source constante d'amitié, de ravissement et d'affection, et s'ils n'habitaient pas à cent mètres de chez moi, je déménagerais.

Ellen Goldsmith-Vein et Luke Sandler sont devenus plus que des associés. Ce sont mes amis, et leur soutien et leur enthousiasme me portent chaque jour.

Pour finir, à tous mes amis et collègues qui tiennent des librairies indépendantes dans mon pays, grosses ou petites, en ville ou en pleine campagne, vous êtes pour moi des héros. Je rends ici hommage à votre intelligence et à votre courage.

Composé par Nord Compo
à Villeneuve-d'Ascq (Nord)

Imprimé en Espagne par
Liberduplex
à Barcelone
en octobre 2013

POCKET – 12, avenue d'Italie – 75627 Paris cedex 13

Dépôt légal : novembre 2013
S23525/01